De soeven Fahlen

AF186718

Klaus-Peter Asmussen, geboren 1946 in Handewitt, wuchs mit plattdeutscher Muttersprache auf. Nach Abitur am Alten Gymnasium, Flensburg, und sechssemestrigem Studium an der damaligen Pädagogischen Hochschule Flensburg (heute: Europa-Universität) trat er in den Schuldienst ein und war zunächst sechs Jahre lang als Grund- und Hauptschullehrer in Dithmarschen tätig. Ab 1976 arbeitete er als Realschullehrer für Englisch und Dänisch in Tarp, Kreis Schleswig-Flensburg, bis er 2010 in den Ruhestand trat. 2007 veröffentlichte er bei BoD – Books on Demand „Planten un Blomen", ein „Wörterbuch schleswig-holsteinischer Pflanzennamen" (ISBN 978-3-8334-8589-3). Seit 2005 befasst er sich mit dem Übertragen von Märchen unterschiedlichster Provenienz in die plattdeutsche Sprache und Kultur. Sein hier vorgelegtes neunzehntes Märchenbuch enthält ausschließlich norwegische Märchenstoffe aus den Sammlungen von Peter Christen Asbjørnsen (1812-1859) und Jørgen Engebretsen Moe (1813-1882). Klaus-Peter Asmussen wohnt heute in seinem Geburtshaus in Langberg, Gemeinde Handewitt.

Klaus-Peter Asmussen

De soeven Fahlen

un anner Märkens,
importeert ut Norwegen un
nü vertellt up Sleswigsche Geestplatt

Märkens up Platt # 19

© 2019 Klaus-Peter Asmussen
Herstellung und Verlag:
BoD – Books on Demand, Norderstedt
ISBN 9783749436156

Wat hier insteiht

De soeven Fahlen

Dar sünd mal wecke arme Lüüd we'n, de hebben deep in't Holt in en rummelige Kaat wahnt, un de hebben blots vun'e Hand in'e Mund leven kunnt, un dat uck man knapp. Man se hebben dree Soehns hatt, un de jüngste vun se, dat is Aschpaddel we'n, de hett nix anners daan as liggen un wöhlen in'e Asch.

Mal seggt de öllste Jung, he will weg un sik en Deenst söken, un dar kriggt he uck foorts Verlööv to, un do wannert he rut in'e Welt. He geiht un geiht de heele Dag, un as dat Avend ward, kümmt he an en Königshoff. De König steiht buten vör de Dör un fraagt em, wonem he up dal schall.

„Och", seggt de Jung, „ik gah man un söök en Deenst."

„Wullt du bi mi deenen un min soeven Fahlen wahren?" fraagt de König. „Wenn du se en heele Dag wahren kannst un mi to Avend seggst, wat se freten un supen, denn kriggst du de Prinzessin un dat halve Riek. Man kannst du dat nich, denn so snie' ik di dree rode Reemens ut din Rügg."

Ja, dat, dücht de Jung, is ja lichte Arbeit; dar kümmt he sachs klaar mit, meent he.

As dat de neegste Morrn hell ward, lett de Stallmeister de soeven Fahlen rut. Do lopen se afste', un de Jung achter se, un do geiht dat oever Barg un Slunk, dör Busch un dör Schrupp[1]. As de Jung sodennig sik en Tied afjachtert hett, ward he bi lütten möö'. Un as he noch en Tiedlang dörholen hett, hett he de Näs

---

[1] Schrupp = Gestrüpp

7

vull vun de dare Wahrerie. Do kümmt he na en Höhl, un dar sitt en Oolsch un spinnt up en Handteen[1]. As se de Jung wies ward, wo he achter de Fahlen ranjachtert, dat em de Sweet man so vun'e Kopp löppt, röppt de Oolsch: „Kumm her, kumm her, min Jung, denn will ik di lusen!" Dat will de Jung geern; he sett sik dal in'e Höhl bi de Oolsch un leggt ehr sin Kopp in'e Schoot, un do luust se em de heele Dag, un he liggt dar un runkst.

As dat hen to Avend geiht, will de Jung denn gahn. „Ik mutt man seh'n, dat ik wedder na Huus kaam", seggt he, „dat hett ja keen Sinn un gahn wedder na de Königshoff."

„Bliev man noch en bet' bet dat düüster ward", seggt de Oolsch, „denn kamen de König sin Fahlen hier wedder lang. Denn kannst du mit se na Huus lopen, un keeneen weet, dat du de ganze Dag hier legen hest, statts dat du de Fahlen wahrt hest."

As de nu kamen, gifft de Oolsch de Jung en Water-kruuk un en Dutt Moss. Dat schall he de König wie-sen un seggen, dat freten un supen sin soeven Fahlen.

„Hest du se nu de heele Dag truu un recht wahrt?" fraagt de König, as de Jung an'e Avend vör em kümmt.

„Ja, dat denk ik doch", seggt de Jung.

„Denn kannst du mi sachs uck vertellen, wat min soeven Fahlen freten un supen?" will de König wee-ten.

---

[1] Handteen = Handspindel (dän. håndten)

Ja, do wiest de Jung em de Waterkruuk un de Dutt Moss, de he vun'e Oolsch kregen hett. „Dar sühst du dat Fudder, un do sühst du se's Supen", seggt de Jung.

Do ward de König denn ja wies, wodennig he wahrt hett, un he ward so füünsch, he gifft Order, se schoe'n em foorts wegjagen, man eerst schoe'n se em dree rode Reemens ut'e Rügg snieden un dar Solt upstreu'n.

As de Jung wedder na Huus kümmt, na, wodennig he dar topass is, kannst di ja denken. Eenmal is he nu los we'n un söken en Deenst, seggt he, man dat will he nie nich wedder.

De neegste Dag seggt de tweete Soehn, he will in'e Welt un versöken sin Glück. Sin Vadder un Mudder woe'n dat nich hebben; he schall sik doch man blots mal sin Broder sin Rügg ankieken, seggen se. Man de Jung gifft nich na, he blifft dar up bestahn, un toletzt kriggt he denn Verlööv un maakt sik up'e Padd. As he de heele Dag vörföötsch marscheert is, kümmt he uck na de Königshoff. Un dar steiht de König wedder buten vör de Dör un fraagt, wonem he denn up dal schall. Un as de Jung seggt, he is bi un söken sik en Deenst, seggt de König, he kann bi em ankamen un sin soeven Fahlen wahren. Un he seggt em desülve Straaf un desülve Lohn to, de he al sin Broder laavt hett. Ja, dar is de Jung foorts mit inverstahn, un do geiht he bi de König in Deenst. De Fahlen passen un denn de König vertellen, wat se freten un supen, dat will he noch klaar kriegen, meent he.

As dat morrns schummern ward, lett de Stallmeister de soeven Fahlen rut, un de ja foorts afste' oever Barg un Slunk, un de Jung achterher. Man dat geiht em nich anners as sin Broder. As he en lange, lange Tied achter de Fahlen herrönnt is un is natt vun Sweet un möö', do kümmt he na de dare Höhl, un dar sitt de Oolsch un is bi un spinnen up en Handteen. Un se röppt na de Jung: „Kumm her, kumm her, min Jung, schall ik di mal en bet' lusen?" Dar dücht de Jung noch wat um; un do lett he de Fahlen Fahlen we'n un sett sik dal in'e Höhl bi de Oolsch. Un dar sitt he un liggt he un runkst de heele Dag.

As de Fahlen to Avend wedder t'rüggkamen, kriggt he uck en Waterkruuk un en Dutt Moss vun de Oolsch, dat schall he man de König wiesen. Man as de König em fraagt: „Kannst du mi vertellen, wat min soeven Fahlen freten un supen?" un de Jung hollt em de Dutt Moss un de Waterkruuk hen un seggt: „Ja, dar sühst du se's Fudder un se's Supen", do ward de König wedder dull in'e Kopp un gifft Order, se scho'e em dree rode Reemens ut'e Rügg snieden, dar Solt upstreu'n un em to'n Deuvel jagen. As de Jung denn wedder na Huus kümmt, vertellt he denn ja uck, wodennig em dat gahn hett, un he seggt, eenmal is he nu los we'n un söken en Deenst, man dat will he nie nich wedder.

De drütte Dag will Aschpaddel afste'; he hett woll Lust un versöken dat uck un wahren de dare soeven Fahlen, seggt he.

De annern lachen un maken Narr na em. „So as uns dat gahn hett", seggen se, „do warrst du dat sachs klaar kriegen. Dar sühst du uck ganz ut na, du, de blots ümmer in'e Asch liggt un dar in rumwöhlt."

„Ja, man afste' will ik liekers", seggt Aschpaddel, „ik heff mi dat nu mal in'e Kopp sett." Un wat de annern uck lachen, un wat sin Vadder un Mudder uck beden, dat helpt allens nix, Aschpaddel maakt sik up'e Padd.

As he denn de heele Dag gahn hett, kümmt he uck bi't Düüsterwarrn na de Königshoff. Dar steiht de König wedder buten vör de Dör un fraagt, wonem he up dal schall.

„Ik hör mi um na en Deenst", seggt Aschpaddel.

„Wonem kümmst du denn her?" fraagt de König. He will nu eerst en beten beter Bescheeed weeten, ehrer he een in Deenst nimmt.

Do vertellt Aschpaddel em, wonem he herkümmt, un seggt, he is de Broder vun de beiden, de de König sin soeven Fahlen al wahrt hebben. Un denn fraagt he, um he dat nich de neegste Dag versöken dörv un wahren se.

„Ähh, tpoi!" seggt de König – he ward rein füünsch, wenn he blots an se denken deit – „wenn du de dare beiden se's Broder büst, denn döggst du sachs uck nich vel. Vun so wecken heff ik al nugg hatt!"

„Ja, man wo ik nu al mal hier bün, kunn ik doch sachs uck Verlööv kriegen un versöken dat", seggt Aschpaddel.

„Aah ja, wenn du afsluut din Rügg twei hebben wullt, vun mi ut geern", seggt de König.

„Och nee", seggt Aschpaddel, „wat ik bün, ik will leever de Königsdochter hebben."

As dat de neegste Morrn schummern ward, lett de Stallmeister wedder de soeven Fahlen rut, un de denn ja afste' oever Barg un Slunk, dör Busch un dör Schrupp, un Aschpaddel achterher.

As he sodennig en ganze Tied rönnt hett, kümmt he uck na de Höhl; dar sitt wedder de Oolsch un spinnt up en Handteen un röppt na Aschpaddel: „Kumm her, kumm her, min Jung, ik will di lusen!" seggt se.

„Du kannst mi mal fix an'e Maars klei'n!" seggt Aschpaddel un hoppt un springt un hollt sik an'e Fahlensteert.

As he sodennig guut an'e Höhl vörbikamen is, seggt de jüngste Fahl: „Nu sett du di man up min Rügg, wi hebben noch en lange Weg vör uns." Un dat deit he.

Do reisen se noch en ganz lange Enne. „Kannst du wat seh'n?" fraagt de Fahl.

„Nee", seggt Aschpaddel.

Se reisen wedder en arige Stück.

„Kannst du nu wat seh'n?" fraagt de Fahl.

„Nix", seggt de Jung.

As se en ganz, ganz lange Enne reist sünd, fraagt de Fahl wedder: „Kannst du denn nu wat seh'n?"

„Ja, nu dücht mi, dar is wat Wittes", seggt Aschpaddel, „dat süht ut as en gewaltige Barkenstubben."

„Ja, dar moeten wi rin", seggt de Fahl.

As se denn na de dare Stubben henkamen, geiht de öllste Fahl bi un schüfft 'n an'e Kant. Do is dar, 'nem de Stubben stahn hett, en Dör. Binnen is en lütte Stuuv, un in'e Stuuv is wieder nix as en lütte Aben un en paar Schemeln. Man achter de Dör hängt en rustige Swert un en lütte Kruuk.

„Kannst du dat Swert regeer'n?" fraagt de Fahl.

Aschpaddel probeert dat, man he kann't nich. Do mutt he sik en Treck ut'e Kruuk kriegen, eerst eenmal, denn nochmal, un nochmal, un do kann he dat regeer'n as nix.

„So, nu musst du dat Swert mitnehmen", seggt de Fahl. „Dar scha'st du uns an din Hochtiedsdag all soeven de Köppe mit afhau'n, denn warrn wi wedder to Prinzen, so as wi dat vörher we'n sünd. Wi sünd Bröder to de Prinzessin, de du kriegen scha'st, wenn du de König vertellen kannst, wat wi freten un supen. Man so'n Hallunk vun Hexenmeister hett uns verwünscht. Wenn du uns denn de Köppe afhaut hest, musst du uppassen, dat du elkeen Kopp bi de Steert vun de Rump henleggst, 'nem 'n mal an seten hett. Denn sünd wi erlöst."

Ja, dat seggt Aschpaddel to, un denn reisen se wieder.

As se en lange, lange Enne reist sünd, fraagt de Fahl: „Kannst du wat seh'n?"

„Nee", seggt Aschpaddel.

Do reisen se wedder en ganze Tied. „Un nu?" fraagt de Fahl. „Kannst du nu wat seh'n?"

„Nee, nix", seggt Aschpaddel.

Do reisen se nochmal vele, vele Mielen oever Barg un Slunken.

„Nu denn?" fraagt de Fahl, „kannst du nu wat seh'n?"

„Ja", seggt Aschpaddel, „nu seh ik so wat as en blaue Striepen wied, wied weg."

„Ja, dat is en Stroom", seggt de Fahl, „dar moeten wi oever weg."

Oever de Stroom geiht en lange, gollne Brügg, un as se up'e anner Siet sünd, reisen se wedder en lange, lange Enne. Denn fraagt de Fahl wedder, um Aschpaddel nich wat seh'n kann.

Ja, dütmal süht he wat Swattes wied vörut, so wat as en Kirchtoorn.

„Ja, dar moeten wi wedder rin", seggt de Fahl.

As de Fahlen up'e Kirchhoff kamen, warrn se wedder to Minschen un sehn ut as Königssoehns mit so'n gollne Tüüg, dat lücht't richtig. Un denn gahn se rin in'e Kirch un kriegen Broot un Wien vun'e Preester, de dar an't Altar steiht. Aschpaddel geiht uck rin. As de Preester de Hand up'e Prinzen leggt hett un hett se segent, do gahn se wedder rut ut'e Kirch, un dat deit Aschpaddel uck. Man he nimmt en Buddel Wien un en Altarbroot mit. Un foorts as de soeven Königssoehns rutkamen up'e Kirchhoff, warrn se wedder to Fahlen. Do sett Aschpaddel sik wedder up'e jüngste sin Rügg, un dat geiht desülve Weg wedder t'rügg, de se kamen sünd, man vel, vel gauer. Eerst geiht dat oever de Brügg, denn an'e Stubben vörbi un denn vörbi an'e Oolsch, de dar in'e Höhl sitt un spinnt. Un dat geiht so gau, dat Aschpaddel gar nich hört, wat de Oolsch achter em ran prahlt, man so vel kann he ruthören: Se is splitterndull.

Dat is al meist düüster, as se to Nacht wedder na de Königshoff kamen, un de König steiht sülven buten up'e Hoff un luert up se.

„Hest du se nu truu un recht de heele Dag wahrt?" fraagt de König Aschpaddel.

„Ik heff min Bestes daan", seggt Aschpaddel.

„Denn kannst du mi sachs seggen, wat min soeven Fahlen freten un supen?" fraagt de König.

Aschpaddel kriggt dat Altarbroot un de Wienbuddel rut un wiest dat de König.

„Dar sühst du dat Fudder un se's Drinken", seggt he.

„Ja, du hest se truu un recht wahrt", seggt de König, „un du scha'st de Prinzessin un dat halve Riek hebben."

Denn ward dar tostellt to Hochtied, un dat schall fiert warrn mit Staat un Stahoi[1], dat dat to hör'n un to spör'n is, seggt de König. Man as se an'e Hochtiedstafel sitten, steiht de Brüdigam mitmal up un geiht dal in'e Stall, denn he hett dar wat vergeten, seggt he, dar mutt he nödig bi. As he dar dal kümmt, maakt he dat sodennig, as de Fahlen em dat seggt hebben, un haut se all soeven de Kopp af, eerst de öllste un denn de annern, all darna, wo oold se sünd. Un denn passt he up un leggt elkeen Kopp bi de Steert vun de Fahl, 'nem 'n an seten hett. Un as he dat deit, do warrn se wedder to Prinzen.

As he rinkümmt na de Hochtiedstafel mit de soeven Prinzen, freut de König sik sodennig, he fallt Aschpaddel um'e Hals un drückt em. Un de Bruut hett em nu noch leever as vörher. „Dat halve Riek is nu din", seggt de König, „un dat anner halve kriggst du, wenn ik doot bün. Min Soehns, de koenen sik sülven Land un Riek verschaffen, nu se wedder Prinzen sünd." Un do ward dat all een Freud un Lust bi de dare Hochtied.

---

[1] Stahoi = Aufwand; Lärm, Aufsehen (dän. ståhej)

Ik bün uck mit we'n. Man dar weer keen, de Tied harr un denken an mi. Un do heff ik blots en Stück Broot mit Bodder kregen, un dat heff ik up'e Aben leggt, un do is dat Broot verbrennt, un de Bodder is wegrönnt, un ik heff nich en Krömel to eten kregen.

De Vagel Damm

Dar is mal en König we'n, de hett twölf Döchter hatt, un vun de hett he so vel holen, se hebben ümmer um em rum we'n musst. Aver elkeen Middag, wenn de König slapen hett, denn sünd de Deerns buten spazeern gahn. Man mal, as de König sin Middagsslaap hollt un de Prinzessinnen sünd buten, do sünd se mitmal weg un kamen nich wedder. Do is dar ja grote Truer in't heele Land, un de König is natürlich an trurigsten. Do schickt he Baden ut in sin Land un in frömde Rieken un lett nafragen bi alle Kirchen un nalüden mit alle Klocken in't heele Land. Man de Königsdöchter sünd weg un blieven weg, un keeneen weet, wonem se afbleven sünd. Do denkt he, se sünd sachs wegslept wurrn vun'e Riesen.

Dat duert nich lang', do is dat wied un sied rum in Stadt un Dörp, ja, in vele Dörper un frömde Länner, un do kümmt de Kundschaft uck na en König in en Land wied weg, de hett twölf Soehns. As de vun de twölf Königsdöchter hören, fragen se se's Vadder um Verlööv un reisen afste' un söken se. Dat will he nich geern hebben, he is bang', he süht se denn nie nich wedder, man se beden em up Kneen, bet he se toletzt doch gahn lett. He rüst't se en Schipp ut un sett Ridder Root in as Stüermann, de weet Bescheed up See.

Se seilen lange Tied rum, un allerwegens, 'nem se henkamen, gahn se an Land un söken un fragen na de Königsdöchter; man keeneen weet wat oder kann se wat seggen. Nu fehlen dar blots noch en paar Daag, denn hebben se soeven Jahr seilt. Do gifft dat een Dag mal en dulle Storm un en Unwedder, dat se meenen, se kamen nie nich wedder an Land, un all moeten se sik so dull afmarsen[1], dat se keen Slaap in'e Ogen kriegen, so lang' as de Storm rasen deit. Man de drütte Dag leggt de Wind sik, un upmal ward dat boomstill. Nu sünd se all so möö' un af un fix un ferdig, se slapen foorts in. Blots de jüngste Königssoehn, de finnt keen Ruh un kann nich slapen.

Wieldes he an Deck up un dal geiht, kümmt dat Schipp na en lütte Eiland, un up dat Eiland löppt en lütte Hund un bellt un jault na dat Schipp, as wenn 'n dar geern rup will. De Königssoehn steiht an Deck un lockt de Hund un fleutet na 'n, un so vel duller bellt un jault 'n. Em dücht, dat is doch Sünne[2], wenn 'n dar vergahn schall, he meent, de is sachs vun en Schipp kamen, wat bi de Storm ünnergahn is, man em dücht, he kann 'n uk nich helpen. He gloovt nich, he kann de Boot alleen to Water laten, un de annern slapen so fein, de will he nich wecken blots för en Hund. Man dat Wedder is so fein un ruhig, un do denkt he: Du musst man doch an Land un retten de Hund. Do versöcht he un laten de Boot to Water, un dat geiht lichter, as he dacht harr. He pullt an Land un geiht hen na de Hund, man ümmer wenn he na 'n griepen deit, neiht 'n em ut, un sodennig blifft dat bi, bet he na en Slott kümmt, he weet gar nich wodennig. Do ward de Hund mitmal to en smucke Prinzessin, un up'e Bank sitt en Mann, de is so groot un grimmig[3], de Königssoehn ward rein schiet topass.

„Du bruukst nich bang' warrn", seggt de Mann – un um so duller kriggt de Königssoehn dat mit de Angst, as he sin Stimm hört – „ik weet al, wat du

---

[1] sik afmarsen = sich anstrengen, abmühen
[2] Sünne = bedauernswert, was einem leidtut, schade (dän. synd)
[3] grimmig = hässlich (dän. grim)

wullt. I sünd twölf Prinzen, un I söken na de twölf Prinzessinnen, de verswunnen sünd. Ik weet woll, wonem de sünd, se sünd bi min Herr. Se sitten elk up en gollne Stohl un lusen em, denn he hett twölf Köppe. Nu sünd I soeven Jahr seilt, man I moeten nochmal soeven Jahr seilen, ehrer I se finnen. Du kannst man ruhig hier blieven", seggt he, „un min Dochter kriegen. Man eerst musst du em doothau'n, denn he is en bannig strenge Herr för uns. Aver seh man eerstmal to, um du kannst dat dare Swert regeer'n", seggt de Ries.

De Königssoehn kriggt en ole, rustige Swert faat, dat hängt dar an'e Wand, man he kann dat knapp roegen.

„Denn musst du di en Treck ut de dare Buddel kriegen", seggt de Ries.

As he dat daan hett, kann he dat dalkriegen, un as he noch een nahmen hett, kann he dat böhren, un na de drütte Sluck kann he dat Swert swunken, as weer dat man en Backschuver.

„Wenn du nu an Boord geihst", seggt de Riesenprinz, „denn musst du dat Swert guut in din Koj' versteken, dat Ridder Root et nich wies ward. He kann et twaars nich hanteer'n, man he ward denn afgünstig up di un will di an't Leven. Wenn denn soeven Jahr um sünd bet up dree Daag", seggt he wieder, „denn geiht dat wedder jüst so as nu, denn kümmt dar en dulle Wedder oever ju mit Storm, un wenn dat vörbi is, warrn I all tohopen möö'. Denn musst du dat Swert nehmen un an Land rojen, denn kümmst du na en Slott, un dar stahn all Slag'en vun Wachen, Wülf, Baren un Löwen. Man du musst nich bang' we'n vör se, se fallen di all mit'nanner to Föten. Man wenn du dar rinkümmst in't Slott, denn sühst du em sitten in en staatsche Kamer, groot un prächtig. He hett twölf Köppe, un de Königsdöchter sitten elk up en gollne Stohl un lusen elk een Kopp. Un de dare Arbeit, dat kannst di ja denken, dar dücht se gar nix um. Denn musst du gau tomaken un een Kopp na de anner afhau'n. Wenn he waak ward un ward di wies, denn so sluukt he di lebennig oever."

De Königssoehn geiht an Boord mit dat Swert, un he denkt dar nochmal oever na, wat he to weeten kregen hett. De annern liggen noch to slapen, un he verstickt dat Swert in sin Koj', un keen Ridder Root un keen vun de annern ward dat wies. Denn ward dat wedder weih'n, un do maakt he se waak un seggt, em dücht, dat hört keen Stä' hen, dat se sik dar noch wieder lang maken, nu dar so'n gude Wind is. – Keeneen hett dat mitkregen, dat he weg we'n is.

As nu de soeven Jahr bet up dree Daag um sünd, geiht dat jüst so, as de Ries dat seggt hett. Dar kümmt Unwedder un Storm, un dat duert dree Daag, un as dat vörbi is, warrn se möö' na all de Mars[1] un leggen sik dal to slapen. Man de jüngste Königssoehn pullt an Land, un de Wachen fallen em to Föten, un do kümmt he hen na't Slott. As he in'e Kamer rinkümmt, sitt de Riesenbaas to slapen, so as de Riesenprinz dat seggt hett, un de twölf Prinzessinnen sitten elk up ehr Stohl un lusen elk een Kopp. De Königssoehn winkt de Prinzessinnen to, se schoe'n ut'e Weg gahn. Man se wiesen up'e Ries un winken em, he schall afhau'n un maken, dat he wegkümmt. Aver he blifft bi un bedüüd't se, se schoe'n dar weggahn, un do marken se bi lütten, he will se

---

[1] Mars = Mühe, Anstrengung (dän. mas)

erlösen, un gahn een na de anner bisiet so sachen, as se koenen. Un jüst so gau haut de Königssoehn de Riesenkönig de Köppe af, dat dat Bloot toletzt löppt as en grote Bek.

As he de Ries doot hett, pullt he wedder t'rügg an Boord un verstickt dat Swert. Nu hett he nugg daan, dücht em, un wo he de Liek ja alleen nich an'e Kant kriegen kann, do is dat nich to vel verlangt, meent he, wenn de annern en beten mit helpen. He maakt se waak un seggt, dat is ja en Sünn un Schann, wo se dar rumliggen, nu hett he wieldes de Königsdöchter funnen un erlöst. Do lachen de annern em ut un seggen, he hett sachs jüst so fein slapen as se un hett dat dröömt, dat he so'n Keerl is. Wenn een de Prinzessinnen erlöst harr, denn weer dat doch woll ehrer een vun se, de dat daan harr. Man de jüngste Königssoehn vertellt, wodennig dat allens togahn is, un do kamen se doch mit an Land. Eerst warrn se de Bek vun Bloot wies, denn dat Slott un de twölf Köppe un de Prinzessinnen. Do sehn se dat ja, he hett de Wahrheit seggt, un denn helpen se em un smieten de Köppe un de Rump in'e See. All sünd se nu froh, man nümms freut sik mehr as de Königsdöchter, de nu doch nich mehr de heele Dag sitten moeten un lusen de Ries. Vun all dat Gold un Sülver un de kostbare Saken, de dar sünd, nehmen se so vel mit, as dat Schipp lasten kann. Un denn gahn se all tohopen an Boord, de Prinzen un de Prinzessinnen.

Man as se en Stück buten sünd up See, seggen de Königsdöchter, in se's Freud hebben se se's gollne Kronen vergeten; de liggen in en Schapp, un de woe'n se doch geern mithebben. Keen vun de annern will se halen, un do seggt de jüngste Königssoehn: „Na ja, ik heff nu al so vel waagt, denn kann ik sachs uck henfahren un halen de gollne Kronen, wenn I man woe'n de Seils dalnehmen un töven, bet ik wedderkaam." Ja, dat woe'n se doon. Man as he so wied weg is, dat se em nich mehr seh'n koenen, do seggt Ridder Root – he will geern sülven de Baas we'n un de jüngste Königsdochter hebben –, de seggt, dat hett doch keen Sinn un liggen still un luern up em, de kümmt ja doch nich wedder, dat koenen se sik doch denken. Un se weeten ja, seggt he, de König hett em, Ridder Root, Macht un Vullmacht geven, dat he seilen kann, wannehr he will. Un denn schoe'n se seggen, *he* is dat we'n, de de Prinzessinnen erlöst hett, un wenn een wat anners seggt, denn geiht em dat an't Leven. Do truu'n de Prinzen sik nich un gahn gegenan, un se seilen afste'.

Wieldes pullt de jüngste Königssoehn an Land un geiht rin in't Slott. He finnt dat Schapp mit de gollne Kronen in un marst[1] un slept darmit rum, bet he dat in'e Boot kriggt. Man as he so wied rutkümmt, dat he dat Schipp up Sicht kriegen schull, do is dat weg. He kickt na alle Kanten, man dat is nich to seh'n; do kann he sik al denken, wodennig dat togahn is. Achterran rojen hett ja nu keen Sinn, un do dreiht he bi un pullt wedder an Land. He is ja wat bang' un we'n dar alleen bi Nacht in't Slott, man dar is ja anners keen Hüsen to finnen, un do faat't he sik en Hart, slütt all de Dören un Poorten to un leggt sik dal in en Kamer, 'nem en maakte Bett steiht. Man bang' is he, un dat ward noch duller, as he en Tiedlang legen hett, denn do ward dat in'e Wänne un in't Dack knacken un breken, as schull dat heele Slott bassen. Miteens dunst dar wat dal blangen dat Bett as en

---

[1] marsen = schuften, sich abmühen

Föder Heu. Denn ward dat wedder ruhig. Man he hört en Stimm, de meent, he schall man nich bang' we'n, un seggt:

„Ik bün de Vagel Damm,
de di woll helpen kann.

Foorts, wenn du morrn fröh waak warrst, musst du in'e Schüün gahn un veer Tunnen[1] Roggen för mi halen, de mutt ik to Fröhstück hebben; anners kann ik gar nix maken."

As he waak ward, ward he en oevermächtig grote Vagel wies, de hett en Fedder in'e Nack as en halv utwussene Dannenboom. De Königssoehn geiht na de Schüün un haalt veer Tunnen Roggen för de Vagel Damm, un as de sik de to Lievs neiht hett, seggt he to de Königssoehn, he schall em dat Schapp mit de gollne Kronen up'e eene Siet an'e Hals hängen un up'e anner Siet so vel Gold un Sülver, dat dat in'e Balangs is. Un denn schall he sik sülven rupsetten up sin Rügg un sik an'e Nackfedder fastholen.

Denn geiht dat afste' dör de Luft, dat dat man so susen deit, un dat duert nich lang', do kamen se an't Schipp vörbi. De Königssoehn will geern an Boord un dat Swert halen, he is bang', jichens een kriggt dat to seh'n, un de Ries hett seggt, dat dörv keeneen. Man de Vagel Damm seggt, dat mutt nu nablieven. „Ridder Root ward et sachs nich wies", seggt de Vagel, „man wenn du an Boord kümmst, bringt he di um'e Eck, denn he will geern de jüngste Prinzessin hebben. Man um ehr bruukst du di keen Sorgen maken, se leggt elkeen Nacht en naakte Swert vör sik in't Bett."

---

[1] Tunn: Hohlmaß, in Flensburg und Schleswig ca. 137 l.

Upletzt kamen se na de Riesenprinz, un dar ward de Königssoehn so fein upnahmen, dat is gar nich un seggen. De Riesenprinz weet gar nich, wat he em all Gudes doon schall, wo he ja sin Herr doothaut un darmit em to König maakt hett. He harr em geern sin Dochter un dat halve Land un Riek geven. Man he hett sik nu sodennig in de jüngste vun de twölf Königsdöchter verkeken, he hett keen Ruh in'e Maars un will ümmer wedder afste'. De Ries seggt, he schall man ruhig noch en Tied töven, se moeten noch meist soeven Jahr seilen, bet se na Huus kamen. Un wat de Prinzessin angeiht, seggt he dat-sülve as de Vagel Damm: „Um ehr bruukst du di keen Sorgen maken, se leggt elkeen Nacht en naakte Swert vör sik in't Bett. Un wenn du mi nich gloven wullt", seggt de Ries, „denn kannst du man an Boord gahn, wenn se hier langseilen, un nakieken un dat Swert halen; dat mutt ik ja liekers wedderhebben."

As se vörbiseilt kamen, is dar wedder Unwedder we'n, un as de Königssoehn an Boord kümmt, slapen se all tohopen, un elkeen Prinzessin liggt bi ehr Prinz; man de jüngste liggt alleen in't Bett mit en naakte Swert vör sik, un up'e Del vör dat Bett liggt Ridder Root. De Königssoehn nimmt de Ries sin Swert un pullt wedder an Land, un keeneen ward dat wies, dat he an Boord we'n is.

Man de Königssoehn hett noch keen Ruh, un faken will he afste', un as de soeven Jahr upletzt to Enne gahn un dar blots noch en dree Wuchen na sünd, seggt de Riesenkönig: „Nu kannst du di klaar maken för de Reis, wo du ja nich bi uns blieven wullt. Du kriggst min Iesenboot lehnt, de geiht vun alleen, wenn du man seggst: Boot, gah vöran! In'e Boot liggt en Iesenküül, un de dare Küül musst du hoochböhren, wenn du dat Schipp vör di sühst, denn kriegen se so'n Wind, dat se vergeten un kieken na di. Wenn du blangen dat Schipp büst, musst du de Küül wedder hoochböhren, denn kriegen se so'n Storm, dat se nugg anners to doon hebben as na di kieken. Un wenn du an se vörbi büst, musst du de Küül dat drütte Mal hoochböhren. Man du musst 'n ümmer akraat wedder dalleggen, anners gifft dat so'n Unwedder, dat I vergahn, du un se. Wenn du denn an Land kamen büst, hest du dat nich nödig un kümmern di um'e Boot; schuuv 'n man blots rut, dreih 'n um un segg: Boot, gah de Weg t'rügg, de du kamen büst!"

As he afreist, kriggt he so vel Gold un Sülver un kostbare Kraam un Tüüg un Hemden, de de Riesenprinzessin em in de ganze Tied neiht hett, dat he vel rieker is as jichens een vun sin Bröder. He hett sik knapp in'e Boot rinsett un seggt: „Boot, gah vöran", do seilt de Boot afste', un as he dat Schipp liek vör sik süht, kriggt he de Küül tohööcht. Do kriegen se so'n Wind, dat se vergeten un kieken na em. As he blangen dat Schipp is, kriggt he wedder de Küül hooch, un do gifft dat so'n Storm un so'n Unwedder, dat dar witte Schuum um dat Schipp steiht un de Seen oever dat Deck slaan, un do hebben se nugg anners to doon as kieken na em. Un as he an se vörbi is, böhrt he de Küül dat drütte Mal hooch, un do kriegen se so rieklich to doon, se hebben gar keen Tied un kieken darna, wat dat för een is. He kümmt an Land lang', lang' vör dat Schipp, un as he all sin Kraam rut hett ut'e Boot, schüfft he 'n wedder rut, dreiht 'n um un seggt: „Boot, gah de Weg t'rügg, de du kamen büst", un denn glitt de Boot af.

Sülven verkleed't he sik as Seemann un geiht rup in en rummelige Kaat na en ole Wief. Ehr snackt he vör, he is en stackels Matroos, he is up en grote Schipp we'n, un dat is ünnergahn, un he is as eenzige rett't. Un he seggt, se schall em doch man upnehmen mit de Kraam, de he rett't hett.

„Du leeve Tied", seggt de Oolsch, „ik kann doch keen upnehmen; du sühst doch, wodennig dat hier utsüht, ik heff ja nichmal wat för mi sülven un liggen up, eerst recht nich un laten anners een up liggen."

Ja, dat is eendoont, seggt de Seemann; wenn he man en Dack oever de Kopp kriggt, denn is em dat eendoont, wodennig he liggen deit. En Dack oever de Kopp kann se em denn ja nich afslaan, wenn he dar sodennig mit tofreden is, as dat is.

To Avend bringt he sin Kraam rin, un knapp hett he dat binnen, do kümmt de Oolsch – se will ja geern wat hören un lopen mit – de kümmt un fraagt, wat he för een is, wonem he her is, wonem he we'n is, wonem he hen schall, wat he dar mithett, wat för'n Warv he in reist un um he nich wat hört hett vun de twölf Prinzessinnen, de vör vele Jahren verswunnen sünd, un noch en Barg anners wat, dat wurr vel to lang' duern un tellen dat hier allens up. Man he seggt, he is so flau un hett so'n Koppwehdaag vun dat leege Wedder, wat se hatt hebben, he kann sik up gar nix besinnen. Se schall em doch man en paar Daag in Ruh laten, bet he sik wedder recht kamen is vun allens, wat he dörmaakt hett, man denn schall se allens to weeten kriegen un noch mehr.

De neegste Dag ward de Oolsch denn wedder fragen, man de Seemann hett dat noch so dull mit'e Kopp vun dat Unwedder, he kann sik up nix besinnen. Man he düüd't doch an, he weet en beten wat vun de Königsdöchter. Foorts suust de Oolsch afste' mit dat, wat se to weeten kregen hett, na all de Sluderwiever in'e Umgegend, un nu kümmt de eene na de anner anrönnt un fraagt na de Königsdöchter, um he se sehn hett, um se bald kamen, um se ünnerwegens sünd un mehr all sowat. He deit, as wenn he ümmer noch Koppweh hett na dat Unwedder un he sik darum nich up allens besinnen kann. Man so vel seggt he doch, wenn se nich bi dat Unwedder to Mallöör kamen sünd, denn kamen se bi en veertein Daag, vellicht uck ehrer. Man um se noch an't Leven sünd, kann he nich seggen, denn sehn hett he se nich, un dat kann ja uck angahn, se sünd naher afbuddelt.

Een vun de Wiever suust dar foorts na de Königshoff mit un seggt, dar wahnt en Seemann in'e Kaat bi de un de Oolsch, de hett de Prinzessinnen sehn, un de kamen sachs bi en veertein Daags Tied, vellicht uck al bi acht. As de König dat hört, schickt he na de dare Seemann, he schall kamen un em dat sülven vertellen.

„Dar seh ik nich ut na", seggt de Matroos, „ik heff keen Tüüg, 'nem ik mi vör em in wiesen kann." Man de König sin Baad seggt, he schall liekers kamen. De König will un mutt mit em snacken, eendoont wodennig he utseh'n deit, denn bet nu is dar noch keeneen we'n, de em wat hett vertellen kunnt vun de Prinzessinnen.

Ja, do mutt he sik ja up'e Padd maken na de Königshoff un rin na de König, un de fraagt em, um dat wahr is, dat he wat sehn hett vun de Prinzessinnen.

„Ja, dat heff ik", seggt de Seemann. „Man ik weet nich, um se noch an't Leven sünd, denn as ik se sehn heff, harrn wi so'n Unwedder, dat unse Schipp ünnergahn is. Man wenn se noch leven doon, denn kamen se sachs bi en veertein Daags Tied, vellicht uck al ehrer."

As de König dat hört, ward he meist tumpig vör Freud. Un as bi lütten de Tied kümmt, wo de Seemann seggt hett, dat se kamen, treckt de König se in'e Mööt in vulle Staat dal na de Strand, un dat heele Land freut sik, as dat Schipp inlöppt mit de Prinzessinnen un Prinzen un Ridder Root. Man keeneen freut sik duller as de ole König, de sin Deerns wedderkregen hett.

All de ölben öllste Prinzessinnen sünd froh un lustig; man de jüngste, de Ridder Root kriegen schall, is ümmerto an't Blarr'n un is trurig. Dat gefallt de König gar nich, un he fraagt ehr, warum se nich uck so munter un lustig is as de anner Prinzessinnen. Se hett doch nix un we'n trurig um, nu se vun de Ries af is un en Mann kriegen schall, as Ridder Root dat is. Man se truut sik nich un seggen wat, denn Ridder Root hett ja seggt, wenn een vertellt, wodennig dat togahn is, denn so will he de um'e Eck bringen.

Man mal, as se bi sünd un neih'n an se's Hochtiedsputz, kümmt dar een rin in en grote Matrosenmantel mit en Hoekerschapp up'e Rügg un fraagt, um de Prinzessinnen em nich wat Putz afkopen woe'n to de Hochtied, he hett en Barg feine un kostbare Saken vun Gold un vun Sülver. Ja, dat kunn ja sachs angahn. Se kieken sik de Kraam an, un se kieken em an, se dücht rein, se kennen em un uck en ganze Deel vun de Saken, de he hett.

„De so vel feine Saken hett", seggt de jüngste Prinzessin, „de hett sachs uck noch wat, wat noch feiner is un sik noch beter passen kunn för uns."

Ja, dat mag woll, seggt de Hoeker.

Man de annern bedüden ehr, se schall still swiegen, se schall dar doch man an denken, wat Ridder Root se andrauht hett, seggen se.

Wecke Daag later sitten de Prinzessinnen an't Finster, un do kümmt de Königssoehn wedder mit de grote Matrosenmantel an un dat Schapp mit de gollne Kronen up'e Rügg. As he in'e beste Stuuv rinkümmt an'e Königshoff, maakt he dat Schapp up för de Prinzessinnen, un do kennen se elk ehr Kroon wedder. Un do seggt de Jüngste: „Mi dücht, dat is nich mehr as Recht, wenn de, de uns erlöst hett, uck de Lohn kriggt, de he verdeent, un dat is nich Ridder Root, man de nu kamen is mit unse gollne Kronen, de hett uns erlöst." Do smitt de Königssoehn de Matrosenmantel af un steiht dar un is vel smucker as all de annern. Un do lett de ole König Ridder Root de Kopp afhau'n. Nu freu'n se sik eerst richtig an'e Königshoff; elkeen kriggt sin, un denn gifft dat en Hochtied, dat dat to hör'n un to marken is oever twölf Königrieken.

29

De dree Königsdöchter in'e Blaue Barg

Dar is mal en König we'n un en Königin, de hebben keen Kinner hatt, un dat hebben se sik so neeg nahmen, se hebben meist keen frohe Stunn hatt.

Mal steiht de König buten up'e Balkon un kickt oever sin grote Lännerien un allens, wat he hett. Dat is en ganze Barg, un allens fein up Schick. Man em dücht, he kann sik dar nich to freu'n, wenn he nich weet, wonem dat allens afblifft, wenn he mal nich mehr is. As he dar so steiht un gruvelt, kümmt dar en arme Oolsch, de geiht un bedelt um en beten in Gotts Naam. Se grötet un knickst un fraagt, wat de König fehlen deit, he süht so trurig ut.

„Dar kannst du ja doch nix an doon, beste Fruu", seggt de König; „wat helpt dat denn, wenn ik di dat vertell."

„Dat kunn doch angahn", seggt de Bedeloolsch. „Dar hört faken blots en lütte beten to, wenn dat Glück man will." De König denkt dar an, seggt se, dat he keen Arv hett för sin Land un Riek, man dar bruukt he sik keen Sorgen um maken, seggt se. He kriggt dree Döchter mit sin Fruu, seggt se, man he mutt fein up se uppassen, dat se nich ünner frie Heven kamen ehrer se föftein Jahr oold sünd. Anners kümmt dar en Sneeflaag un nimmt se mit.

Na en Tied kümmt de Königin würklich to liggen un kriggt en smucke lütte Deern. Dat Jahr darna geiht dat jüst so, un dat drütte Jahr uck. De König un de Königin freu'n sik dar so dull to, dat is gar nich to seggen. Man so dull he sik uck freut, de König denkt dar doch an un setten en Uppasser vör de Stuvendör.

As de Königsdöchter ranwassen, warrn se smucke un söte Deerns, un dat geiht se man eenmal guut. Man blots – se dörven nich rut un spelen so as anner Kinner. Un wat se uck quengeln un beden, un wat se de Uppasser uck vörquarken, dat helpt allens nich: Rut dörven se nich, ehrer se all tohopen föftein Jahr oold sünd.

Do kümmt dar een Dag, nich lang' vör de jüngste Königsdochter föftein warrn schall, do fahr'n de König un de Königin spazeern in dat feine Wedder, un de Prinzessinnen stahn an't Finster un kieken rut. De Sünn schient, un dat is allens so grön un smuck, do dücht se, se moeten na buten, dat mag gahn, as dat will. Do warrn se all dree bi de Uppasser bedeln un pranseln un seggen, he schall se doch man dal laten in'e Gaarn. He kann ja sülven seh'n, wo fein warm dat is – an so'n Dag kann dat doch keen Winterwedder geven. Ja, dat dücht de Uppasser uck, dar süht dat nich na ut, un wenn se afsluut rut moeten, denn dörven se sachs gahn, seggt he. Man blots en lüerlütte Ogenblick, seggt he, un he will sülven mitgahn un up se uppassen.

As se dal kamen in'e Gaarn, springen se rum as unklook, un se plöcken sik de Arm vull vun Blöme un Grööntüüg, dat smuckste, wat se man wies warrn. Toletzt koenen se nix mehr faatnehmen; man as se jüst ringahn schoe'n, warrn se en grote Roos wies ganz an't anner Enne vun'e Gaarn. De is vel, vel smucker as all dat anner, wat se funnen hebben, de moeten se hebben. Man jüst, as se sik dalbücken un woe'n de Roos afplöcken, do kümmt dar en gewaltige, dichte Sneeflaag, un weg sünd se.

Do is dar grote Truer in't heele Land, un de König lett vun alle Kanzeln bekannt maken, de de Prinzessinnen erlösen kann, de schall dat halve Riek hebben un sin gollne Kroon, un he kann sik een vun de Deerns as Fruu utsöken. Do sünd dar en Barg, de geern en halve Königriek un en Prinzessin upto winnen woe'n, dat lett sik ja denken. Un do maken sik vörnehme un ringe Lüüd up'e Reis na alle Kanten vun't Riek. Man keeneen kann de Königsdöchter finnen oder uck blots wat vun se to weeten kriegen.

As nu all de Groten un Boeversten in't Land afste' we'n sünd, kamen dar en Hauptmann un en Leutnant, de woe'n uck afste' un versöken dat. Och ja, do kriegen se vun'e König düchtig Gold un Sülver in'e Tasch, un he wünscht se bavento Glück up'e Reis.

Dicht bi wahnt dar en Suldaat, de huust mit sin Mudder in en lütte Kaat achter de Königshoff. De dröömt mal des Nachts, he schall uck afste' un söken de Prinzessinnen. De neegste Morrn kann he sik dar noch guut up besinnen, wat he dröömt hett, un he snackt darvun mit sin Mudder. „Dat kann guut man Spökenkraam we'n, un du billst di dat man in", seggt de Oolsch. „Du musst datsülve dree Nachten achter'nanner drömen, anners is dar nix an."

Man dat geiht de neegste Nachten jüst so, beide Malen kümmt desülve Droom wedder. Un do dücht em, he mutt afste'.

Do wascht he sik un treckt sin Munderung an, un denn geiht he rup in'e Koek an'e Königshoff. Dat is jüst de Dag, na dat de beide annern lostrocken sünd.

„Gah du man wedder na Huus", seggt de König; „de Prinzessinnen hängen sachs en beten to hooch för di", seggt he. „Un ik heff al so vel Reisgeld utgeven, vundaag gifft dat nix mehr. Un du scha'st uck keen anner Dag wedderkamen."

„Schall ik afste' denn will ik dat vundaag", seggt de Suldaat. „Reisgeld bruuk ik nich, ik will nix as en Buddel Koem un wat to eten", seggt he. Man en düchtige Sack mit wat to leven mutt he hebben, so vel Fleesch un Speck, as he drägen kann.

Ja, dat schall he denn hebben, wenn he man anners nix will.

Do maakt he sik up'e Padd, un he is noch nich vele Mielen gahn, do haalt he de Hauptmann un de Leutnant in.

„Wonem scha'st du denn up dal?" fraagt de Hauptmann, as he sin Munderung wies ward.

„Ik will mal seh'n, um ik nich kann de König sin Döchter finnen", seggt de Suldaat.

„Dat woe'n wi uck", seggt de Hauptmann, „un wo du datsülve vörhest, dörvst du mit uns kamen; denn wenn wi se nich finnen, denn finnst du se bestimmt nich, min Jung", seggt he.

As se en Tied tosamen gahn sünd, dreiht de Suldaat af vun'e Hauptstraat un rin in en Stieg dör't Holt.

„Nee, wonem wullt du denn hen?" seggt de Hauptmann. „Dat Beste is un blieven up'e Hauptstraat."

„Elkeen, as he meent", seggt de Suldaat, „man min Weg geiht hier lang."

He blifft up'e Stieg, un as de annern dat sehn, dreih'n se bi un kamen achterna. Dat geiht wied un ümmer wieder dar dörch, oever steile Bargen un dör drange Slunken. Toletzt deit sik dat mehr un mehr apen, un as se ut dat Holt rutkamen, is dar en ganz, ganz lange Brügg, dar moeten se roever. Un up'e Brügg steiht en Baar up Posten. De stellt sik up'e Achterbeens un kümmt up se to, as wenn he se upfreten will.

„Wat nu?" seggt de Hauptmann.

„Se seggen ja, en Baar is wild na Fleesch", seggt de Suldaat un smitt em en Vörderviddel hen

Do kamen se an em vörbi. Man an't anner Enne vun'e Brügg steiht en Lööw, un de rohrt un kümmt up se to mit dat Muul wied apen, as wenn he se oeverslucken will.

„Nu is dat sachs dat Beste wi dreih'n um un gahn wedder na Huus", seggt de Hauptmann, „hier kamen wi ja nie nich lebennig vörbi."

„Och, de is sachs uck nich so gefährlich", seggt de Suldaat. „Ik heff mal hört, Löwen moegen so bannig geern Speck, un in min Tornüster heff ik en halve Swien", seggt he. Do smitt he de Lööw en Schink hen, un de geiht bi un knault un fritt, un sodennig kamen se dar uck um rum.

Hen to Avend kamen se na en feine, grote Hoff. De eene Saal is prachtvuller as de anner, un wonem se uck henkieken, allens lücht't un glinstert. Man dar warrn se ja nich satt vun. De Hauptmann un de Leutnant kloetern mit dat Geld in'e Tasch un woe'n sik geern wat to eten kopen. Man se sehn dar keen Lüüd, un se finnen uck nich en Brock to eten. Do bütt de Suldaat se Fleesch un Speck ut sin Etenpaas an. Un do sünd se gar nich grootsnutig un laten sik nich lang' nödigen, se langen to un nehmen vun sin Kraam, as schullen se nie nich wedder wat to eten kriegen.

De neegste Dag seggt de Hauptmann, se moeten up Jagd dat se wat to leven kriegen. Liek bi de Hoff is en grote Holt, un dar is dat vull vun Hasen un Vageln. De Leutnant schall to Huus blieven un se de Rest vun'e Etenvörraat kaken. Wieldes schöten de anner beiden so vel, dat se en ganze Barg na Huus slepen koenen. Man as se an'e Poort kamen, is de Leutnant so ring, he kann se knapp de Dör upmaken.

„Wat is denn mit di los?" fraagt de Hauptmann.

Tja, do vertellt he se, foorts, as se weg weern, is dar en lüerlütte Keerl kamen mit en lange Baart, de hett an Krücken gahn un so fein um en Schilling be'n. Man as he de kregen hett, is 'n em up'e Del fullen, un so dull he dar uck na krabbelt is, he is nich kumpabel we'n un kriegen 'n faat, so stiev un stiefelig is he we'n. „Mi düch'e, dat weer Sünne för de ole Krummbuck", seggt de Leutnant, „un do heff ik mi dalbückt un wull de Schilling upkriegen. Man do weer he nich mehr stiev un stiefelig, do is he mit sin Krücken up mi losgahn, bet ik meist keen Lidd mehr roegen kunn."

„Du schu'st di doch wat schamen, du as de König sin Mann; lettst di vermöbeln vun en ole Krüppel, un vertellst dat denn uck noch", seggt de Hauptmann. „Pöhh! Morrn bliev ik to Huus, denn schoe'n I wat anners to weeten kriegen."

Na, de neegste Dag gahn de Leutnant un de Suldaat denn up'e Jagd, un de Hauptmann blifft to Huus un schall Middag kaken un dat Huus wahren. Man wenn dat mit em uck nich leeger geiht, so geiht em dat doch uck nich beter. Na en Tied kümmt de Ole un fraagt um en Schilling. De lett he foorts fallen, as he 'n kriggt; weg is 'n, un weg blifft 'n. Do seggt he to de Hauptmann, he schall em doch man söken helpen, un de weet dat nich beter, he bückt sik dal, dat he söken will. Man knapp hett he sik dalbückt, do neiht de Ole em wecken mit sin Krücken, un ümmer, wenn de Hauptmann de Rügg liek maken will, kriggt he een oevertrocken, dat he Steerns süht. As de anner beiden to Avend na Huus kamen, liggt he noch ümmer an desülve Stä' un kann sik nich rippen un nich roegen.

De drütte Dag schall denn de Suldaat to Huus blieven, wieldes de anner beiden up Jagd gahn. De Hauptmann seggt, he schall sik man guut vörseh'n, „denn di haut de Ole sachs foorts doot, min Jung", seggt he. „Na", meent de Suldaat, „dat Leven mutt aver bannig loos sitten, wenn een sik dat vun so'n ole Stackel wegnehmen lett".

Se sünd knapp ut'e Dör, do is de Keerl dar un fraagt wedder um en Schilling.

„Geld heff ik noch nie nich hatt", seggt de Suldaat, „man wat to eten kannst du kriegen, wenn dat ferdig is", seggt he. „Man wenn wi dar Füer ünner kriegen schoe'n, denn musst du Holt hau'n."

„Dat kann ik nich", seggt de Keerl.

„Kannst du 't nich, denn kannst du dat sachs lehr'n", seggt de Suldaat; „dat is gau daan, kumm man mal mit dal up'e Hoff."

Dar kriggt he en grote Stück Holt her, haut dar en Splet in un drifft dar en Kiel rin, dat dar en grote, deepe Spreck in is.

„Nu musst du di dalleggen un fein an de dare Spreck lang peilen, denn lehrst du gau, wodennig dat geiht un hau'n Holt", seggt de Suldaat; „wieldes will ik hau'n un slaan."

Ja, de Ole deit, wat he em seggt hett, he leggt sik dal un peilt oever dat Holtstück. As de Suldaat wies ward, de Baart is fein rinkamen in'e Spreck, do haut he de Kiel rut, un kloppt de Keerl mör mit de um-dreihte Äx. Denn nimmt he de Äx tohööcht oever de Kopp un seggt, he will em de Brägenkasten upklö-ven, wenn he nich foorts seggt, wonem de Königs-döchter afbleven sünd.

„Laat mi leven, laat mi leven, ik segg di dat!" röppt de Keerl. „Oosten düsse Hoff is en grote Barg", seggt he. „Baven up'e Barg musst du en veerkantige Sood utsteken, denn sühst du en sware Steenplaat, un dar ünner is en deepe Lock. In dat dare Lock musst du di dalfier'n, denn kümmst du in en anner Welt, un dar sünd de Prinzessinnen bi de Bargriesen. Man dat is wied, un dat is dar nedden düüster, un dat geiht dör Water un Hitten."

Dat is't ja, wat de Suldaat hett weeten wullt, un do maakt he de Ole los, un de luert nich lang', he haut foorts af.

As de Hauptmann un de Leutnant na Huus kamen, wunnern se sik, dat de Suldaat noch lebennig is. Na ja, do vertellt he se vun Anfang bet Enne, wodennig dat gahn hett, un uck, wonem de Königsdöchter sünd un wodennig se se finnen koenen. Do freu'n se sik, as wenn se se al faat hebben. Un denn kriegen se sik wat to eten inpackt, nehmen en Korv un allens, wat se an Reepen un Tauen finnen koenen, un gahn all dree na de dare Barg. Dar steken se eerst de Sood ut, so as de lütte Keerl dat seggt hett. Dar ünner finnen se de grote, sware Steenplaat, un dar hebben se se's Mars mit un kriegen de an'e Siet. Denn woe'n se bi un meten ut, wo deep dat woll is. Se knütten twee, dree Längden tohopen, man mit de letzte Längde finnen se nich mehr Grund as mit de eerste. Toletzt moeten se allens tohopenstücken, wat se hebben, um dat nu dick is oder dünn, un do warrn se denn wies, dat langt jüst bet na nedden.

De Hauptmann will natürlich toeerst dal. „Man wenn ik an't Tau treck, moeten I mi foorts hoochtrecken", seggt he. Dar nedden is dat düüster un eklig; man he denkt, dat is sachs un holen ut, wenn 't man nich leeger ward. Man do sprütt't em kole Water um'e Ohr'n, un do ward he bang' un ward an't Reep trecken.

Ja, denn will de Leutnant dat versöken, man em geiht dat nich vel beter. Ja, wiss, he kümmt dör de Waterfloot, man denn ward he nedden in't Lock helle Füer wies, un do kriggt he dat uck mit'e Angst un mutt bidreih'n.

Denn sett de Suldaat sik in'e Korv, un he lett 'n dalgahn dör Water un dör Hitten, bet he dal kümmt up'e Grund. Dar nedden is dat pickendüüster, he kann nich de Hand vör Ogen segn. He truut sik uck nich un laten de Korv los, he geiht in en Krink un grabbelt un fummelt um sik rum. Ja, un denn ward he ganz wied weg en lütte Lichtschien wies, so as wenn dat schummert. Dar geiht he up to. As he en

Stück vörankamen is, ward dat bi lütten heller um em, un denn duert dat nich mehr lang' un he süht dar en gollne Sünn an'e Heven stahn, un do ward dat hell un smuck, jüst so as in'e richtige Welt. Eerst kümmt he na en grote Flock Veeh mit Köh, de sünd arig fett un blank, un as he an de vörbi is, kümmt he an en grote, feine Slott.

Dar geiht he dör en Barg Stuven un Kamern un bemött keeneen. Toletzt hört he en Spinnrad snurren, un as he rinkümmt, sitt dar de öllste Königsdochter un spinnt Koppergaarn; un de Stuuv un allens, wat dar in is, is vun idel blankschüerte Kopper.

„Wat, kümmt hier en Christenminsch her?" seggt de Prinzessin. „Mein Zeit, wat wullt du denn hier?"

„Ik will di ut'e Barg ruthalen", seggt de Suldaat.

„Du leve Tied, gah du man leever! Wenn de Ries na Huus kümmt, bringt he di foorts um'e Eck. He hett dree Köppe", seggt se.

„Is mi eendoont, un wenn he veer hett", seggt de Suldaat; „hier bün ik un hier bliev ik."

„Na, wenn du so stievköppig büst, denn mutt ik man mal seh'n, um ik di helpen kann", seggt de Königsdochter. Denn seggt se, he schall achter de grote Bruuketel krupen, de steiht up'e Vördel. Wieldes will se de Ries begröten un em lusen, bet he slöppt. „Man wenn ik rutgah un de Höhner roop, dat se rinkamen un dat uppicken, wat vun sin Kopp fallt, denn musst du gau rinkamen", seggt se. „Man gah nu eerstmal rut un seh to, um du dat Swert regeern kannst, wat dar up'e Disch liggt."

Nee, dat is to swaar, he kann dat nichmal roegen. Do mutt he en Sluck nehmen ut de Buddel, de dar achter de Huusdör hängt; do is dat so wied, he kann dat en beten anlüften. Ja, denn nimmt he noch een, un do kann he dat böhren. Man denn kriggt he sik en orntliche Treck, un do kann he dat Swert swunken, as weer dat nix.

Do kümmt de Ries ansuust, dat dat heele Slott bevert.

„Tpoi, tpoi! Hier rüükt dat na Christenbloot un Christenknaak in min Huus", seggt he.

„Ja, hier is vörhen en Kreih langflagen", seggt de Königsdochter, „de harr en Minschenbeen in'e Snavel un hett 'n in'e Schosteen fallen laten. Ik heff 'n ja foorts rutsmeten un heff uck lang' un gründlich nafegt, man dar rüükt dat sachs noch na."

„Ja, ja, dat kenn ik", seggt de Ries.

„Kumm man her, denn will ik di lusen", seggt de Prinzessin, „wenn du denn wedder waak warrst, is dat sachs beter."

Dar is de Ries foorts mit inverstahn, un dat duert nich lang', do slöppt he un snorkt. As se markt, he is inslapen, sett se Stöhle un Bettdeken ünner sin Köppe un geiht bi un ropen de Höhner. Do sliekert de Suldaat sik rin mit dat Swert un haut mit een Slag de Ries all dree Köppe af.

De Prinzessin freut sik as dull un geiht mit em na ehr Süstern, dat de uck frie kamen koenen ut'e Barg. Eerst gahn se oever en Hoffplatz un denn rin dör en lange Reeg Stuven un Kamern, bet se an en grote Dör kamen. „Ja, hier musst du ringahn", seggt de Königsdochter, „hier is dat."

As he de Dör upmaakt, is dar binnen en grote Saal, un allens is dar vun idel Sülver; dar sitt de Middelste un spinnt up en sülverne Spinnrad.

„Gott trööst di!" seggt se, „wat wullt du denn hier?"

„Di frie maken vun'e Ries", seggt de Suldaat.

„O, mein Zeit, gah du blots weg!" seggt de Prinzessin. „Wenn he di hier finnt, nimmt he di foorts dat Leven!"

„Dat mag denn ja – wenn ik nich eerst sin nehm", seggt de Suldat.

„Na, wenn du afsluut wullt" seggt se, „denn musst du achter dat grote Fatt buten up'e Vördel krupen. Man du musst di streven un kamen gau rin, wenn du hörst, ik roop de Höhner."

Man eerst mutt he seh'n, um he is Manns nugg un regeern dat Töverswert, wat dar up'e Disch liggt. Dat is arig wat grötter un swarer as dat eerste, he kann dat man knapp roegen. Do kriggt he sik dree Treck ut en Buddel, de hängt dar; do kann he dat böhren. Un as he noch dree nahmen hett, kann he dar mit fechten, as wenn dat man en Brootschuver is.

En beten later ward dat droehnen un knacken, dat is ganz gresig, un denn kümmt dar en Ries an mit söss Köppe.

„Tpoi, tpoi!" seggt he foorts, as he de Näs in'e Dör kriggt, „hier rüükt dat na Christenbloot un Christenknaak in min Huus."

„Ja, denk mal an, vörhen keem hier en Kreih anflagen mit en Been in'e Snavel un hett 'n in'e Schosteen

41

smeten", seggt de Königsdochter. „Ik heff 'n rutsme-
ten, un dat Aas hett 'n wedder rinsmeten. Toletzt
heff ik 'n wegkregen, un ik heff gau narökert, man de
Ruuch is sachs nich so gau rutgahn", seggt se.

„Nee, dat kenn ik", seggt de Ries.

Man denn is he möö' un leggt sin Köppe bi de Prin-
zessin up'e Schoot, un se luust se, bet se all snorken.
Denn röppt se de Höhner, un do kümmt de Suldaat
un haut alle söss Köppe af, as wenn se up Kohlstrun-
ken sitten.

Se freut sik nich weniger as de eerste, kann een sik
ja denken. Man wat se uck danzen un singen, se
warrn doch an se's jüngste Süster denken, un do wie-
sen se de Suldaat oever en grote Hoffplatz un dör en
lange Reeg Stuven un Kamern, bet he na de Gold-
saal kümmt un na de drütte Königsdochter.

De sitt un spinnt Golddraht up en gollne Spinnrad,
un vun baven bet nedden glinstert dat, dat een rein
de Ogen weh doon koenen.

„Gott trööst un help di un mi! Wat wullt du denn
hier?" seggt se. „Gah, gah, anners maakt he uns alle
beide doot!"

„Een oder twee, dat is ja eendoont", seggt de Suldaat.

De Prinzessin blarrt un bedelt, man dat helpt nich,
he will dar blieven, un he blifft. Ja, wenn't denn nich
anners geiht, denn schall he mal versöken, um he
kann dat Riesenswert buten up'e Disch up'e Vördel
bruken. Man he kann dat knapp roegen – dat dare
Swert is vel grötter un swarer as de beide annern.
Do mutt he sik de Buddel dalkriegen vun'e Wand un
dar dree Sluck ut nehmen; man do kann he nich

mehr as dat Swert en beten anlüften. He nimmt nochmal dree Treck, do kann he dat böhren. Un as he wedder dreemal drunken hett, kann he dat so licht swunken as en Fedder. Do maakt se mit em datsülve af as de anner beiden: Wenn de Ries inslapen is, will se de Höhner ropen, un denn schall he gau rinkamen un em um'e Eck bringen.

Un do gifft dat al een Dröhnen un Ballern, as wenn de Wänne un dat Dack tohopenrummeln schoe'n.

„Tpoi! tpoi! Hier rüükt dat na Christenbloot un Christenknaak in min Huus", seggt de Ries un snuppert mit all negen Näsen.

„Ja, sowat hest du noch nich sehn: Vörhen floog hier en Kreih lang un smeet en Minschenbeen dal in'e Schosteen. Ik heff et rutsmeten, un dat Beest rin, un dat hett duert un duert", seggt de Prinzessin. Man toletzt hett se 't vergravt kregen, seggt se, un se hett nafegt un rökert. Man dar sitt sachs liekers noch en beten vun de dare Ruuch in.

„Ja, ja, dat kenn ik", seggt de Ries.

„Kumm man her un legg di up min Schoot, denn will ik di lusen", seggt de Prinzessin. „Wenn du denn wat slapen hest, ward dat wiss wedder guut."

Ja, dat deit he denn, un as he düchtig bi is to snorken, stütt't se sin Köppe mit Bänke un Bettdeken, dat se dar ünner rutkamen kann, un denn geiht se bi un röppt de Höhner. Do kümmt de Suldaat up Tehnspitzen un haut de Ries up eenmal acht Köppe af – dat Swert is to kort un langt nich wieder.

Do ward de negente Kopp waak un ward bölken: „Tpoi, tpoi, hier rüükt dat na Christen!"

„Ja, un hier steiht de Christ", seggt de Suldaat; un ehrer de Ries in'e Gang' kamen un wat faat nehmen kann, haut de Suldaat nochmal to, un do rullt de letzte Kopp achterran.

Dat lett sik ja denken, wo de Königsdöchter sik freu'n, dat se nu nich mehr sitten moeten un lusen de Riesenköppe. Se weeten gar nich, wat se em all Gudes doon schoe'n, dat he se erlöst hett, un de jüngste Prinzessin nimmt ehr Goldring vun'e Finger un knütt't em de in'e Haar. Denn nehmen se so vel Gold un Sülver as se meenen, se koenen drägen, un maken sik up'e Weg na Huus.

Foorts, as se an't Tau trecken, hieven de Hauptmann un de Leutnant de Prinzessinnen na baven, een na de anner. Man as se guut rupkamen sünd, ward de Suldaat dar an denken, dat is sachs doesig we'n vun em, dat he sik nich vör de Königsdöchter hett rup-trecken laten, denn he truut sin Mackers nich recht. Do will he se eerstmal up'e Proov stellen. He leggt en grote Klump Gold in'e Korv un geiht gau bisiet. As 'n halv baven is, hau'n se dat Tau dör, un de Korv dunnert dal in'e Barg, dat em de Stücken man so um'e Ohren fleegen. „So, em sünd wi los", seggen se. Un to de Prinzessinnen seggen se, wenn se nich seggen woe'n, dat *se* se vun'e Riesen erlöst hebben, denn so woe'n se se um'e Eck bringen. Dat is se ja gar nich na de Mütz, vör allen de Jüngste. Man dat is en düre Tass Tee un verleren dat Leven, un do kriegen de, de nu dat Seggen hebben, doch se's Willen.

As nu de Hauptmann un de Leutnant ankamen mit de Prinzessinnen, gifft dat en grote Hallo an'e Königshoff. De König freut sik so dull, he weet rein nich, up wat för'n Foot he stahn schall. He kriggt de beste Buddel Wien ut sin Schapp un schenkt se all beid to Willkamen een in, un hebben se se nich vörher in Ehren holen, denn doon se dat nu ja eerst recht. Un de beiden gahn de heele Dag rum un sünd grootsnutig un ber'n sik as grote Herren, nu se de König sülven to Swiegervadder kriegen schoe'n. Denn dat is afmaakt, se koenen sik elk en Prinzessin utsöken un sik dat halve Riek deelen. Do woe'n se all beid de jüngste Königsdochter hebben; man wat se ehr uck beden oder drauhn, dat helpt allens nix, se will un will nich, un wenn se sik up'e Kopp stellen. Do snacken se mit de König, um se koenen twölf Mann kriegen, de up ehr uppassen. Se is so deepsinnig un oeverspöönsch, na dat se in'e Barg we'n is, seggen se, se sünd bang', se deit sik wat an. Ja, dat koenen se kriegen, un de König seggt sülven to de Uppassers, se schoe'n guut uppassen up ehr un mit ehr gahn, wonem se geiht un steiht.

Do ward dar denn tostellt to Gastbott för de beide Öllsten mit Bruen un Backen. Dat schall ja en Hochtied warrn, as een dat noch nie nich belevt hett, un se molten un backen un slachten, dar is dat Enne vun weg.

Wieldes geiht de Suldaat nedden in de anner Welt rum. Dat dücht em doch hart, dat he nie nich wedder Minschen oder Daglicht seh'n schall. Man he mutt ja man jichens wat upstellen, dücht em, un do geiht he vun Stuuv to Stuuv, een Dag, twee Daag un noch mehr, un maakt Schappen un Schuven up, un wöhlt up'e Riechen un kickt sik all de feine Kraam an, de dar is. Toletzt kümmt he an en en Disch, dar is en Schuuv in; de treckt he rut, un do liggt dar en gollne Sloetel in. De probeert he denn an alle Sloet, de he finnt, man keen Stä' will 'n passen, bet he na en lütte

Wandschapp oever't Bett kümmt. Un do finnt he dar en ole rustige Fleut in.

„Na, mal seh'n, um dar Musik in is" denkt he un stickt 'n in'e Mund. Un do weet he gar nich mehr, wat dar los is, do gifft dat een Susen un Brusen vun alle Kanten, un do kümmt dar en Flock Vageln dal so groot, dat dat heele Feld dar swatt vun is.

„Wat will unse Herr vundaag?" fragen se.

Wenn he se's Herr is, seggt de Suldaat, denn so will he geern weeten, um se em en Raat geven koenen, wodennig he wedder rup kamen kann up'e Eerde.

Nee, dat kann keen vun se. „Man unse Mudder is noch nich dar", seggen se. „Kann se di nich helpen, denn is dar keen Raat för."

Do fleutet he nochmal, un kort darna hört he wat wied weg mit'e Flünken slaan. Un denn ward dat so dull weih'n, dat he dör't Huus küselt as en Dutt Heu up'e Hoff. Harr he sik nich fastholen an'e Tuun, he weer sachs glatt wegweiht. Un denn geiht dar en Adlersche dal vör em, so gewaltig, dat lett sik gar nich seggen.

„Du kümmst laat", seggt de Suldaat.

„Ik kaam darna, as du rinblasen deist", seggt de Adlersche.

Denn fraagt he ehr, um se Raat weet för em un kamen wedder na baven ut de dare Welt, 'nem se nu sünd.

„Ahn Fleegen ward dar nix vun", seggt de Adlersche. „Man wenn du mi twölf Ossen slachten wullt, dat ik mi düchtig satt eten kann, denn will ik noch versöken un helpen di. Hest du en Mess?"

„Nee, man ik heff en Swert", seggt de Suldaat.

As de Adlersche sik de twölf Ossen to Bost neiht hett, seggt se, he schall man noch een slachten un mitnehmen för ünnerwegens. „Ümmer, wenn ik de Snavel upsparr, must du flink we'n un mi dar en Stück rinsmieten", seggt se, „denn anners schaff ik dat nich bet na baven mit di."

Na, he deit, wat se seggt hett, un hängt ehr twee grote Fleeschpasen um'e Hals, un sülven krüppt he ünner ehr Feddern. De Adlersche spreed't de Flünken, un denn geiht dat afste' mit se as de Wind, dat et man so suusen deit in'e Luft. He dar baven up hett dar nugg mit to doon un holen sik fast; he kann dat knapp passt kriegen un smieten de Adlersche ümmer en Stück Fleesch in'e Snavel, wenn se de upsparrt. Toletzt ward dat oever se blaue Dag; do ward de Adlersche bi lütten dalsacken. Man de Suldaat is fix, grippt sik dat letzte Achterviddel un kielt ehr dat hen. Do kriggt se wedder Knoev un kümmt na baven mit em. Un as se en Tiedlang up en grote Boom seten un sik verpuustet hett, flüggt se wedder wieder mit em, dat dat dar, 'nem se langkamen, to Land un to Waters, man so blitzen deit. Dicht bi de Königshoff stiggt he denn af, un de Adlersche flüggt wedder na Huus. Man eerst seggt se noch, wenn he wat will, schall he man in'e Fleut puusten, denn kümmt se foorts an.

Wieldes is an'e Königshoff allens torecht, un dat is bald so wied, dat de Hauptmann un de Leutnant Hochtied maken schoe'n mit de beide öllste Prinzessinnen. Man de freu'n sik dar nich mehr up as se's jüngste Süster. Dar vergeiht keen Dag ahn Jammern un Blarrn, un jo neeger de Hochtiedsdag kümmt, jo truriger warrn se. Toletzt fraagt de König se, wat se fehlen deit. Em dücht, dat is doch gediegen, dat se nich lustig un froh sind, wo se doch frie un erlöst sünd un so fein heiraden schoe'n. Do moeten se ja wat seggen, un do seggt de Öllste, se warrn nie nich wedder froh, wenn se nich so'n Brettspill kriegen koenen, as se dat in'e Blaue Barg hatt hebben.

Och, meent de König, dat will he se woll beschaffen, un denn schickt he Bott an all de beste un düchtigste Goldsmidten in't Land, se schoe'n so'n Brettspill för de Prinzessinnen maken. Man wat se sik uck aftieren, dar is keen mang, de guut nugg is un maken so'n Spill.

Toletzt is dar keen Goldsmidt mehr na bet up een, un dat is so'n ole kümmerliche een, de hett in vele Jahren keen vernünftige Arbeit mehr maakt, blots mit so'n beten Sülverkraam rumklütert, dat he so even sin Broot hett. Na em geiht de Suldaat hen un geiht bi em in'e Lehr, un do freut he sik sodennig, dat he en Lehrling hett – dat hett he sörre Jahr un Dag nich hatt –, dat he en Buddel ut sin Kist kriggt un mit de Suldaat dat Supen anfangt. Dat duert nich lang', do stiggt em de Spriet to Kopp, un as de anner dat markt, kriggt he em besnackt, dat he na de König geiht un em toseggt un maken dat Spill för de Königsdöchter. Dar is he foorts inverstahn mit; sowat hett he fröher vel maakt, seggt he.

As de König hört, dar is een buten, de so'n Brettspill maken kann, kümmt he foorts rut.

„Is dat wahr, wat se seggen, du kannst so'n Brettspill maken, as min Döchter dat hebben woe'n?" fraagt he.

Ja, dat is nich lagen, seggt de Smidt, dar steiht he för in.

„Is guut", seggt de König, „hier hest du Gold un maken dat vun. Man kannst du dat nich, denn kost't di dat din Leven, wo du di sülven anbaden hest." Un bi dree Daag mutt dat ferdig we'n.

De neegste Morrn, as de Goldsmidt sin Haarbüdel utslapen hett, is he nich mehr so keut[1]. He blarrt un jault un schimpt up sin Lehrling, de hett em in sin dune Kopp darto kregen un laden so'n Unglück up sik. An besten hängt he sik foorts up, seggt he, denn sin Leven is he ja liekers quiet. Wenn de beste un düchtigste Goldsmidten so'n Spill nich maken koenen, denn kann he dat ja eerst recht nich.

„Nu jaul nich, man kumm her mit dat Gold", seggt de Suldaat. „Ik warr dat Spill al t'recht kriegen, man ik will en Kamer för mi alleen hebben, 'nem ik arbeiden kann", seggt he.

Dat kriggt he foorts, un velen Dank darto.

Man dat duert un duert; nix deit he, blots rumlungern, un de Goldsmidt geiht un schimpt, dat he gar nich bi de Arbeit bigeiht."

„Dar quäl du di man nich um", seggt de Suldaat, „de Tied is ja noch lang' nich dar. Wenn di dat nich langt, wat ik toseggt heff, denn kannst du dat Spill ja man sülven maken."

Un dat ward nich anners, nich de dare Dag un nich de neegste. Un wo de Smidt ut de Suldaat sin Stuuv

---

[1] keut = munter, keck, dreist

uck de letzte Dag keen Hamer un keen Fiel hört, do gifft he sik al heel un deel verlaren, denn nu is dar ja nich un denken an un beholen noch dat Leven, denkt he.

Man as dat to Nacht geiht, maakt de Suldaat dat Finster up un blaast in sin Fleut.

Do kümmt de Adlersche un fraagt em, wat he will.

„Dat gollne Brettspill, wat de Königsdöchter in'e Blaue Barg hatt hebben", seggt de Suldaat. „Man du wullt sachs eerst wat to leven hebben, wa'? Achtern in'e Schüün heff ik twee slacht'te Ossen liggen, de kannst du di nehmen", seggt he. As de Adlersche sik de do Bost sett hett, maakt se keen Sperenzen, un lang' ehrer de Sünn upgeiht is se wedder dar mit dat Spill. Do schüfft de Suldaat dat ünner't Bett un leggt sik dal to slapen.

Klock acht de neegste Morrn kümmt de Goldsmidt un ballert bi em an'e Dör.

„Dat is ja gresig mit di", seggt de Suldaat; „de heele Dag büst du as tumpig, un wenn een noch nich mal in't Bett sin Ruh hett, denn mag doch de Deuvel hier Lehrling we'n", seggt he

Man dütmal helpt dat nich, de Goldsmidt mutt rin un will rin, un toletzt kriggt he denn de Dör up-haakt.

Na ja, do hett de dare Sorg denn ja sachs en Enne!

Man noch duller as de Goldsmidt freu'n sik de Prinzessinnen, as he mit dat Spill henkümmt na de Königshoff, un an allerdullsten freut sik de jüngste.

„Hest du dat Spill sülven maakt?" fraagt se.

„Nee, wenn ik ehrlich we'n schall, dat heff ik nich", seggt he, „dat hett min Lehrling maakt."

„De dare Lehrling wull ik geern mal kennenlehr'n", seggt de Königsdochter.

Ja, em woe'n se all dree geern faat hebben, un wenn he sin Leven beholen will, de schall he kamen. He is nich bang', nich vör Fruunslüüd un nich vör de Groten, seggt de Suldaat, un wenn se dar Spaaß an hebben un kieken up sin Plünnen, dat Vergnögen koenen se geern kriegen. De jüngste Königsdochter kennt em ja foorts wedder. Se schüfft ehr Uppassers an'e Kant, löppt hen un gifft em de Hand un seggt: „Moin, un velen Dank nochmal!"

„Dat is de, de uns vun'e Riesen in'e Barg erlöst hett", seggt se to de König, „em will ik hebben!" Un denn nimmt se em de Mütz af un wiest se de Ring, de se em in'e Haar knütt't hett.

Tja, do kümmt dat ja rut, wodennig de Hauptmann un de Leutnant sik upföhrt hebben, un do moeten se dar mit se's Leven för betahlen. Do is se's Herrschaft to Enne. Man de Suldaat kriggt de gollne Kroon un dat halve Riek un maakt Hochtied mit de jüngste Königsdochter. Un do supen se un fiern düchtig, denn fiern, dat koenen se all, wenn se uck nich de Königsdöchter hebben erlösen kunnt. Un wenn se dar noch nich mit ferdig sünd, denn sitten se sachs noch un supen un fiern.

Dat ehrliche Veerschillingstück

Dar is mal en arme Fruunsminsch we'n, de hett in en armselige Kaat wahnt wied buten dat Dörp. Se hett man wenig to bieten un nix to brennen hatt, un do schickt se ehr Jung to Holts för un sammeln Holt. He hoppt un springt un springt un hoppt, dat he sik warm hollt, denn dat is en kole, griese Harvstdag. Un ümmer, wenn he en Telgen oder en Wuddel in sin Kiep daan hett, mutt he sik de Arms um't Liev slaan, denn sin Poten sünd vun'e Küll so root as de Tüteber'n[1] an'e Büsche, 'nem he oever geiht.

As he sin Kiep vull hett un wedder na Huus schall, kümmt he oever en Stoppelfeld. Do ward he dar en witte, knupperige Steen wies. „Och, du stackels ole Steen, so witt un bleek, as du büst – du büst ja woll ganz verfraren!" seggt de Jung, treckt sin Jack ut un leggt 'n oever de Steen.

As he anslept kümmt mit de Kiep, fraagt sin Mudder em, wat dat denn to schall un gahn in Hemdsmauen bi de dare Harvstküll. Do vertellt he ehr, he hett en ole knupperige Steen sehn, de weer heel witt un bleek vör Frost, un de hett he sin Jack geven.

„Du Schaapskopp!", seggt de Oolsch, „meenst du, Steens freer'n? Un wenn de uck bevern dä'n vör Küll, denn is elkeen sik ümmer noch sülven de Neegste. Dat kost't al nugg un kriegen Tüüg för di, wenn du dat nich up Steens buten up't Feld hängen deist." Un denn jaagt se de Jung afste', dat he de Jack haalt.

As he henkümmt na de Steen, hett de sik dreiht un is mit de eene Kant hoochkamen vun de Eerde. „Ja,

---

[1] Tüteber = Preiselbeere (dän. tyttebær)

dat is vun wegen de Jack, du Stackel!" seggt de Jung. Man as he sik de Steen en beten neeger ankickt, steiht dar en Geldkist ünner, vull mit blanke Sülverstücken. „Dat dare Geld is bestimmt klaut", denkt de Jung; „keen Minsch sett doch Geld, wat he up ehrliche Wies kregen hett, ünner en Steen in't Holt." Un do nimmt he de Kist un geiht dar na en Diek dar dicht bi mit un kippt dat ganze Geld dar rin. Man een Veerschillingstück swümmt baven up. „Ja, de is ehrlich", seggt de Jung, „denn dat Ehrliche geiht nich ünner." Un do nimmt he dat Veerschillingstück un geiht dar na Huus mit un mit de Jack.

Do vertellt he sin Mudder, wodennig em dat gahn hett, dat de Steen sik dreiht harr un dat he en Kist mit Sülvergeld funnen hett, un dat hett he utkippt in'e Diek, denn dat weer klaute Geld. „Man een Veerschillingstück swumm baven up, un dat heff ik mitnahmen, denn dat weer ehrlich", seggt de Jung.

„Du büst en Torfkopp", seggt sin Mudder – se is richtig füünsch – „wenn blots dat ehrlich weer, wat up't Water swümmt, denn geev dat nich vel Ehrlichkeit in'e Welt. Un wenn dat Geld teinmal klaut weer, du hest dat funnen, un elkeen is sik sülven de Neegste. Harrst du dat Geld mitnahmen, harrn wi all unse Daag guut leven kunnt. Man du büst un bliffst en Doeskopp, un nu heff ik dat satt un puckeln un marsen[1] mi af mit di. Huul af un seh to un deenen för din Broot."

Do mutt de Bengel rut in'e Welt, un he geiht lang' un wied un fraagt um en Deenst. Man wonem he uck henkümmt, de Lüüd meenen, he is to lütt un to flau,

---

[1] sik afmarsen = sich sehr anstrengen, schuften

un seggen, se koenen em to nix bruken. Toletzt kümmt he na en Koopmann; dar ward he in'e Koek schickt un schall Holt un Water slepen för de Koeksch.

As he dar en Tiedlang we'n is, mutt de Koopmann mal in't Utland reisen, un do fraagt he all sin Deensten, wat he för se kopen un mitbringen schall. As se nu all seggt hebben, wat se hebben woe'n, kümmt uck de Jung an'e Reeg, de Holt un Water haalt för de Koeksch. De langt em sin Veerschillingstück hen.

„Ja, wat schall ik dar denn för kopen?", fraagt de Koopmann. „En grote Hannel ward dat ja nich."

„Koop, wat ik darför kriegen kann", seggt de Jung, „de hiere Veerschilling is ehrlich, dat weet ik."

Dat seggt de Herr em to, un denn seilt he afste'.

As de Koopmann nu in't Utland löscht un laden hett un hett inköfft, wat he sin Deensten toseggt hett, kümmt he wedder dal na't Schipp un schall lossmieten. Dar ward he dar mitmal an denken, de Koekenjung hett em doch en Veerschillingstück mitgeven, dar schall he wat för kopen. „Schall ik nu wedder rupgahn to Stadt wegen de dare veer Schilling? Een hett doch nix as Schererien, wenn een sik mit so'n Kraam afgifft", denkt he.

Do kümmt dar jüst en Oolsch lang mit en Paas up'e Rügg.

„Wat hest du dar in din Paas, lütt Mudder?", fraagt de Koopmann.

„Och, dat is man en Katt. Ik kann mi dat nich leisten un fuddern de noch länger, un do heff ik mi dacht, ik will 'n man in'e See smieten un afsupen", seggt de Oolsch.

„De Jung hett ja seggt, ik schall kopen, wat ik för dat Veerschillingstück kriegen kann", seggt de Koopmann bi sik, un do fraagt he de Oolsch, um se will veer Schilling hebben för ehr Katt.

Ja, de Oolsch sleit foorts in, un do is de Hannel afslaten.

As de Koopmann nu en Stück seilt hett, kümmt he in en gresige Unwedder mit en Storm, dar is dat Enne vun weg, un he drifft un drifft un weet nich, wonem dat hen geiht.

Toletzt kümmt he na en Land, dar is he noch nie nich we'n, un dar geiht he to Stadt. He geiht rin in en Kroog, un dar is de Disch deckt mit en Stock bi elkeen Platz. Dat dücht de Koopmann gediegen, denn he kann sik nich denken, wat se mit all de dare Stöcker schoe'n. Man he sett sik dal un denkt, he mutt man guut uppassen. Ja, un as dat Eten kümmt, kriggt he dat denn to seh'n, wat de Stöcker schoe'n. Do kamen dar Dusende vun Müüs rut, un elkeen, de an'e Disch sitt, mutt bi mit sin Stock un fechten un um sik hau'n, un dar is nix mehr to hör'n as een Stockslag härter as de anner. Mitünner drapen se sik uck gegensiedig in't Gesicht, denn moeten se seggen: „Deit mi leed."

„Dat is ja en arige Stück Arbeit un eten in düt Land", seggt de Koopmann. „Warum holen de Lüüd hier denn keen Katten?"

Do lett de Koopmann de Katt halen, de he för de Koekenjung köfft hett, un as de Katt up'e Disch kümmt, moeten de Müüs in se's Löcker, un de Lüüd hebben bi't Eten nich so'n Ruh hatt so lang', as se denken koenen. Do beden se de Koopmann, he schall se doch sin Katt verkopen. Toletzt seggt he denn, he will 'n se aflaten, man hunnert Daler will he darför hebben. De kriggt he, un velen Dank upto.

Denn seilt de Koopmann wedder afste'; man knapp is he buten up See, do süht he de Katt baven in'e Grootmast sitten, un foorts darna gifft dat wedder Storm un en Unwedder, noch duller as dat letzte Mal, un dat Schipp drifft un drifft, bet he na en Stä' kümmt, 'nem he uck noch nie nich we'n is.

De Koopmann geiht wedder to Kroogs, un dar is uck de Disch deckt mit Stöcker, man de sünd vel grötter un länger as de anner Stä'. Un dat is sachs uck nödig, denn hier sünd noch mehr Müüs, un de sünd all dubbelt so groot as de, de he vörher sehn hett.

Do verköfft he wedder de Katt, un dütmal kriggt he dar tweehunnert Daler för, un dat ahn grote Hannel.

As he wedder wegseilt is un is en Stück rutkamen up See, do sitt de Katt al wedder baven in'e Mast. Un foorts geiht dat Unwedder wedder los, un toletzt ward he uck dütmal na en Land dreven, 'nem he noch nie nich we'n is.

He geiht wedder to Kroogs. Dar is de Disch uck deckt mit Stöcker, man elkeen Stock is annerthalv Elen lang un so dick as en lütte Riesbessen, un de Lüüd seggen, dat leegste is un sitten to eten, denn hier gifft dat dusendwies grote, eklige Rotten. Se koenen knapp mal en Brock Eten in'e Mund kriegen, so dull hebben se darmit to doon un holen sik de Rotten vun't Liev. Do mutt de Katt vun't Schipp wedder her, un do kriegen de Lüüd Ruh bi't Eten. Do seggen se to de Koopmann, he schall se doch jo un jo sin Katt verkopen. Lange Tied seggt he nee, man toletzt seggt he, för dreehunnert Daler schoe'n se 'n hebben. De kriggt he, un grote Dank bavento.

As de Koopmann nu wedder rutkümmt up See, denkt he dar oever na, wovel de Jung an de veer Schilling verdeent hett, de he em mitgeven hett. „Ja, wat vun dat Geld schall he hebben", seggt de Koopmann bi sik, „man nich allens. He hett mi vel to verdanken, dat ik de Katt oeverhaupt köfft heff, un elkeen is sik sülven de Neegste."

Man in desülve Ogenblick, as de Koopmann dat bi sik denkt, gifft dat en Storm un en Unwedder, dat se all meenen, dat Schipp geiht to'n Deuvel. Do markt de Kooopmann, dar is keen anner Raat, he mutt verspreken, dat de Jung allens kriggt. Knapp hett he dat Verspreken afgeven, do ward dat Wedder guut, un he kriggt moje Wind bet na Huus. As he an Land kamen is, gifft he de Jung de sösshunnert Daler un sin Dochter upto. Denn nu is de Koekenjung jüst so riek as de Koopmann, un darna levt de Jung herrlich un in Freuden. Sin Mudder nimmt he to sik un is guut to ehr. „Denn ik gloov dar nich an, dat elkeen sik sülven de Neegste is", seggt de Jung.

Dat blaue Band

Dar is mal en arme Fruu we'n, de is oever de Dörper gahn to bedeln. Se hett ehr Jung bi sik hatt. As se ehr Paas vull hett, treckt se na Noorden oever de Bargen un will wedder na Huus na ehr Dörp.

As se de Anbarg en Enne rupkamen sünd, warrn se en lütte blaue Strümpband wies, dat liggt dar up'e Weg. De Jung will dat geern upsammeln un fraagt um Verlööv. „Nee", seggt sin Mudder, „dar kunn Hexenkraam achter steken." Un he mutt mit ehr kamen un dat Band dar liggen laten.

As se en Stück wieder rupkamen sünd, seggt de Jung, he mutt mal en Stück vun'e Weg af un achter en Boom. Wieldes sett de Oolsch sik dal to verpuusten up en Boomstamm. Man de Jung blifft lang' weg; denn as he so wied in't Holt rin is, dat de Oolsch em nich mehr seh'n kann, löppt he gau t'rügg, 'nem dat Strümpband liggt, sammelt dat up un binnt sik dat um't Liev. Do kriggt he so vel Knoev, em dücht, he kunn de heele Barg böhren.

As he wedderkümmt, is de Oolsch dull un fraagt em, wat he so lang' maakt hett. „Du büst woll gar nich bang' wegen de Tied", seggt se, „dat geiht doch to Avend. Un du weetst, wi moeten over de Barg vör't Düüsterwarrn."

Denn gahn se en Tiedlang, man as se um un bi halfwegs oever de Barg sünd, ward de Oolsch möö' un will sik ünner en Busch leggen.

„Min leeve Mudder", seggt de Jung, „dörv ik rupgahn up düsse hooge Barg, wieldes du di utruh'n deist, un mal kieken, um ik vörut Minschen seh'n kann?"

Dat dörv he, un as he rupkümmt up'e Topp, do süht he, en lütte beten na Noorden to, dar lücht't wat. Do löppt he wedder t'rügg un seggt: „Wi moeten man gahn, Mudder, dat is nich wied, bet wi na Minschen kamen; ik seh en feine Licht dicht bi na Noorden to."

Se ja hooch, snappt sik de Bedelsack un will mit un kieken. Man se sünd noch nich wied kamen, do kamen se an en Barg, de liggt dar verdwass.

„Harr ik mi ja denken kunnt", seggt de Oolsch, „nu kamen wi nich mehr wieder. Hier is dat ja noch leeger un liggen."

Man de Jung nimmt de Sack ünner de eene Arm un de Oolsch ünner de anner un geiht dar wieder bargup mit.

„Dar kannst dat seh'n, dat is nich wied na Minschen; kiek, wo fein dat lüchten deit," seggt de Jung.

Man de Oolsch seggt, dat sünd keen Minschen, dat moeten Bargriesen we'n, denn se kennt dat heele Barenholt, un se weet, dar sünd keen Stä' Minschen, eerst up'e anner Siet vun'e Barg, up'e Noordsiet.

As se en lütte Stück gahn sünd, kamen se na en grote, root anmaalte Hoff.

„Hier dörven wi nich ringahn", seggt de Oolsch, „dar wahnen Bargriesen."

„Och wat, wi gahn rin; wi sehn ja Licht, denn sünd dar uck sachs Lüüd", seggt de Jung. He geiht toeerst rin un de Oolsch achterher. Man foorts, as he de Dör upmaakt, beswiemt se, denn se ward wies, dar sitt en grote, sware Mann up'e Schemel.

„'n Avend, Opa", seggt de Jung.

„Nu sitt ik hier al dreehunnert Jahr, man dar is noch keen kamen un hett Opa to mi seggt", seggt de Mann up'e Schemel.

De Jung sett sik dal blangen de Mann un ward mit em snacken, as wenn se sik al lang' kennen.

„Man wat is denn mit din Mudder los?", fraagt de Mann, as se en Tiedlang snackt hebben. „Mi dücht, se is beswiemt; du schu'st man mal na ehr kieken."

De Jung geiht rut, kriggt de Oolsch faat un treckt ehr rin up'e Del. Do kümmt se wedder to sik un krabbelt hen un sett sik dal in'e Eck bi't Brennholt, man se is so bang', se truut sik knapp un kieken ut'e Ogen.

Na en Wiel fraagt de Jung, um se dar Nacht blieven koenen. Ja, dat koenen se, seggt de Mann. Denn snacken se wedder en Tied, man bi lütten kriggt de Jung Hunger, un do fraagt he, um se uck koenen wat to eten kriegen to Avend. Ja, dat lett sik maken, meent de Mann.

As se en beten seten hebben, steiht he up un smitt söss Föder dröge Dannenholt up't Füer. Do kriggt de Olsch noch mehr Angst. „Nu will he uns uck noch upbrennen", seggt se in ehr Eck, 'nem se sitten deit. As dat Dannenholt to Koehl brennt is, steiht de Mann up un geiht na buten.

„Mein Zeit, du büst so dummdriest! Sühst du denn nich, dat du bi en Ries büst?", seggt de Oolsch.

„Och, wat Schiet, dat is man halv so wild", seggt de Jung.

Na korte Tied kümmt de Mann rin mit en Oss, so groot un fett, so een hett de Jung noch nie nich sehn.

He neiht 'n een mit de Fuust ünner't Ohr, do fallt 'n um un is doot. As he darmit klaar is, kriggt he 'n bi all veer Fööt, leggt 'n up'e Gloeshupen un dreiht un kehrt 'n, bet he 'n vun buten bruunbrennt kriggt. Denn geiht he an en Schapp, kriggt en Sülverfatt rut un leggt de Oss dar up, un dat dare Fatt is so groot, de Oss kickt keen Stä' oever de Rand. Dat stellt he up'e Disch, un denn geiht he dal in'e Keller un haalt en Oxhoft[1] Wien rup, sleit dar de eene Borm rut un stellt et up'e Disch, un denn leggt he twee Messen hen, de sünd dree Elen lang. As he dat daan hett, seggt he, se schoe'n sik man an'e Disch setten un tolangen. De Jung geiht vöran un seggt to sin Mudder, se schall mitkamen. Do ward se jaueln un sik tier'n un weet nich, wodennig se schall mit de dare Messen klaar kamen. Man de Jung snappt sik dat eene, geiht bi un snieden Stücken ut dat Ossenbeen un leggt sin Mudder dat vör. As se en Ogenblick eten hebben, kriggt he dat Oxhoft faat un böhrt dat dal up'e Del. Denn seggt he, sin Mudder schall man kamen un mal drinken. Dat Ding is so hooch, dat se gar nich ruplangen kann. Man de Jung böhrt ehr hooch na de Rand un hollt ehr, un sülven klarrt he tohööcht un hängt oever de Kant as so'n Katt bi't Drinken. As he nugg drunken hett, nimmt he dat Oxhoft un sett dat wedder up'e Disch. He bedankt sik för't Eten un seggt to sin Mudder, se schall uck kamen un sik bedanken, un so bang', as se is, truut se sik nich un doon dat nich. De Jung sett sik denn dal up'e Schemel blangen de Mann un ward wedder mit em snacken.

---

[1] Oxhoft = altes Hohlmaß, Fass von 217,36 l.

As se en beten seten hebben, seggt de Mann: „Ik mutt mi man uck en beten Avendköst kriegen." Un denn geiht he an'e Disch un fritt de heele Oss up sammt Hoorns un Knaken, kriggt dat Oxhoft faat un drinkt dar vun, un sett sik denn wedder dal up'e Schemel.

„Ik weet nich recht, wodennig dat ward mit Bettplatz", seggt he, „ik heff hier nix anners as en Weeg; dar kunnst du di ja vellicht rinleggen, un denn kann din Mudder dar in't Bett liggen."

„Ja, besten Dank, dat is mi recht", seggt de Jung, ritt sik de Plünnen vun't Liev un leggt sik rup in'e Weeg, de is so groot as en richtige Bettstä'. Un de Oolsch mutt mit de Mann mitgahn un sik in't Bett leggen, so bang' se uck is.

„Dat hett keen Weert un leggen sik hier to slapen; ik mutt man leever waak blieven un hören, wodennig dat geiht, wenn 't Nacht ward", denkt de Jung.

Na en Tied ward de Mann mit de Oolsch snacken. „Hier kunnen wi beiden fein kommodig leven, wenn wi man din Soehn los weern", seggt de Mann.

„Weetst du denn keen Raat, fallt di nich wat in?", seggt de Oolsch.

Och ja, seggt he, he will dat versöken. He will so doon, as wenn he de Olsch darto kriegen will un arbeiden en paar Daag för em. Denn will he mit de Bengel rupgahn in'e Bargen un Steens klöven un will en Barg up em dalfallen laten.

Dat hört de Jung, as he dar liggen deit.

De neegste Dag fraagt de Ries – dat dat en Ries is, kann een ja marken – de fraagt, um he nich kann de Oolsch kriegen, dat se en paar Daag för em de Huusarbeit maakt. Un wat later kriggt he sik en grote Iesenstang her un fraagt de Jung, um he mit will up'e Barg un klöven Steens.

As se wecke Steens klöövt hebben, schickt de Ries em na nedden, he schall mal na de Stücken kieken. Wieldes de Jung dat deit, brickt un marst de Ries mit de Iesenstang, bet he en heele Barg losbraken kriggt, dat de daltrünnelt kümmt up'e Jung. Man de hollt dargegen, bet he ünner rut kümmt, un denn lett he de Barg man fallen.

„Nu seh ik, wat du vörhest mit mi", seggt de Jung to de Ries, „du wullt mi um'e Eck bringen. Man nu gah du man dal un kiek na de Stücken, denn bliev ik hier baven."

De Ries truut sik nich un doon wat anners, as de Jung seggt, un do brickt de Jung en düchtige Barg los, un de fallt dal up'e Ries un brickt em dat eene Been.

„Och du grote Grüttwust, wat büst du för'n Stackel", seggt de Jung. He klarrt dal un böhrt de Barg tohööcht un kriggt de Keerl ünner rut. Un denn mutt he em up'e Rügg nehmen un na Huus drägen. Do jaagt he afste' mit em as en Perd un schüddelt em dör, dat he schriet, as wenn he afstaken ward. As se na Huus kamen, moeten se de Ries to Bett leggen, un dar blifft he liggen un is flau un henfällig.

As dat wedder Nacht ward, ward de Ries mit de Oolsch snacken un denkt dar oever na, wodennig he de Bengel quiet warrn kann.

„Wenn du keen Raat weetst un warrn em los", seggt de Oolsch, „*ik* weet keen."

Ja, he hett twölf Löwen in en Gaarn, seggt de Ries. Wenn se man blots de Bengel dar henstüert kriegen, denn so rieten de em in Stücken.

Och, meent de Oolsch, dat will se woll kriegen. Se will sik süük stellen un seggen, se is so flau, dat se blots wedder risch warrn kann, wenn se wat Löwenmelk kriggt.

Dat hört de Jung mit, as he dar liggen deit.

As he de neegste Morrn upstahn is, seggt de Oolsch, se is so flau, dat gloovt een gar nich, un wenn se nich wat Löwenmelk kriggt, denn ward se sachs nie nich wedder beter.

„Denn musst du sachs noch lang' flau blieven, Mudder", seggt de Jung, „denn ik weet nich, wonem de to kriegen is."

Och, meent de Ries, dar is gar nix bi un kriegen wat Löwenmelk, wenn een dar man na lopen will. Sin Bröder hebben en Gaarn, seggt he, dar sünd twölf Löwen in, un de Sloetel, de kann he kriegen, wenn he sik dat totruut un melken se.

De Jung nimmt de Sloetel un en Melkammer un treckt afste'. As he upslütt un in'e Gaarn rinkümmt, stellen de Löwen sik all twölf up'e Achterbeens un woe'n up em dal. Do söcht de Jung sik de gröttste vun se ut, kriggt 'n bi de Vörderfööt un haut 'n gegen Stock un Steen, bet dar nix mehr vun na is as de beide Poten. As de anner Löwen dat sehn, warrn se so bang', se kamen ankrapen un leggen sik dal vör sin Fööt as prügelte Hünne. Naher gahn se mit em, wonem he geiht un steiht, un as he na Huus kümmt, leggen se sik buten hen mit de Vörderpoten up'e Dörsüll.

„Nu scha'st du sachs wedder beter warrn, hier is Löwenmelk, Mudder", seggt de Jung, as he rinkümmt – he hett en Slatt in'e Ammer melkt.

Man de Ries liggt achtern in't Bett un seggt, dat kann gar nich angahn; dar hört en anner Keerl to un melken Löwenmelk, seggt he.

As de Jung dat hört, jaagt he de Ries rut ut't Bett un ritt de Dör up. De Löwen stellen sik up'e Achterbeens, gahn up'e Ries dal un kriegen em faat, un de Jung mutt dartwüschen gahn, dat se em man wedder loslaten.

To Nacht ward de Ries wedder mit de Oolsch snacken. „Ik weet nich, wodennig wi de dare Bengel an'e Kant kriegen schoe'n", seggt de Ries.

„Nee, wenn du keen Raat weetst, ik weet al gar keen", seggt de Oolsch.

„Tja, ik heff twee Bröder up en Herrenslott", seggt de Ries, „de hebben twölfmal so vel Knoev as ik, darum bün ik utstött un heff düsse Hoff kregen. Se wahnen in dat dare Slott, un dar is en Boomhoff bi mit Appeln, wenn een darvun eten deit, denn slöppt he dree Daag un Nachten in eensen weg. Wenn wi de dare Bengel nu dar henschicken na Appeln –! He kann sik dar wiss nich vör wahren un smecken de dare Appeln, un wenn he denn eerstmal slöppt, rieten min Bröder em in Stücken."

De Oolsch seggt, se will sik süük stellen un seggen, se ward nich wedder beter, wenn se nich vun de dare Appeln kriggt. Denn geiht he noch afste' för un halen wecken.

De Jung hört dat wedder allens mit.

De neegste Morrn is de Oolsch denn so elend un flau, dat se blots wedder beter warrn kann, wenn se wecke Appeln kriggt ut de Gaarn bi de Riesenbröder se's Slott, man se hett ja keen un schicken dar hen.

Ja, de Jung is foorts praat un gahn, un de ölven Löwen kamen mit. As he henkümmt na de Gaarn, klarrt he rup up'e Appelboom un itt so vel Appeln, as he kann, un he is noch nich wedder nedden, do slöppt he al in; man de Löwen leggen sik in en Krink um em rum. De drütte Dag kamen de Ries sin Bröder. Man se kamen nich as Minschen; se kamen anbölken as tumpige Bullen, un se wunnern sik, wokeen dar liggen deit, un se seggen, se woe'n em in Stücken rieten so lütt as Grütt, dat dar keen Krömel vun em na blieven deit. Man de Löwen kamen hooch un rieten de Riesen in lütte Finzeln, dat dat utseh'n deit, as harr een dar en Mullammer utkippt, un as se ferdig sünd, leggen se sik wedder dal um'e Jung rum. De ward eerst laat up'e Nameddag waak, un as he hoochkümmt up'e Kneen un kriggt sik de Slaap ut'e Ogen wischt, do wunnert he sik, wat dar los we'n is, as he all se's Foottappens süht.

Man as de Jung denn na't Slott kümmt, is dar en junge Deern, de hett allens mit ankeken, un se seggt: „Du kannst man Gott danken, dat du dar nich bi weerst bi de dare Hauerie, anns harr di dat sachs dat Leven kost't.

„Wa'? Mi dat Leven kost't?", seggt de Jung. Dar is dat doch sachs nich so gefährlich mit, meent he.

Do seggt se, he schall man mit rinkamen, dat se mit em snacken kann. Se hett keen Christenminsch to Gesicht kregen sörre de Dag, as se dar henkamen is.

As he de Dör upmaakt, woe'n de Löwen uck mit rin, man do ward se so bang', dat se dat Schrien kriggt, un do lett de Jung se sik buten dalleggen. Denn snacken se vun allerhand Saken, un de Jung fraagt, wo dat angahn kann, dat se de dare grimmige[1] Riesen hett hebben wullt, wo se doch sülven so smuck is. Se hett se ja gar nich hebben wullt, seggt se, un se is dar uck nich friewillig we'n, se hebben ehr dar henslept, se is de König vun Arabien sin Dochter. As se dar so sitten un snacken, fraagt se em, wat he will, um se schall na Huus reisen oder um he ehr hebben will. Ja, Düvel uck, klaar will he ehr hebben!

Denn gahn se in't Slott rum un kieken sik um, un do kamen se uck in en grote Saal; dar hängen twee grote Swerter vun'e Riesen hooch baven an'e Wand.

„Büst du so'n Keerl, dat du dar een vun regeern kannst?" fraagt de Königsdochter.

„Wokeen? Ik?" seggt de Jung. „Um ik een darvun regeern kann? Dar is doch nix bi!" seggt he un stellt twee, dree Stöhle up'nanner, hoppt dar rup un nimmt dat gröttste Swert mang Dumen un Wiesfinger, smitt dat in'e Luft un fangt dat an'e Grep wedder up un stött dat up'e Footborm, dat de heele Saal bevert. As he wedder nedden is, klemmt he sik dat ünner de Arm un nimmt dat mit.

As se en Tiedlang tosamen up dat Slott we'n sünd, dücht de Königsdochter, se mutt man mal na Huus reisen na ehr Öllern un se vertellen, wonem se afbleven is. Do beladen se en Schipp, un se reist afste'.

As se weg is, un de Jung hett noch en Tied dar rumdammelt, ward he dar an denken, he hett ja en

---

[1] grimmig = hässlich (dän. grim)

Updrag, he schall wat halen un maken sin Mudder wedder beter. Man denn denkt he, so süük is sin Mudder ja gar nich we'n, un dat geiht ehr sachs al wedder beter. Man liekers will he mal hen un seh'n, wodennig de beiden dat geiht.

De Mann is wedder risch, un de Oolsch geiht dat uck al lang' wedder guut.

„Wat sünd I doch för Stackels un sitten hier in düsse schetterige Kaat", seggt de Jung. „Kumm mit na min Slott, denn warrn I wies, wat ik för'n Keerl bün", seggt he.

Ja, do gahn se mit, de Mann un de Oolsch, un ünnerwegens ward se mit em snacken un fraagt em, wodennig he so'n Knoev kregen hett.

Tja, dat kümmt vun dat blaue Band, wat up'e Anbarg legen hett, as se do to bedeln na de Dörper we'n sünd, seggt de Jung.

„Hest du dat noch?", fraagt de Oolsch.

Ja, dat hett he, he hett dat ünner sin Büxenbund, seggt he. Do fraagt de Oolsch, um se dat nich mal seh'n dörv. Ja, de Jung maakt de Jack up un dat Hemd un will ehr dat wiesen. Do grippt se mit beide Hänne to un ritt em dat vun't Liev und wickelt sik dat um'e Hand.

„Wat schall ik nu mit di maken, du Lümmel?", seggt se. „Ik schull di verhau'n, dat di de Brägen ut'e Kopp sprütten deit!"

„Dat weer en vel to lichte Doot för so'n Stück Schiet", seggt de Ries. „Wi schullen em man de Ogen utbrennen un em utsetten in en lütte Boot up See."

Dat doon se denn uck, wat he uck jammert un sik to Wehr sett.

Man as de Boot afdrifft, swümmen de Löwen achterher, un toletzt nehmen se 'n faat un trecken 'n na en Eiland un setten de Jung ünner en Föhrenboom. Se fangen Wild för em, un Vageln ruppen se un maken en richtige Fedderbett för em. Man he mutt dat roh eten, un blind is he ja uck. Do is de gröttste vun de Löwen mal bi un jaagt en Haas, un de mutt ja woll blind we'n, denn de rönnt allerwegens gegen Stock un Steen, un toletzt löppt 'n gegen en Föhrenstamm, dat 'n kapeuster de Barg dal schütt liek rin in en lütte Diek. Man as 'n wedder rutkümmt ut't Water kann 'n woll so fein de Weg finnen, un sodennig rett't 'n sin Leven. „Nanu", denkt de Lööw, treckt de Jung ran an'e Diek un dükert em dar rin. As he do wedder kieken kann, maakt he de Löwen Teekens, se schoe'n sik blangen enanner leggen as so'n Flott[1], un do stellt he sik up se's Rügg, un se swümmen mit em an Land.

As he heel an Land kamen is, geiht he rup up en Barg mit Barkenböme, un dar lett he de Löwen sik wedder dalleggen. Denn sliekert he sik as en Deev ran an't Slott, he will mal seh'n, um he nich kann sin Band wedderkriegen. As he an'e Dör kümmt, pliert he mal dör't Sloetellock, un do süht he, dat Band hängt oever de Dör in'e Koek. Do geiht he up Tehnspitzen rin, denn dar is keeneen in. Man as he dat Band faat hett, kümmt he bi un trampt mit'e Hacken un sparkt um sik as unklook. Do kümmt foorts de Oolsch rinstörten.

---

[1] (dat) Flott = Floß

„Och Gott, min Lütten! Laat mi dat Band kriegen",
seggt se.

„Nee, besten Dank, nu scha'st du dat Ordeel kriegen,
wat du mi todacht harrst", seggt de Jung un geiht
dar uck foorts bi.

As de Ries dat hört, kümmt he rin un bedelt wull so
fein, he schall em doch sin Leven laten. „Ja, leven
scha'st du woll, man du scha'st desülve Straaf krie-
gen, de du mi geven hest", seggt de Jung, un denn
brennt he de Ries de Ogen ut un sett em ut in en
Boot up See – man *he* hett keen Löwen, de mit em
mitkamen.

Nu is de Jung denn alleen, un he geiht un lengt na
de Königsdochter. Toletzt kann he dat nich mehr
utholen, he mutt ümmer so dull an ehr denken, un
do mutt he afste'. He laad't veer Schep vull un will
na ehr hen reisen, na Arabien. En Tiedlang hebben
se gude un moje Wind, man denn sitten se fast för
flaue Wind bi en Felseneiland. De Schippslüüd gahn
an Land un dammeln dar rum, dat se sik de Tied
verdrieven. Do finnen se en grootmächtige Ei, meist
as en lütte Huus. Do gahn se bi un hau'n dar up mit
grote Steens, man se koenen dat nich twei kriegen.
De Jung kümmt achterher mit sin Swert un will mal
seh'n, wat dar los is. Un as he dat Ei wies ward,
meent he, dar is doch nix bi un kriegen dat in Stü-
cken. He haut to mit sin Swert un kriggt dat Ei up-
klöövt, un do kümmt dar en junge Vagel rut so groot
as en Elefant.

„Nu hebben wi uns sachs fein wat inbrockt", seggt de
Jung. „Dat kann uns all dat Leven kosten", seggt he,
un denn fraagt he de Lüüd, um se sik dat totruun un

seilen na Arabien in veeruntwintig Stunnen, wenn se gude Wind kriegen.

Ja, dat kriegen se sachs t'recht, meenen se.

Do kriegen se gude Wind, seilen afste' un sünd na dreeuntwintig Stunnen an Land in Arabien. Foorts kommandeert de Jung de Lüüd, se schoe'n rupgahn un sik inbuddeln in en Sandbarg, dat se jüst noch de Schep seh'n koenen. De Schipper un de Jung gahn rup up en hoge Barg un setten sik ünner en Föhrenboom. En Stunn later kümmt de Vagel mit dat Felseneiland in'e Klauen un lett dat dalfallen up'e Flott, un do gahn all de Schep ünner. As 'n dat daan hett, maakt 'n sik an de Sandbarg un sleit mit de Flünken, dat 'n se meist all de Kopp afhaut harr, un denn rup ünner de Föhrenboom, un dat so dull, dat 'n de Jung man so rumküselt. Man de is fix mit sin Swert un haut na de Vagel, un do fallt 'n dal un is doot.

Do geiht he to Stadt, un dar is idel Freud, dat de König sin Dochter wedderkregen hett. Man nu hett he ehr sülven wegsparrt un hett utropen laten, de ehr finnen kann, de schall ehr hebben, liekers se ja al verspraken is.

As he dar so geiht, bemött de Jung een, de verköfft Iesbarenfellen; een vun de dare Fellen köfft he sik un treckt 'n oever. Een vun de Schippers mutt em an en Iesenked leggen, un denn reist he in'e Stadt rum un maakt Kunststücken. Upletzt hören se dar uck vun bi de König, dat so'n Spillewark noch nich dar we'n is, de Iesbaar danzt up elkeen Wies, all darna, wat se em upgeven. Do kümmt dar Bott, he schall na de König kamen un dar Kunststücken maken, de König will dat seh'n.

As he rinkümmt, warrn se all tohopen bang', denn so'n Deert hebben se noch nie nich sehn. Man de Schipper seggt, dar is keen Gefahr bi, wenn se nich oever 'n lachen. Dat dörven se nich, anners maakt 'n se doot. As de König dat hört, vermahnt he se un seggt to de Hoffflüüd, se dörven nich lachen. Man as de Tied hengeiht, kümmt de König sin Kamerdeern rin un will sik meist dootlachen. Do geiht de Iesbaar up ehr dal, dat se in Finzeln flüggt. Do warrn de Hoffflüüd sik upregen, un de Schipper an dullsten. „Och, Schiet wat", seggt de König, „dat geiht ja man um en Kamerdeern, dat is min Saak un nich ju's."

As se ferdig sünd, is dat laat wurrn. „Dat lohnt sik doch nich, dat du so laat noch rutgeihst mit 'n", seggt de König, „de kann vunnacht man hier liggen."

„Kann 'n vellicht achter de Aben liggen?", fraagt de Schipper.

„Nee, de schall Bettdeken un Küssens hebben un liggen up", seggt de König un slept en ganze Barg ran. De Schipper kriggt sin Lager in en Kamer blangenan.

Merrn in'e Nacht kümmt de König mit Licht un en grote Sloetelbund un nimmt de Baar mit. He geiht dör Swalen[1] un slatene Gäng, een na de anner, dör Dören un Kamern, Treppen hooch un Treppen dal; toletzt kümmt he an en Brügg, de geiht liek rut up See. Dar geiht de König bi un rüttelt un schüttelt an Knüppels un Pinnen un treckt de eene na baven un de anner na nedden, bet dar en lütte Huus updükert. Dar hett he sin Dochter in; he hett ehr so leev, dat he ehr verstaken hett, darmit keeneen ehr finnen

---

[1] Swaal = Gang an der Außenseite eines Hauses

schall. He sett de Iesbaar dal buten vör de Dör un geiht sülven rin un vertellt vun de Baar un sin Danzen un Kunststücken. Se seggt, se is bang' un se truut sik nich un kieken 'n an. Man de König kriggt ehr besnackt un seggt, dar is keen Gefahr bi, wenn se man nich lachen deit. Denn lett he de Baar rin, un de danzt un maakt Kunststücken. Man as 'n so richtig in'e Gang' is, ward de Prinzessin ehr Kamerdeern lachen. Do geiht de Jung up ehr dal, dat se in Finzeln flüggt un de Prinzessin jammern ward un sik gar nich beruhigen kann.

„Och, wat Schiet!", seggt de König. „Dat geiht ja man um en Kamerdeern, un so'n Kamerdeern as de dare krieg ik di al wedder. Man nu is dat dat Beste, wenn de Baar hier blifft", seggt he, „ik heff keen Lust un rönnen mit 'n merrn in'e Nacht oever all de Gäng un Swalen."

Nee, denn truut se sik nich un we'n dar, seggt de Prinzessin.

Man de Baar rullt sik tohopen un leggt sik achter de Aben, un denn kümmt dar nix anners na, de Prinzessin leggt sik uck dal, man se lett dat Licht brennen. As de König denn weg is un allens is ruhig, do kümmt de Baar un seggt, se schall dat Hakenband losmaken. De Prinzessin is so bang', dat se meist beswiemt, man se föhlt doch na, bet se dat funnen hett, un se hett dat knapp losmaakt, do ritt he sik de Iesbarenkopp af. Do ward se em ja kennen un freut sik so bannig, dat is gar nich un seggen, un se will foorts Bescheed seggen, dat he dat is, de ehr erlöst hett. Man dat will he nich hebben, he will ehr nochmal verdeenen, seggt he.

As se de neegste Morrn de König mit de Knüppels roetern hören, treckt de Jung gau dat Barenfell an un leggt sik achter de Aben.

„Na, hett 'n ruhig legen?", fraagt de König.

„O ja", seggt de Prinzessin, „de hett nich een Poot roegt."

Baven up't Slott kriggt de Schipper de Baar wedder.

Man denn geiht de Jung na en Sniedermeister un lett sik Prinzentüüg anmeten, un as dat ferdig is, geiht he hen na de König un seggt, he harr Lust un söken de Prinzessin."

„Dar hebben al vel Lust to hatt", seggt de König, „man se hebben all tosamen se's Leven tosett, denn de ehr nich in veeruntwintig Stunnen finnen kann, hett sin Leven verspelt."

Ja, dat maakt nix, meent de Jung, he will söken, un wenn he ehr nich finnen deit, denn is dat ja sin Saak.

Man up't Slott sünd Spellüüd, de maken Musik, un Deerns för un danzen mit, un de Jung danzt uck.

Na twölf Stunnen kümmt de König an un seggt: „Mi dücht, dat is Sünne för di; du büst so tüffelig bi de Söök, du settst sachs din Leven to."

„Och wat, dar is keen Gefahr för de Liek, so lang' as 'n noch snuven deit; wi hebben noch Tied", seggt de Jung un danzt, bet dar blots noch een Stunn na is, do will he denn bi un söken.

„Och, dat bringt doch nix", seggt de König, „de Tied is um."

„Maak Licht an un kumm mit din grote Sloetel-
bund," seggt de Jung, „un kumm mit, 'nem ik hen-
gahn do! Dar is noch en heele Stunn na."

De Jung geiht desülve Weg, de de König de Nacht
vörher gahn is, un seggt, he schall för em upsluten,
bet he na de Brügg kümmt, de liek rut geiht na See.

„Nu helpt dat nich mehr; de Tied is um, un mit di
geiht dat liek rut na See", seggt de König.

„Dat sünd noch fiev Minuten", seggt de Jung un
treckt un ritt an de Pinnen un Knüppels, dat dat
Huus updükert.

„Nu is de Tied um!", bölkt de König. „Kumm nu,
Fechtmeister, un hau em de Kopp af!"

„Nee, nee, holt stopp!", seggt de Jung, „dat sünd üm-
mer noch dree Minuten. Kumm her mit de Sloetel,
dat ik rin kann."

Man de König steiht un fummelt un grabbelt na de
Sloetel un seggt, he kann keen finnen; dar will he de
Tied mit ruttrecken.

„Hest du keen, denn heff ik sachs sülven een", seggt
de Jung un pedd't gegen de Dör, dat 'n in Stücken
lang de Del flüggt.

De Prinzessin kümmt em in'e Dör in'e Mööt un seggt,
he is dat, de ehr erlöst hett, un em will se hebben. Do
kriggt se em, un do maakt de Jung Hochtied mit de
König vun Arabien sin Dochter.

Tumpige Matthies

Dar is mal en Oolsch we'n, de hett een Soehn hatt, un de hett Matthies heeten. Man he is so doesig we'n, he hett Verstand hatt to nix. He hett sik uck nich recht mit wat afgeven, man dat beten, wat he daan hett, is ümmer up Schiet utlapen, un nie nich hett em wat slumpt. Darum hebben se em all blots Tumpige Matthies nöömt.

Dat is de Oolsch gar nich na de Mütz, un noch leeger dücht ehr, dat ehr Soehn dar rumlöppt un nix deit as sik an'e Wand lang maken.

Dicht bi de Stä', 'nem se wahnen, dar löppt en grote Stroom, un de geiht stark, un dar is nich guut un kamen roever. Do seggt de Oolsch mal to de Bengel, dat fehlt dar ja nich an Buuholt, dat wasst se ja meist bet in'e Stuuv. He schall man wat dalhau'n un henkritten un versöken un buu'n en Brügg oever de Stroom, un denn schall he Toll nehmen, denn hett he doch wat to doon un kann uck noch sin Broot verdeenen.

Ja, dat dücht Matthies uck, denn sin Mudder hett dat ja seggt. Wat se seggt, dat deit he, dat is gewiss, seggt he, un so, as se dat seggt, schall dat we'n un nich anners. Do haut he wat Buuholt dal un krittet dat hen un buut en Brügg. Dat geiht ja nich gresig gau mit de Arbeit, man denn hett he doch so lang' wat vör.

As de Brügg ferdig is, schall de Bengel darbi stahn un Toll verlangen vun de, de dar roever woe'n. Un sin Mudder seggt, he schall keeneen roeverlaten, wenn he nich Toll betahlt. Un dat is eendoont, wenn dat nich ümmer Geld is; se koenen uck geern mit Waar betahlen, seggt se.

De eerste Dag kamen dar dree Keerls, elk mit en Föder Heu, un woe'n oever de Brügg.

„Nee", seggt de Bengel, „I kamen dar nich roever, solang' as ik keen Toll kregen heff."

„Wi hebben man nix un betahlen mit", seggen se.

„Ja, denn kamen I hier nich roever; man dat is eendoont, wenn dat keen Geld is, I koenen uck guut mit Waar betahlen", seggt de Bengel.

Do geven se em elk en Dutt Heu, un do hett he en lütte Blockwaag vull; un denn dörven se oever de Brügg roeverfahren.

Denn kümmt dar en Lütthoeker, de hett Neihnadeln un Gaarn un all so'n Hoekerkraam, un will roever.

„Du kümmst hier nich roever, ehrer du Toll betahlt hest", seggt de Bengel.

„Ik heff man nix un betahlen mit", seggt de Hoeker.

„Du hest doch woll Waar?", seggt de Bengel.

Do kriggt de Hoeker en paar Neihnadeln rut un gifft em de; do dörv he roever oever de Brügg. De Bengel stickt de Nadeln in't Heu un denn glitt he sik af. As he to Huus is, seggt he: „Nu heff ik Toll kregen un min Broot verdeent."

„Wat hest denn kregen?", fraagt de Oolsch.

„Och, dar keemen dree Keerls, de harrn elk en Föder Heu; de hebben mi elk en Dutt Heu geven, do harr ik en lütte Blockwaag vull. Un denn heff ik en paar Neihnadeln kregen vun en Lütthoeker", seggt de Bengel.

„Wonem büst denn mit dat Heu afbleven?", fraagt de Oolsch.

„Ik heff dar mal up kaut; man dat smecke nich anners as Gras, un do heff ik dat in'e Stroom smeten", seggt de Bengel.

„Dat harrst du utspreden schullt in'e Loh[1]", seggt de Oolsch.

„Dat will ik denn en anner Mal woll doon, Mudder", seggt de Bengel.

„Un wonem büst du denn mit de Neihnadeln afbleven?", fraagt de Oolsch.

„De heff ik in't Heu staken", seggt de Bengel.

„O, du büst en Schaapskopp!", seggt de Oolsch. „De harrst du an din Mütz steken schullt."

„Ja, is ja al guut, Mudder, dat will ik en anner Mal woll doon", seggt de Bengel.

De neegste Dag steiht he wedder nedden an'e Brügg, do kümmt dar en Mann vun'e Moehl mit en Last Mehl un will roever.

„Du kümmst nich roever, ehrer du Toll betahlt hest", seggt de Bengel.

„Ik heff man keen Geld un betahlen mit", seggt de Mann.

„Ja, denn kümmst du hier nich roever", seggt de Bengel; „man mit Waar kannst du uck guut betahlen", seggt he. Do kriggt he en Pund Mehl, un he lett de Mann roever.

Dat duert nich lang', do kümmt dar en Smidt an mit en Last Smä'kraam un will roever. Man dat is wedder datsülve.

„Du kümmst hier nich roever, ehrer du Toll betahlt hest", seggt de Bengel. Man de hett uck keen Geld un betahlen mit, do gifft he de Jung en Navenbohr[1], un do kümmt he roever.

As de Jung na Huus kümmt, is dat eerste 'nem sin Mudder na fraagt, de Toll. „Wat hest du vundaag an Toll kregen?", fraagt se.

„Och, dar keem en Mann vun'e Moehl mit en Last Mehl, de hett mi en Pund Mehl geven, un denn keem dar en Smidt mit en Last Smä'kraam, de hett mi en Navenbohr geven", seggt de Bengel.

„Wat hest du denn mit de Navenbohr maakt?", fraagt de Oolsch.

„So as du dat seggt hest, Mudder", seggt de Bengel, „de heff ik mi an'e Mütz staken."

„Ja, man dat is doch tumpig", seggt de Oolsch; „de harrst du di nich an'e Mütz steken schullt, de harrst du in'e Arm vun din Hemd doon schullt."

„Ja, ja, is al guut, Mudder, dat will ik denn dat neegste Mal woll doon", seggt de Bengel.

„Un wat hest du mit dat Mehl maakt?", will de Oolsch weeten.

„O, ik heff daan, wat du mi seggt harrst, Mudder", seggt de Bengel, „dat heff ik in'e Loh utspreed't."

„Sowat Tumpiges is ja noch nich dar we'n!", seggt de Oolsch. „Du harrst na Huus gahn schullt un en Ammer halen un dat dar rindoon", seggt se.

---

[1] Navenbohr = Bohrer, den der Radmacher braucht, um das Loch in die Nabe zu bohren.

„Ja, wes man still, Mudder, dat will ik denn en anner Mal woll doon", seggt de Bengel.

De neegste Dag is de Bengel ja wedder an'e Brügg un schall Toll innehmen. Do kümmt dar een mit en Last Brammwien un will roever.

„Du musst eerst Toll betahlen, anners kümmst du hier nich roever", seggt de Bengel.

„Ik heff keen Geld", seggt de Lastkeerl.

„Ja, denn kümmst du nich roever; man du hest doch sachs Waar?", seggt de Bengel. Ja, do kriggt he en halve Putt[1] Brammwien, un de kippt he in'e Arm vun sin Hemd.

Wat later kümmt dar een mit en Flock Zegen un will roever.

„Du kümmst hier nich roever, ehrer du Toll betahlt hest", seggt de Bengel. Ja, he is uck nich rieker as de annern; Geld hett he nich. Man denn gifft he de Bengel en lütte Zegenbuck, un do dörv he denn roever mit sin Flock. Man de Bengel kriggt de Buck faat un stampt 'n dal in'e Ammer, de he mitbröcht hett. As he na Huus kümmt, fraagt de Oolsch wedder:

„Wat hest du vundaag kregen?"

„Och, dar keem een mit en Last Brammwien, vun em heff ik en halve Putt Brammwien kregen", seggt de Bengel.

„Un wat hest du darmit maakt?", fraagt de Oolsch.

„Ja, so as du mi dat seggt hest, Mudder", seggt de Bengel, „ik heff dat in'e Arm vun min Hemd daan."

---

[1] Putt, Pott = altes Hohlmaß, entspricht 0,906 l.

„Man dat weer doch tumpig, min Soehn; du harrst na Huus gahn schullt un halen en Buddel un dat dar denn rindoon", seggt se.

„Ja, wes man ruhig, Mudder, en anner Mal will ik dat doon", seggt de Bengel. „Un denn keem dar en Mann mit en Flock Zegen, de hett mi en lütte Zegenbuck geven, un de heff ik dalstampt in'e Ammer", seggt he.

„Dat weer ja tumpig un noch tumpiger as tumpig, min Soehn", seggt de Oolsch; „du harrst dar en Wichelband to maken schullt un dar de Buck an na Huus trecken", seggt sin Mudder.

„Ja, wes man still, Mudder, en anner Mal will ik dat woll doon", seggt de Jung.

De neegste Dag liggt he wedder nedden an'e Brügg un schall Toll kasseer'n. Do kümmt dar en Mann mit en Last Bodder un will oever de Brügg. Man de Bengel seggt, he kümmt dar nich roever, ehrer he Toll betahlt hett.

„Ik heff man nix un betahlen mit", seggt de Mann.

„Ja, denn kümmst du uck nich roever", seggt de Bengel, „man wenn du Waar hest, kannst du uck geern darmit betahlen", seggt he.

Do gifft de Mann em en Stück Bodder, un do dörv he denn roever. Un de Bengel geiht na't Wichelkratt, dreiht sik en Wichelband, binnt dat an dat Stück Botter un treckt dat de Weg langs na Huus. Man allerwegens, 'nem he geiht, blifft dar ja ümmer wat vun'e Botter liggen, un as he na Huus kümmt, is dar nix mehr vun na.

„Wat hest du vundaag denn kregen?", fraagt sin Mudder.

„Dar keem en Mann mit en Last Bodder, de hett mi en Stück Bodder geven", seggt de Bengel.

„Un? Wonem hest du dat?", fraagt de Oolsch.

„Ik heff dat maakt, as du dat seggt hest, Mudder", seggt de Bengel, „ik heff en Wichelband an'e Bodder maakt un heff darmit na Huus trocken; man dat is mi ünnerwegens wegkamen", seggt he.

„O, du büst en Torfkopp un du bliffst en Torfkopp!", seggt de Oolsch. „Nu hest du ja nix för all din Möögde. Weerst du we'n as normale Minschen, harrst du nu to eten hatt un Brammwien un Heu un Warktüüg. Wenn du nich beter klaarkamen kannst, weet ik nich, wat ik noch mit di upstellen schall. Vellicht kunnst du ja en beten Verstand kriegen, wenn du heiraden dä'st un du kreegst een, de mit di klaar kümmt. Ik gloov dat beste is, du geihst los un söchst di en gude Deern. Man denn musst du di ünnerwegens uck vernünftig anstellen un gröten, wenn du Lüüd bemöten deist."

„Wat schall ik denn seggen?", fraagt de Bengel.

„Dat fraagst du noch?", seggt sin Mudder. „Moin! scha'st du natürlich seggen."

„Ja, ik will doon, wat du seggst", seggt de Bengel, un do maakt he sik up'e Padd un schall ja up'e Frie. As he en Stück langs de Weg kamen is, bemött he en Wulf mit soeven Welpen, un as he so wied vöranka- men is, dat he blangen 'n is, blifft he stahn un seggt: „Moin!" As he dat seggt hett, geiht he wedder na Huus. „Ik heff seggt, wat ik schull, Mudder", seggt de Bengel.

„Wat hest du denn seggt?", fraagt sin Mudder.

„Moin! heff ik seggt", seggt de Bengel.

„Wokeen büst du denn bemött?", fraagt de Mudder.

„Ik bün en Wulf bemött mit soeven Jungen", seggt de Bengel.

„Ja, dat süht di mal wedder liek!", seggt sin Mudder. „Warum schu'st du woll Moin seggen to de Wulf? Du harrst in'e Hänne klappen schullt un seggen: Ksch! ksch, du Beest! Dat harrst du seggen schullt."

„Ja, is al guut, Mudder, dat will en anner Mal denn seggen", seggt de Bengel un huult wedder af. As he en Stück wied kamen is, bemött he en Hochtiedstog. As he do merrn vör dat Bruutpaar kamen is, blifft he stahn, klappt in'e Hänne un seggt: „Ksch! ksch, du Beest!" Denn geiht he wedder na Huus na sin Mudder. „Ik heff daan, wat du seggt hest, Mudder", seggt de Bengel. „Man dar heff ik en Jackvull för kregen", seggt he.

„Wat hest du denn daan?", fraagt de Oolsch.

„Ik heff in'e Hänne klappt un seggt: Ksch! ksch, du Beest!", seggt de Bengel.

„Wokeen büst du denn bemött?", fraagt de Oolsch.

„En Hochtiedstog bün ik bemött", seggt de Bengel.

„O, wat büst du doch för'n Torfkopp! Dat süht di wedder mal liek!", seggt de Mudder. „Warum schu'st du woll sowat to en Hochtiedstog seggen? ‚Glück un Segen för dat Bruutpaar' harrst du seggen schullt", seggt de Oolsch.

„Ja, swieg man still, Mudder, en anner Mal will ik dat woll seggen", seggt de Bengel un maakt sik wedder up'e Padd. Do bemött he en Baar, de ritt up en

Perd. De Bengel töövt, bet he blangen 'n kümmt. „Glück un Segen för dat Bruutpaar", seggt he, un denn geiht he wedder na Huus un vertellt, nu hett he seggt, wat he seggen schull för sin Mudder.

„Na, wat hest du denn seggt?", fraagt sin Mudder.

„Glück un Segen för dat Bruutpaar!", heff ik seggt", seggt de Bengel.

„Wokeen büst du denn bemött?", fraagt sin Mudder.

„Ik bün en Baar bemött, de ree' up en Perd", seggt de Bengel.

„Mein Zeit, wat büst du doch för'n Doeskopp!", seggt de Mudder. „To'n Düvel mit di! harrst du seggen schullt", seggt se.

„Ja, wes man ruhig, Mudder, dat will ik en anner Mal woll doon", seggt de Jung.

Denn geiht he wedder afste' un bemött en Liekentog. As he merrn vör de Liek steiht, grötet he un seggt: „To'n Düvel mit di!" Denn geiht he wedder na Huus na sin Mudder un vertellt, he hett seggt, wat he schull.

„Un? Wat hest du seggt?", fraagt de Oolsch.

„To'n Düvel mit di! heff ik seggt", seggt de Bengel.

„Wokeen büst du denn bemött?", fraagt sin Mudder.

„Ik bün en Liekentog bemött", seggt de Bengel, „man do heff ik en Swaartvull kregen", seggt he.

„Ja, dar harrst du noch mehr vun verdeent", seggt de Oolsch. „Gott help din arme Seel! harrst du seggen schullt", seggt se.

„Ja, wes man still, Mudder, en anner Mal will ik dat woll seggen", seggt de Bengel, un denn treckt he wedder afste'. As he en Stück gahn is, ward he en en paar afretene Taters wies, de sünd bi un trecken en Köter af. As he na se henkümmt, grötet he un seggt: „Gott help din arme Seel!" Un as he dat seggt hett, geiht he wedder na Huus un seggt, nu hett he seggt, wat he seggen schull för sin Mudder. Man he hett en Maarsvull kregen, he harr sik meist nich mehr na Huus slepen kunnt.

„Wat hest du denn seggt?", fraagt de Oolsch.

„Gott help din arme Seel! heff ik seggt" seggt de Bengel.

„Un wokeen büst du bemött?", fraagt sin Mudder?

„Dat weern en paar Taters, de weern bi un trecken en Köter af", seggt de Bengel.

„Ja, dat süht di ja mal wedder liek!", seggt de Oolsch. „Dat is en Sünn un Schann, wodennig du tokehr geihst. Sowat is ja woll noch nich darwe'n! Man nu musst du nochmal afste', un denn quäl di dar man gar nich um, wokeen du bemöten deist. Du musst seh'n un verheiraden di, un denn seh to, dat du een kriggst, de sik beter up'e Loop vun'e Welt versteiht un plietscher is as du. Man nu musst du di uck schicken as normale Lüüd, un wenn dat slumpt, denn musst du vel Glück wünschen un hurrah ropen", seggt se.

Ja, de Bengel deit allens, wat sin Mudder verlangt hett. He maakt sik up'e Padd un friet um en Deern, un ehr dücht, de Jung is doch gar nich so leeg, un do seggt se ja, se will em woll hebben.

As de Bengel do na Huus kümmt, will sin Mudder weeten, wo sin Deern heeten deit. Ja, dat weet he nich. Do ward de Oolsch dull un seggt, he mutt nochmal los, denn nu will se weeten, wo sin Deern heeten deit. Na, he ja wedder hen, un jüst as he wedder na Huus schall, ward he dar doch noch an denken un fragen na ehr Naam. Ja, se heet Stina, seggt se. Do löppt de Bengel un mummelt ümmer vör sik hen: „Stina, Stina, min Deern! Stina, Stina, min Deern!"

Man he rönnt so dull, dat he doch jo na Huus kümmt, ehrer he dat wedder vergeten hett, un do snüffelt he oever en Steen, un do hett he de Naam wedder vergeten. As he wedder up'e Beens kümmt, geiht he bi un söken um'e Steen rum, man he finnt nix as en Spaa. De kriggt he faat un geiht bi un graavt un söcht, all wat he kann. Un as he dar so steiht un graavt, kümmt dar en ole Mann an.

„Wat graavst du na?", fraagt de Mann. „Hest du hier wat verlaren?"

„Och ja, och ja, ik heff de Naam vun min Deern verlaren", seggt de Bengel, „man ik kann 'n nich wedderfinnen", seggt he.

„Ik gloov, se heet Stina", seggt de Mann.

As de Bengel dat hört, rönnt he afste' mit de Spaa in'e Hand un röppt: „Stina, Stina, min Deern!"

Man as he en lütte Stück lapen is, ward he dar an denken, he hett ja de Spaa mitnahmen, un do smitt he 'n torügg un de Mann liek up'e Foot. De Keerl ward nu bölken un sik tier'n, as harr em een mit en Mess staken, un do vergitt de Bengel de Naam un löppt na Huus, all wat he kann. Un as he to Huus ankümmt, fraagt sin Mudder em ja foorts: „Na, wo heet din Deern?" Do is de Bengel jüst so klook, he weet dar nu nich mehr vun as dat eerste Mal.

„Du büst ümmer noch desülve grote Torfkopp", seggt de Oolsch. „Hier kriggst du uck wedder nix beschickt. Man nu gah ik sülven afste' un haal din Deern un krieg di verheiraad't. Wieldes haalst du Water un maakst hier allens vull. Un denn nimmst du wat Buuk un wat Back, un dat Gröönste in'e Kohlhoff nimmst du uck un kaakst all's. Un wenn du dat daan hest, fedderst du di düchtig up, dat du en söte Jung büst, wenn din Deern kümmt, un denn kannst du di up'e Bank setten."

Ja, dat will he woll t'rechtkriegen, meent de Bengel. He slept Water ran un kippt dat in'e Stuuv, dat dat man so'n Aart hett. Man he kriggt 'n nich vull, as dat bet an'e Fensterbank steiht, fangt dat an un löppt rut. Do mutt he dar ja mit upholen. Man nu hebben se en Hund, de heet Back, un en Katt, de heet Buk; de kriggt he faat un deit se in'e Suppengraap. Dat Gröönste, wat he in'e Kohlhoff finnt, dat is en gröne Kleed, dat hett de Oolsch ehr Swiegerdochter todacht. Dat hackt he lütt un deit dat to de Supp. Man dat Swien, dat heet Als, dat geiht in'e Suppengraap nich mehr rin, dat kaakt he denn för sik in'e Bruupann. As de Bengel dat allens t'recht hett, söcht he sik en Sirupskruuk her un en Fedderdek. Eerst smert he sik in mit Sirup, un darna snitt he de Dek up un wöltert sik in'e Feddern, un denn sett he sik up'e Bank buten in'e Koek, bet sin Mudder kümmt mit de Deern.

Dat eerste, wat de Oolsch fehlen ward, as se up'e Hoff kümmt, is de Hund, de kümmt ehr anners ümmer in'e Mööt lapen. As neegstes fehlt se de Katt, de bemött se anners ümmer in'e Windfang, un wenn dat richtig feine Wedder is, kümmt 'n ehr in'e Mööt up'e Stieg na de Poort. Dat gröne Kleed, wat se ehr Swiegerdochter todacht harr, kann se uck nich wies warrn. Un dat Swien, wat anners ümmer achter ehr ran grünsen kümmt, is uck nich dar. Do will se hen un fragen darna; man as se de Klink losmaakt, kümmt dat Water ut'e Döör schaten as en Waterfall, un de Oolsch un de Deern warrn meist wegspöölt in'e Floot.

Se moeten achtern rum gahn na de Koekendöör, un as se rinkamen, sitt dar de dare upfedderte Gestalt.

„Wat hest du nu wedder maakt?", fraagt de Oolsch.

„Ik heff daan, wat du seggt hest, Mudder", seggt de Bengel. „Ik heff Water rinslept un allens vull maakt, man so dull ik uck slepen dä, ik heff dat nich höger kregen as bet an'e Finsterbank."

„Man wat is mit Buk un Back?", fraagt de Oolsch, dat se doch up wat anners to snacken kümmt, „wonem sünd de afbleven?" seggt se.

„Ik heff daan, wat du seggt hest, Mudder", seggt de Bengel, „ik heff se nahmen un in'e Suppenputt kregen. Se hebben ja bölkt un jault un beten un kleit, un Back harr düchtig Knoev un hett sik to Wehr sett, man toletzt musse he doch mit rin, un Als, de kaakt in'e Bruupann buten in'e Waschkoek, de passe dar nich mehr rin in'e Suppengraap!" seggt he

„Un wat hest du mit dat nüe gröne Kleed maakt, wat ik min Swiegerdochter todacht harr?", seggt de Oolsch un will dar oever weggahn, oever sin Tumpigkeit.

„O, ik heff daan, wat du seggt hest, Mudder", seggt de Bengel. „Dat hung ja in'e Kohlhoff, un dat weer dat Gröönste, wat dar weer, un do heff ik dat nahmen, heff dat lütt hackt un mit in'e Suppengraap daan."

Do de Oolsch ja ran an'e Heerd un de Graap dalreten, allens utkippt un en nüe een ansett. Man as se de Bengel ankickt, kriggt se rein en Schreck.

„Wo sühst du oeverhaupt ut?", seggt se.

„Ik heff daan, wat du seggt hest, Mudder", seggt de Bengel. „Eerst heff ik mi mit Sirup insmert, dat ik sööt wurr, un denn heff ik de Fedderdek upsneden un mi düchtig upfeddert", seggt he.

Tja, de Oolsch geiht dar oever weg, so gut as't geiht, kriggt de Bengel de Feddern afruppt un kriggt em wuschen un wedder Tüüg an.

Denn schoe'n se ja Hochtied maken; man eerst schall Matthies noch to Stadt un en Koh verkopen, un vun dat Geld schall he inkopen för de Hochtied. De Oolsch vertellt em, wodennig he sik hebben mutt, un dat eerste un letzte is, he schall tosehn un kriegen wat för de Koh. As he denn to Markt kümmt mit sin Koh un se fragen em, wat he darför hebben schall, kriegen se anners nix to hören as, he schall „wat" hebben för de Koh. Do kümmt dar en Slachter an un seggt to de Bengel, he schall de Koh nehmen un mit em na Huus kamen, denn kriggt he „wat" för de Koh. Ja, Matthies nimmt de Koh mit, un as se hen kamen, do spütt't de Slachter em in'e Fuust un seggt: „Dar hest du ,wat' för din Koh, man du musst dar guut up uppassen!"

De Bengel geiht so vörsichtig, as wenn he up Eier geiht, un hett de Fuust fast to. Man as he up'e Dörpstraat dicht bi se's Hoff is, bemött he de Preester, de kümmt dar jüst lang.

„Och, maak mi doch mal de Poort up, min Jung!", seggt de Preester.

De Bengel ielt un maken up, man he denkt dar gar nich an, wat he in'e Hand hett, un do blifft dat an'e Poort hacken. As he do markt, dat is weg, do ward he füünsch un seggt, de Herr Paster hett em „wat" wegnahmen. Man as de Preester em fraagt um he nich richtig klook is, un seggt, he hett em nix wegnahmen, do ward de Bengel so dull, he haut de Preester doot un kleit em in in en Matschlock an'e Weg.

As he to Huus is, vertellt he dat sin Mudder, un do slacht't se en Zegenbuck un packt 'n dar hen, 'nem de Bengel de Preester henpackt harr, un de Preester graavt se en anner Stä' in. Denn hängt se en grote Putt mit Havergrütt oever't Füer, un as de Welling kaakt is, seggt se to Matthies, he schall sik an'e Heerd setten un wecke Pinnen snittjern. Wieldes klarrt se mit de Graap up't Dack un gütt de Welling dal in'e Schosteen, dat de ganze Kraam oever de Bengel lopen deit.

De neegste Dag kümmt de Schandarm. As de darna fraagt, gifft Matthies dat to, he hett de Preester doothaut, un he will em uck geern wiesen, wonem he mit de Herr Paster afbleven is. Wat för'n Dag dat denn woll we'n is, will de Schandarm weeten. „Dat weer de Dag, as dat oeverall Haverwelling regent hett", seggt de Bengel. As he denn mit de Schandarm na de Stä' kümmt, 'nem he de Preester ingraavt hett, treckt de dar de Zegenbuck rut un fraagt: „Harr ju's Preester

Hoorns?" Un as de Richters dat hör'n, meenen se, de Bengel is nich klook, un laten em lopen.

Denn schall ja Hochtied maakt warrn, un de Oolsch snackt düchtig up'e Bengel in un seggt, wenn dat nu to Disch geiht, denn schall he sik fein benehmen. He schall nich to vel na de Bruut kieken, ehr man bloots af un to en Oog tosmieten. De Arften kann he sülven eten, seggt se, man de Eier, de schall he mit ehr deelen, un de Beens schall he nich um sik rum up'e Disch smieten, man fein tohopen up'e Teller leggen.

Ja, Matthies will dat woll doon, un uck richtig; he deit allens, wat sin Mudder em seggt, un nix anners. He geiht na de Schaapstall un stickt all de Schaap un Zegen, de dar sünd, de Ogen ut un nimmt se mit. As se denn to Disch gahn, sett he sik mit'e Rügg na de Deern. Man as he dar sitt, smitt he en Schaapsoog na ehr, dat ehr dat in't Gesicht backt; wat later smitt he noch een, un sodennig blifft he bi. De Eier itt de Bengel all alleen up, man as de Arften kamen, de deelt he mit ehr. As se en Tiedlang eten hebben, leggt de Bengel sin Fööt tohopen un denn rup darmit up'e Teller.

As se avends to Bett schoe'n, do langt de Deern dat, se hett de Näs vull, un ehr dücht, dar hett se nix vun un hebben so'n tumpige een to Mann. Do seggt se, se hett noch wat vergeten un mutt noch mal rut. Man dat dörv se ganz un gar nich; de Bengel will mit, denn he is bang', se kümmt anners nich wedder.

„Nee, nee, bliev du man liggen!", seggt de Bruut. „Hier is en lange Reep, de binn ik mi um, un ik laat de Dör up. Wenn di denn dücht, ik bliev to lang' weg, kannst du man an't Tau trecken, un denn treckst du mi ja wedder rin."

Ja, dat is Matthies denn recht. Man as de Deern rut kümmt up'e Stieg, do steiht dar en Zegenbuck, un do binnt se sik af vun't Tau un binnt dar de Zegenbuck an.

As de Bengel dücht, se blifft to lang' weg, geiht he bi un treckt an't Tau, un do treckt he de Zegenbuck na sik in't Bett rin. He hett en beten legen, do röppt he: „Mudder, Mudder, min Bruut hett Hoorns as en Zegenbuck!"

„Och, wat tüünst du dar, dummerhaftige Bengel!", seggt sin Mudder. „Dat sünd doch man ehr lütte Haarflechten."

En beten later bölkt de Bengel wedder: „Mudder, Mudder, min Bruut hett so'n struppige Fell as en Zeg!"

„Och, du doesige Bengel, wat liggst du dar to kreih'n!", seggt de Oolsch.

Man he gifft keen Ruh, ümmerto kreiht un bölkt de Bengel, dat sin Deern up een oder anner Aart as en Zegenbuck is. As dat bi lütten schummern ward, seggt de Oolsch: „Nu man hooch, min Soehn un maak Füer an!"

De Bengel klarrt to Boehns ünner't Dack un fengt dar wat Stroh, Spöön un anner Kraam an, wat dar rumliggt. Man do gifft dat so'n Rook, he kann dat binnen nich mehr utholen. He mutt rut, un do ward dat jüst Dag. De Oolsch mutt uck in'e Beens, un as se rutkamen, brennt de heele Kaat, dat dat Füer baven ut't Dack rutsleit.

„Vel Glück, vel Glück! Hurrah!", röppt de Bengel. Dat, dücht em ja woll, is so'n richtige Hochtiedsspaaß.

De Jung mit dat Beerfatt

Dar is mal en Jung we'n, de hett lang' bi en Mann in't Noorden deent. De dare Mann is en Meister we'n in't Beerbruen; dat is so utverschaamt guut we'n, sowat hett dat nich nochmal geven. As de Jung denn sin Afscheed nimmt un de Mann schall em sin ver- deente Lohn utbetahlen, do will he wieder nix heb- ben as en lütte Fatt vun'e Wiehnachtsbruu. Ja, dat kriggt he un geiht dar vun'e Stä' mit. He driggt dat lang' un wied, man jo länger he sik mit dat Beerfatt afslepen deit, jo swarer ward em dat. Un do ward he sik mal umkieken, um dar nich een kümmt, mit de he drinken kann, dat dat Beer minner un dat Fatt wat lichter ward.

Upletzt bemött he en ole Mann mit en grote Baart.

„Moin", seggt de Ole.

„Moin, moin", seggt de Jung.

„Na, wonem scha'st du denn up dal?", fraagt de Ole.

„Ik sӧӧk een un drinken mit, dat ik min Fatt en beten lichter krieg", seggt de Jung.

„Kannst denn nich jüst so guut mit mi drinken as mit en anner een?", fraagt de Ole. „Ik bün wied un sied rumreist, un nu bün ik mӧӧ' un heff Dörst."

„Ja, kann ik", seggt de Jung. „Man wonem kümmst du denn her, un wat büst du för een?" fraagt he.

„Ik bün de Herrgott, un ik kaam ut'e Himmel", seggt de Ole.

„Mit di will ik nich drinken", seggt de Jung. „Du maakst so'n grote Ünnerscheed bi de Minschen hier up'e Welt un verdeelst dat Guut so unliek, dat wecken so riek sünd un wecken so ring. Nee, mit di will ik nich drinken", seggt he un schechelt afste' mit sin Fatt.

As he noch en Stück gahn is, ward em dat Fatt wedder so swaar, un em dücht, he mag dar nich mehr mit slepen, wenn dar nich een kümmt, mit de he drinken kann, dat dat Beer in't Fatt wat minner ward. Ja, do bemött he en grimmige[1], spittelige Keerl, de kümmt dar bannig fix ansuusen.

„Moin", seggt de Keerl.

„Moin, moin", seggt de Jung.

„Na, wonem scha'st du denn up dal?", fraagt de Keerl.

„Och, ik söök een un drinken mit, dat ik min Fatt en beten lichter krieg", seggt de Jung.

„Kannst denn nich jüst so guut mit mi drinken as mit en anner een?", fraagt de Keerl. „Ik bün wied un sied rumreist, un en Drüpp Beer kunn so'n ole Genoek sachs guut doon", seggt he.

„Ja, kann ik denn ja", seggt de Jung. „Man wat büst du denn för een, un wonem kümmst du her?", fraagt he.

„Ik? Mi kennen se doch all, ik bün de Düvel un kaam ut'e Höll", seggt de anner.

„Nee", seggt de Jung, „du deist anners nix as de Lüüd triezen un triffeleern, un 'nem dar en Unglück passeert, dar seggen de Lüüd ümmer, dat is din Schuld. Nee, mit di will ik nich drinken", seggt de Jung.

---

[1] grimmig = hässlich (dän. grim)

Denn geiht he wedder wied un noch wieder as wied mit sin Beerfatt, bet em dücht, dat ward em so swaar, he mag dar nich mehr mit slepen. Do ward he sik wedder umkieken, um dar nich een kümmt un drinken mit em, dat dat Fatt wat lichter warrn kann. Ja, toletzt kümmt dar wedder en Keerl, un de is so dröög un klapperig, dat is rein en Wunner, dat he noch tohopenhängen deit.

„Moin", seggt de Keerl.

„Moin, moin", seggt de Jung.

„Na, wonem scha'st du denn up dal?", fraagt de Keerl.

„Ik will mal seh'n, um ik nich een finnen kann un drinken mit, dat min Fatt en beten lichter ward, dat ward mi so swaar un slepen mit", seggt de Jung.

„Kannst denn nich jüst so guut mit mi drinken as mit en anner een?", fraagt de Keerl.

„Ja, kann ik", seggt de Jung. „Wat büst du denn för een?"

„Se nömen mi de Dood", seggt de anner.

„Ja, mit di will ik drinken", seggt de Jung, sett dat Fatt dal un geiht bi un schenken Beer in. „Du büst en rejelle Keerl, denn du maakst se all liek, Arm un Riek."

Un do drinkt he em to, un de Dood dücht, dat is en ganz feine Gedränk, un de Jung lett sik nich lumpen, un so drinken se umschichtig, un dat Beer ward minner un dat Fatt lichter.

Toletzt seggt de Dood: „Ik heff noch nie nich wat drunken, wat mi beter smeckt hett un so guut daan hett as dat dare Beer, wat du mi inschenkt hest. Mi dücht, ik bün inwennig as nübaren, un ik weet gar nich, wo ik di mit danken schall darför." Man as he en Stoot nadacht hett, seggt he, dat dare Fatt schall nie nich leddig warrn, eendoont, wovel dar vun drunken ward, un dat Beer dar in schall to Medizin warrn, dat de Jung dar süke Minschen wedder mit risch maken kann, beter as jichens en Dokter. Un denn seggt he, wenn he na en süke een henkümmt, denn will de Dood sik ümmer vör em wiesen. Un dat schall em en wisse Teeken we'n, wenn de Dood bi de Fööt sitt, denn so kann he de Süke mit en Treck ut dat Fatt heelen, man sitt he an't Koppenne, denn gifft dat keen Hülp un keen Retten vör de Dood.

De Jung is bald bekannt as en bunte Hund, un he ward na wied un sied haalt, un he helpt männigeen wedder to un warrn risch, 'nem dat eerst keen Hülp för geven hett. Wenn he rinkümmt un ward wies, wonem de Dood bi de Süke sitten deit, seggt he Leven oder Dood vörut, un ümmer stimmt dat. Do ward he en rieke un mächtige Mann, un toletzt ward he na en Königsdochter haalt, wied weg in en anner Land. De is so gefährlich krank, keen Dokter gloovt dar noch an, dat he ehr helpen kann, un do seggen se em allens to, wat he man wünschen un verlangen kann, wenn he ehr man retten kann.

As he bi de Königsdochter rinkümmt, sitt de Dood an't Koppenne, man he is indrusselt un sitt to slapen, un wieldes he sodennig sitten deit, föhlt de Deern sik beter. „Hier gellt dat Leven oder Dood", seggt de Dokter, „un wenn ik dat recht seh, steiht se nich to retten", seggt he. Man se seggen, he mutt ehr retten, un kost't dat uck Land un Riek. Do kickt he na de Dood, un wieldes de dar wedder sitt un slöppt,

winkt he de Deeners, se schoe'n gau dat Bett um-
dreihn, dat de Dood bi de Fööt to sitten kümmt. Un
foorts, as dat daan is, gifft he ehr de Sundheits-
drunk, un do is se rett't.

„Nu hest du mi anscheten", seggt de Dood, „un nu is
dat ut twischen uns."

„Ik musse dat doon, wenn ik Land un Riek winnen
wull", seggt de Jung.

„Dat schall di nich vel helpen", seggt de Dood, „dien
Tied is um, nu hörst du *mi.*"

„Tja, wenn dat sodennig we'n mutt, denn mutt dat
sachs", seggt de Jung. „Man du giffst mi doch sachs
Verlööv un lesen eerst noch dat Vadderunser", seggt
he.

Ja, dar schall he Verlööv to hebben. Man he wahrt
sik vör un lesen dat Vadderunser; all dat anner les't
he, man dat Vadderunser kümmt em nie nich oever
de Tung, un toletzt meent he, nu hett he de Doot
heel un deel oeverdüvelt. Man as de Dood dücht, dat
ward em to lang' duern, do geiht he to nachtslapen
Tied mal hen un hängt en grote Tafel mit dat Vad-
derunser up oever de Jung sin Bett. As de denn
waak ward, kümmt he bi un lesen dat un ward dat
gar nich richtig wies, bet he na dat Amen kümmt.
Man do is dat to laat.

De Preester sin Mudder

Dar is mal en Preester we'n un en Köster, so as dat in vele Dörper is. De Köster is riek we'n un de Preester arm, un liekers he doch en gelehrte Mann we'n is, hett he sik nie nich Raat wusst. Man de Köster hett Raat wusst för allens, un sin Broot verdeenen, dar hett he Verstand to hatt as Kreih un Heister.

In dat dare Dörp is dat so begäng', dat se in'e Slacht-tied to Harvst Wustgill fiern. Dat, dücht de Preester, kann he sik nich leisten, man he weet uck nich, wodennig he dar um rumkamen schall. Darum schickt he na de Köster un fraagt em um Raat.

„Dar is doch nix bi, Herr Paster", seggt de Köster. „Segg doch, dar sünd wecke Hallunken in Se's Swienstieg kamen un hebben Se's Slachtdeerten klaut, denn sünd se doch rut ut de heele Wuststahoi[1]."

Dat dücht de Preester en gude Raat. Man to Nacht kümmt de Köster sülven, brickt in in'e Swienstieg un klaut all de Preester sin Swiens. As de Preester to weeten kriggt, sin Swiens sünd klaut un weg, weet he sik keen anner Raat as schicken na de Köster, un de lett uck nich lang' up sik luern.

„Wat is nu denn los, Herr Paster?", fraagt he, as he bi de Preester rinkümmt.

„Och, Gott trööst un help mi arme Mann", seggt de Preester, „nu is dat passeert, 'nem wi vun snackt hebben!"

„Wat denn?", fraagt de Köster.

---

[1] Stahoi = Lärm, Aufstand, Aufwand (dän. ståhej)

„Min Swiens sünd klaut!", seggt de Preester.

„Ja, ja", seggt de Köster, „sodennig bliev man bi, denn bruken Se keen Wustgill geven!"

„Nee, nee, sodennig is dat nich! Dat is würklich wahr, hier sünd Spitzboven we'n. Se hebben inbraken in'e Swienstieg un min Swiens mitnahmen, richtig klaut!", seggt de Preester.

„So is't recht, Herr Paster", seggt de Köster, „segg dat man ümmerto so, as Se dat nu to mi seggen, denn gloven de Lüüd dat, un denn bruken Se uck keen Wustgill geven."

„Nee, nu hör doch mal to, dat is würklich so, as ik dat segg; dat is keen Spinnkraam!", seggt de Preester. „Hier sünd Spitz..."

„Ja, ja, du leeve Tied, Herr Paster, Se moeten doch nich schimpen, ik weet dat ja. Wi kriegen düt Jahr keen Wustgill, dat hör ik doch al", seggt de Köster un blifft bi mit sin Snack, un wat de Preester uck vertellt un versekert, dar kümmt he nich mit an bi de Köster, un he kriggt uck nix anners to hör'n.

Wat later ward de Preester dar oever nadenken, woso de Köster so riek we'n kann, wo he doch man ringe Lohn kriggt, un he sülven is arm, liekers he vel mehr Innahmen hett ut Klingelbüdel un Teinte[1] un allens. Dat kann he gar nich begriepen. Man he fangt an un denkt an düt un dat, un vellicht hett he ja uck hört, de Köster itt fakener Fleesch as anner Lüüd. Man eendoont, he hett grote Lust un kamen dar achter, un do denkt he, he will to de Köster seggen, he mutt verreisen, un in de Tied will he geern

---

[1] Teinte = Zehnt (alte Steuerabgabe)

sin Geldkist bi em ünnerstellen. Geld is dar nich in in'e Kist, dat lett sik ja denken. Dar is nix in as de Preester sin ole Mudder, en verdröögte, krumm- puckelige Oolsch, de liggt dar nedden in un knault up en Keesköst, un se schall uppassen un tohör'n un seh'n, um de Köster hett en Geldschieter oder wo- dennig dat tohopenhängt mit sin Riekdom. Ja, de Kist ward denn in'e Köster sin Stuuv stellt. To Avend warrn de Köster sin Gör'n denn schrien, se woe'n wat to eten hebben. „Nu laat ju man Tied un tööv, bet ik wat t'rechtmaakt heff!", seggt de Köster- oolsch. „Koenen wi denn nich wat vun'e Preester sin Fleesch kriegen, Mudder?", bölken de Gör'n.

As de Preester sin Mudder dat hört, böhrt se de Kis- tendeckel so'n lüerlütte beten an un pliert na dat Fleesch. De Köster markt dat woll, man he deit, as harr he nix hört un nix sehn. Man to Nacht, as de annern slapen, steiht he up, kriggt sik en Äx her, maakt de Kist up, haut de Preester sin Mudder een vör de Kopp mit de umdreihte Äx, prammst ehr de Keesköst in'e Hals un klappt de Deckel wedder to.

De neegste Dag kümmt de Preester un seggt, he is umsinns wurrn, he will sin Reis up en anner Wuch verschuven. De Kist nimmt he wedder mit, un as he to Huus is, maakt he 'n up un fraagt: „Na, Mudder, hest du wat mitkregen, hett de Köster min Swiens stahlen?" Man sin Mudder seggt nix, se liggt dar un gluupt mit de Keesköst in'e Mund. Do ward de Prees- ter rein armsinns, denn he meent, se is dar in'e Kist stickt, wiel dat he dar keen Löcker in bohrt hett, 'nem se dör aten kann, un denn hett he uck vergeten un geven ehr wat to drinken mit. Nu mutt he ja wed- der na de Köster schicken un fraagt em, um he ehr nich kann stillkens inkuhlen. „Is se denn up unrechte Wies vun'e Welt kamen?", fraagt de Köster. Nee, dat is se ja nich, seggt de Preester, man em dücht, dat is doch Schiet, dat se so up'e Stutz dootbleven is, un darum will he em geern tein Daler geven, wenn he ehr stillkens begraven will. Ja, wenn he tein Daler kriggt, seggt de Köster, denn so will he ehr woll inkuhlen, man bi sik sülven seggt he: „Tööv man, nu kriggst du de Putz wedder, de du mi hest spelen wullt." He nimmt de Oolsch, stickt ehr in en Sack un slept af mit ehr.

As he na Huus kümmt, ward he en reisen Hoeker wies, de liggt dar in't Gras un slöppt, un en grote Hoekerkiep steiht blangen em. De Köster, nich fuul, maakt de Kiep up un prammst de Preester sin Mudder dar rin. Wat later kümmt de Hoeker bi de Köster an'e Dör un fraagt, um he em nich wat afkopen will. „Nee", seggt de Köster, „ik heff keen Geld. Man de Preester, de is riek, gah du man na em." He denn ja hen na de Preester, un de Preester is uck foorts inverstahn un nehmen em wat af, man as de Hoeker de Kiep upmaakt un se kriegen de dode Oolsch to seh'n, do verfehrn se sik so degern, se warrn all beid meist tumpig. Un de Preester weet sik keen anner Raat as schicken wedder na de Köster.

„Wat is dat denn för'n Kraam, hest du min Mudder nich begraven?", fraagt de Preester, as de Köster rinkümmt.

„Ja, wiss heff ik ehr inkuhlt", seggt de Köster, „man se is ja sachs up unrechte Wies vun'e Welt kamen, wenn se sodenig umgeiht un spökelt." – Nee, dat is se nich, seggt de Preester, man he nimmt sik dat so neeg un seggt, em dücht, dat is trurig, dat se spökeln deit, un darum will he de Köster geern twintig Daler geven, wenn de ehr stillkens ingraven will. Ja, dat will de Köster woll doon, un do stickt he de Oolsch in en Sack un slept wedder af mit ehr. Man bi de Preester hett he hört, se schoe'n de neegste Dag backen, un do geiht he bi Nacht mit de Oolsch wedder hen un sliekert sik rin in't Backhuus. Un as de Fruunslüüd fröh an'e neegste Morrn kamen un woe'n bi un backen, do steiht de Preester sin Mudder dar mit beide Füüst in'e Backtrogg, as wenn se kneden deit. Do warrn se luut schrien un warrn so bang', dat se meist tumpig warrn, un de Huushöllersch löppt liek rin na de Preester sin Slaapstuuv un bölkt un röppt, se roegen keen Mehl oder Deeg an, ehrer he kümmt un bannt de ole Mudder weg, eendoont, um se nu na baven oder na nedden schall.

Man de Preester weet sik keen Raat, ehrer he mit de Köster snackt hett.

„Nu hör mal, wat is dat för'n Kraam, hest du min Mudder denn nich begraven?", seggt de Preester, as de Köster rinkümmt. – „Ja, wiss heff ik ehr inkuhlt", seggt de Köster. – „Man nu steiht se buten in't Backhuus un kned't Deeg", seggt de Preester. – „Ja, ja, se is sachs up unrechte Wies vun'e Welt kamen, dat se sodennig umgeiht un rumregeert un spökelt", seggt de Köster. – „Hmm, hmm", seggt de Preester un knüchelt, man em dücht doch, dat is trurig, dat se sodennig umgahn un rumregeern un spökeln schall. He will de Köster geern dörtig Daler geven, wenn he ehr stillkens inkuhlen will, seggt he. De Köster seggt, se mutt ja doch woll up unrechte Wies vun'e Welt kamen we'n, man dat kann em eendoont we'n, wenn he dörtig Daler kriggt, denn will he ehr noch inkuhlen.

Ja, dat Geld kriggt he un treckt wedder af mit de Oolsch. Man bi Nacht nimmt he ehr mit, geiht in'e Stall up'e Preesterhoff un haut de Preester sin grote Bull de Kopp af. Denn stellt he de Bull in'e Boos un sett de Oolsch up'e Bull sin Rügg un gifft ehr en Leh in'e Hand, as wenn se dat we'n is, de dat Deert um'e Eck bröcht hett. De neegste Morrn, as de Melkdeern in'e Kohstall kümmt un süht dat dare Weswark, verfehrt se sik sodennig, dat se meist liek rinsuust in'e Preester sin Bett un röppt: „Herr Paster, Herr Paster, Se's ole Mudder sitt in'e Kohstall up'e grote Bull un hett 'n dootmaakt! Ik truu mi nich un gahn hen un fuddern de Köh, ehrer Herr Paster dalgahn is un hett ehr wegbannt!"

De Preester will dat nich gloven, man as he in'e Kohstall kümmt, kriggt he to seh'n, dat is wahr, un do weet he sik anners keen Raat, he schickt wedder na de Köster.

„Du, hör mal, wat is dat för'n Kraam, hest du min Mudder denn nich begraven?", seggt de Preester, as de Köster rinkümmt. – „Ja, Gotts bewahre, natürlich heff ik ehr inkuhlt", seggt de Köster.

„Ja, man nu sitt se up'e grote Bull un hett 'n doot-maakt", seggt de Preester. – „Se mutt sachs up un-rechte Wies vun'e Welt kamen we'n, wo se sodennig rumregeert un spökelt", seggt de Köster. – „Hmm, hmm", seggt de Preester un knüchelt, un denn seggt he, em dücht, dat is trurig, dat se sodennig umgahn un rumregeern un spökeln schall. He will de Köster geern veertig Daler geven, wenn he ehr stillkens in-kuhlen will. De Köster blifft darbi, se mutt sachs up unrechte Wies vun'e Welt kamen we'n, man wenn he veertig Daler kriggt, will he ehr gehörig begraven, un denn kriggt he de Oolsch in en Sack, nimmt 'n up'e Nack un slept dar wedder af mit.

De neegste Dag schall de Preester afste' un geven een dat letzte Avendmahl, un de Köster schall mit, denn achterher schoe'n se noch na en anner Dörp vun't Kaspel. De Preester maakt sik al an'e Avend praat un treckt de neegste morrn fröh afste', lang' ehrer dat hell ward. Ünnerwegens geiht he bi de Köster vör. He ritt up en Fahlentoet, un in't Düüstern is he dat nich wies wurrn, dat de Fahl mitlapen is. Nu will he de bi de Köster in'e Stall stellt hebben. Ja, dat kann sachs angahn, seggt de Köster, nimmt de Fahl un seggt to sin Knecht, he schall 'n in'e Stall bringen; man togliek fluustert he em in't Ohr, he schall de Preester sin Mudder de grote Dragonersäbel in'e Hand geven, ehr up'e Fahl fastbinnen un 'n loslaten, wenn se en lütte Stück weg sünd vun't Huus un de Toet blots mal so liesen wrinschen deit. Denn stiggt he to Perd un ritt oever de Hoff hen na de Preester, un he is noch nich ganz dar, do ward de Fahlentoet wrinschen un sik tier'n, de fehlt ja ehr Fahl. Un de Fahl, de nöddert[1] t'rügg un kümmt anrönnt mit de Oolsch sammt de Säbel up'e Rügg, dat se mal na de un mal na de Siet smeten ward. As de Preester dat süht, ward he luut bölken un spaart nich mit Pietsch un mit Sparen, dat he man wegkümmt; man de Oolsch kümmt achter em ransuust, as wenn se em dalhau'n will. De Preester weet sik keen Raat, un he ward de Köster um Gotts Willen beden, he schall doch seh'n un kriegen ehr ünner de Eerde.

---

[1] nöddern = schwach wiehern

„Nee, nee!", seggt de Köster. „De ole Mudder is up unrechte Wies vun'e Welt kamen, anners suuse se ja nich mit so'n Ramentern un Spökeln rum, un se kriggt keen Ruh, un ik kuhl ehr uck nich in, ehrer de Herr Paster mi vertellt, wodennig dat tosamenhängt."

„Ja! Ja!", bölkt de Preester, „ik gev di föftig Daler un de Toet un de Fahl upto, blots laat mi Freden kriegen un krieg ehr guut un deep ünner de Eerde!"

Man wodennig dat to Enne gahn is oder uck nich, weet ik nich. Vellicht hett de Köster ehr inkuhlt, vellicht jaagt se uck noch achter de Preester ran. Vellicht is de Köster uphängt oder doothaut wurrn, vellicht levt he uck noch herrlich un in Freuden as anner grote Hallunken. Man vellicht kanst du dat ja rutkriegen, wenn du mal vun Dörp to Dörp geihst un na de Preester fraagst, de sik nie nich Raat wusst hett, un na de Köster, de för allens Raat wusst hett.

De dree Königsdöchter in Wittland

Dar is mal en Fischer we'n, de hett dicht bi't Slott wahnt un hett ümmer för de König sin Tafel fischt. Mal is he buten to fischen, man he fangt nix. He kann upstellen, wat he will, pöddern[1] un fischen, fischen un pöddern, he kriggt nich een Graden an'e Haak. Man as de Dag so hengeiht, dükert dar en Kopp rut ut't Water un seggt: „Krieg ik dat, wat din Fruu ünner de Schört hett, denn kriggst du Fisch nugg." De Mann seggt foorts ja, denn he weet nich, dat sin Fruu wat Lüttes hebben schall. Un do fangt he di mal en Barg Fisch, so vel, as he man hebben will! Man as he hen to Avend na Huus kümmt un vertellt, wodennig he to all de Fisch kamen is, do ward sin Fruu weenen un blarrn un Gott um Hülp anropen för de Mann sin Verspreken; denn se hett en Kind ünner de Schört, seggt se. Nich lang', do kriegen se dat uck up't Slott to weeten, dat de Fruu blots noch ümmerto an't Blarr'n is un warum, un as de König dat to hör'n kriggt, seggt he, he will dat Kind to sik nehmen un seh'n un retten dat. De Tied vergeiht, un as dat so wied is, kriggt de Fruu en lütte Jung. De nimmt de König bi sik up un treckt em up as sin eegne Soehn, bet de Jung utwussen is.

Do fraagt de Jung mal um Verlööv, he will geern mit sin Vadder rut to fischen; dar harr he richtig mal Lust to, seggt he. De König will dat nich geern hebben, man toletzt kriggt de Jung doch Verlööv. Dat geiht uck allens guut de ganze Dag oever, bet se to Avend an Land kamen. Do hett de Soehn sin Snuuvdook vergeten, un do will he mal even wedder in'e Boot gahn un halen dat. Man knapp is he dar in, do

---

[1] pöddern = mit dem Pödder, einem Aalköder, fangen

suust de Boot af mit em, un wat de Jung uck gegen-
holen deit mit de Reemens, dat helpt allens nix. Dat
geiht un geiht de heele Nacht, un toletzt kümmt he
wied, wied weg an en witte Strand. Dar geiht he
denn an Land, un as he en Stück gahn is, bemött he
en ole Mann mit en lange, witte Baart.

„Wo heet dat hier?" fraagt de Jung.

„Wittland" seggt de Mann. Un denn fraagt he de
Jung, wonem he herkümmt un wat he dar will, un
dat vertellt de Jung em.

„Ja", seggt de Mann, „wenn du hier wieder langs de
Strand geihst, denn kümmst du na dree Königsdöch-
ter, de stahn dar in'e Eerde, un blots se's Kopp kickt
rut. Denn röppt di de eerste – dat is de öllste – un
seggt woll so fein, du scha'st henkamen un ehr hel-
pen, un dat deit de tweete uck. Man du musst na
keen vun se hengahn. Seh to un gahn gau weg vun
se, as wenn du se gar nich hört un nich sehn hest.
Man de drütte, na de musst du hengahn un doon,
wat se di seggt. Dat ward denn din Glück."

As de Jung na de eerste Prinzessin kümmt, röppt se
na em un seggt, he schall doch man so guut we'n un
na ehr henkamen. Man he geiht wieder, as harr he
ehr gar nich sehn. Jüst so geiht he an de tweete
vörbi. Man na de drütte, dar geiht he hen.

„Wenn du doon wullt, wat ik di segg, denn kannst du
di een vun uns dree utsöken", seggt de Prinzessin.

Ja, dat will he ja geern. Un do vertellt se, dree Rie-
sen hebben se all dree dar in'e Eerde sett; man frö-
her hebben se in dat Slott wahnt, wat he dar achtern
in't Holt seh'n kann. „Nu musst du in dat dare Slott
ringahn", seggt se, „un di vun'e Riesen för elk vun

uns een Nacht utpietschen laten. Wenn du dat ut-
holen deist, denn kannst du uns erlösen."

Ja, seggt de Jung, he will dat versöken.

„Wenn du dar rin geihst", seggt de Prinzessin wie-
der, „denn stahn dar twee Löwen in't Door, man gah
du man merrn mang se dör, denn doon se di nix. Gah
denn liekut wieder un rin in en lütte düüstere Ka-
mer. Dar leggst du di dal. Denn kümmt de Ries un
verhaut di. Man du musst blots de Buddel nehmen,
de dar an'e Wand hängt, un di mit dat, wat dar in is,
de Stä'en insmeren, 'nem de Ries di haut hett, denn
büst du foorts wedder heel. Nimm denn dat Swert
faat, wat dar blangen de Buddel hängt, un hau de
Ries doot."

Ja, he deit, wat de Prinzessin seggt hett, he geiht
merrn mang de Löwen dör, as wenn he se gar nich
süht, un denn liek rin in de lütte Kamer, un dar
leggt he sik dal.

De eerste Nacht kümmt dar en Ries mit dree Köppe
un dree Roden un pietscht de Jung düchtig dör. Man
he hollt dör, bet de Ries ferdig is, denn nimmt he de
Buddel un smert sik in, un denn nimmt he dat Swert
un haut de Ries doot. As he denn de neegste Morrn
rutkümmt, stahn de Prinzessinnen bet an'e Knep[1]
baven de Eerde. De tweete Nacht geiht dat jüst so,
man de Ries de dar denn kümmt, de hett söss Köppe
un söss Roden, un de pietscht em noch vel duller as
de darvör. Man as he de neegste Morrn rutkümmt,
stahn de Prinzessinnen baven de Eerde bet an'e
Waden. De drütte Nacht kümmt dar en Ries, de hett
negen Köppe un negen Roden, un de pietscht de

---

[1] Knep = Taille

108

Jung so lang, dat he toletzt in Amidaam fallt. Do kriggt de Ries em faat un smitt em an'e Wand, un dar fallt de Buddel dal bi un swulert em vull, un do is he foorts wedder heel. Do besinnt he sik nich lang', he kriggt dat Swert faat un haut de Ries doot. Un as he de neegste Morrn ut dat Slott rutkümmt, do stahn de Prinzessinnen ganz baven de Eerde. Do nimmt he de jüngste vun se as Königin un levt mit ehr lange Tied glücklich un tofreden.

Man upletzt kriggt he Lust un reisen mal na Huus un besöken sin Vadder un Mudder. Dar dücht de Königin nich recht wat um. Man he lengt so dull un will un mutt afsluut afste', un do seggt se to em: „Een Deel musst du mi toseggen: dat du deist, wat din Vadder seggt, un nich, wat din Mudder seggt." Dat seggt he ehr to. Denn gifft se em en Ring, wo-keen de an'e Finger hett, kann sik twee Deele wün-schen, wat he will. Do wünscht he sik hen na Huus, un sin Vadder un Mudder koenen sik nich nugg wun-nern, wo staatsch un fein he is.

As he en paar Daag dar we'n is, will sin Mudder heb-ben, he schall rup gahn up't Slott, dat de König seh'n kann, wat he för'n Keerl wurrn is. Sin Vadder seggt: „Nee, dat schall he nich, in de Tied hebben wi ja nix vun em." Man dat helpt nich, se blifft bi un triffe-leern, bet he toletzt geiht.

As he dar henkümmt, is he feiner in Tüüg un allens as sin Treckvadder. Dat gefallt de nu nich so recht, un do seggt he: „Ja, man nu kannst du mal seh'n, wat ik för'n Königin heff; din kann ik ja nich sehn. Ik gloov nich, dat du so'n smucke Königin hest."

„Wenn se man hier stahn dä, denn schu'st du dat al seh'n!" seggt de junge Köng, un foorts steiht se dar.

Man se is trurig un seggt to em: „Warum hest du nich daan, 'nem ik di um beden heff, un hest darna hört, wat din Vadder seggt hett? Nu mutt ik foorts wedder na Huus, un du hest din beide Wünsch upbruukt." Un do knüttet se en Ring in sin Haar, dar steiht ehr Naam in, un denn wünscht se sik wedder na Huus.

Do ward de junge König ganz trurig un geiht Dag um Dag un denkt dar blots oever na, wodennig he sin Königin wedderkriegen kann. „Ik mutt seh'n, um ik nich rutkriegen kann, wonem Wittland is", denkt he un treckt in'e Welt. As he en Tiedlang gahn is, kümmt he an en Barg. Dar bemött he een, de is Herr oever all de Deerten in't Holt – denn se kamen all an, wenn he in sin Hoorn blasen deit –, un em fraagt de König na Wittland.

„Tja, dat weet ik nich", seggt de Mann; „man ik will mal min Deerten fragen." Do blaast he se ran un fraagt, um dar een weet, wonem Wittland liggt. Man dar is keeneen, de dat weet.

Do gifft de Mann em en Waag. „Wenn du di hier rin settst", seggt he, „denn kümmst du na min Broder, de wahnt hunnert Mielen vun hier. He is de Herr oever all de Vageln in'e Luft. Fraag em! Wenn du dar büst, dreih de Waag man eenfach um, dat de Dietsel hierher wiest, denn fahrt 'n vun alleen wedder na Huus."

As de König dar ankümmt, dreiht he de Waag um, so as de Herr oever de Deerten dat seggt hett, un do fahrt 'n torügg.

He fraagt ja wedder na Wittland, un de Mann blaast all de Vageln ran un fraagt, um een vun se weet,

wonem Wittland liggt. Nee, keeneen weet dat. Lang'
na de annern kümmt dar uck noch en ole Adler, de is
vulle tein Jahr weg we'n, man de weet dat uck nich.

„Ja, ja", seggt de Mann, „denn kriggst du vun mi en
Waag lehnt; wenn du du di dar rinsettst, kümmst du
na min Broder, de wahnt hunnert Mielen vun hier.
He is de Herr oever all de Fisch in'e See; em musst
du fragen. Man denk an un schicken de Waag to-
rügg!"

De König bedankt sik un sett sik in'e Waag. Un as he
ankamen is bi de Herr oever de Fisch in'e See, dreiht
he 'n um, un do fahrt 'n torügg, jüst so as de annern.
Un denn fraagt he wedder na Wittland.

Do blaast de Mann all de Fisch ran, man keen vun se
weet wat. Toletzt kümmt dar noch en ganz, ganz ole
Hekt, de hett he arig Mars mit un kriegen ranblaast.
As he de fraagt, seggt 'n: „Ja, dar bün ik guut be-
kannt, denn ik bün dar nu al tein Jahr Kock. Morrn
mutt ik wedder hen. De Königin dar is ehr König
verlustig gahn, un nu schall se en anner een heira-
den."

„Wenn dat sodennig is", seggt de Mann to de junge
König, „denn will ik di en Raat geven. Dar achtern
up'e Heid stahn dree Bröder, de stahn dar al hunnert
Jahr un strieden sik um en Hoot, en Mantel un en
Paar Steveln. Wenn een de dare dree Saken hett,
kann he sik unsichtbar maken un sik hen wünschen,
wonem he will. Du kannst man to se seggen, du
wullt de dare Saken utprobeern un denn dat Ordeel
mang se spreken."

Do seggt de König em velen Dank un geiht hen un
deit, wat he seggt hett. „Wat stahn I hier un strieden
ju ümmerto um?" fraagt he de Bröder. „Laat mi de

111

Dinger mal utprobeern, denn will ik mang ju dat Ordeel spreken." Ja, dat woe'n se geern; man as he de Hoot, de Mantel un de Steveln faat hett, seggt he: „Wenn wi uns mal wedder bemöten, schoe'n I dat Ordeel hören." Un denn wünscht he sik afste'.

As he dör de Luft suust, bemött he de Noordwind.

„Wonem scha'st du denn up dal?" fraagt de Noordwind.

„Na Wittland", seggt de König un vertellt em allens, wat em passeert is.

„Ja", seggt de Noordwind, „du kümmst ja sachs wat gauer vöran as ik; ik mutt ja in alle Ecken rin un dar weih'n un blasen. Man wenn du dar henkümmst, denn stell di man up'e Trepp blangen de Dör, denn kaam ik ansuust, as wenn ik dat heele Slott um- puusten will. Wenn denn de Prinz, de din Königin kriegen schall, wenn de rutkümmt un will nakieken, wat dar los is, denn kriggst du em faat in't Gnick un smittst em rut. Un denn seh ik to un kriegen em vun'e Hoff."

Ja, so as de Noordwind dat seggt hett, sodennig maakt de König dat. He stellt sik up'e Trepp, un as de Noordwind ansuust un anbruust kümmt un de Wand vun dat Slott faat nimmt, dat et bevert, geiht de Prinz rut un will nakieken, wat dar los is. Do kriggt de König em bi de Kripps un smitt em rut, un denn kriggt de Noordwind em faat un reist af mit em. As he em denn los is geiht de König rin in't Slott. Eerst kennt de Königin em nich, he is so mager un bleek wurrn, he hett ja so lang' wannert un is be- dröövt we'n. Man as he ehr de Ring wiest, do ward se vun Harten froh, un denn ward de richtige Hochtied fiert, dat dat wied un sied to marken is.

Mummel Goosei

Dar sünd mal fiev Fruunslüüd we'n, de sünd up't Feld bi we'n un schocken[1]. All hebben se keen Kinner hatt, un all hebben se geern en Kind hebben wullt. As se do bi sünd, warrn se mitmal en Goosei wies, dat is oever de Maten groot, meist so groot as en Mannskopp.

„Ik heff dat toeerst sehn", seggt de eene.

„Ik heff dat jüst so fröh sehn as du", röppt de tweete.

„Vun wegen, *ik* will dat hebben, denn as eerste heff *ik* dat sehn", swört de drütte. Sodennig blieven se bi, un se vertürnen sik sodennig um dat Ei, dat se sik meist in'e Wull kriegen.

Man denn warrn se sik eenig, dat Ei schall se all fiev tohopen hören, un se woe'n dar up sitten, as de Goos dat deit, un woe'n dat Gössel utbröden. De eerste sitt acht Daag un brööd't un spelt de Fuulwust un deit nix. Wieldes slaven de annern un verdeenen dat Broot för sik sülven un för ehr mit. Do ward een vun se ehr för utschimpen.

„Du büst ja uck nich ut't Ei krapen, ehrer du piepen kunnst", seggt de, de up dat Ei sitt. „Man vun düt hier, gloov ik ehrer, dar ward en Minsch vun, denn mi dücht dat mummelt dar ümmerto in: ,Hering un Welling, Grütt un Melk'", seggt se. „Denn koenen wi nu ja tuuschen, un du sittst acht Daag, un ik slep di dat Eten ran."

As denn de föfte uck acht Daag seten hett, hört se düütlich, dar is wat in in't Ei un schriet na „Hering

---

[1] schocken = hocken, Garben zusammenstellen

un Welling un Grütt un Melk", un do maakt se dar en Lock up. Do kümmt dar keen Gössel rut, nee, en Gör, un dat is so gresig grimmig[1] mit en grote Kopp un lütte Rump, un dat eerste, wat he röppt, as he rut is, dat is: „Hering un Welling, Grütt un Melk". Do nömen se em Mummel Goosei.

So grimmig he uck is, eerst freu'n se sik doch to em. Man dat duert nich lang', do ward he so sloeksch, he vertehrt allens, wat se to eten hebben. Wenn se sik en Fatt Welling kaken oder en Graap vull Grütt, un se meenen, dat langt för se all söss, denn neiht de Bengel sik dat allens alleen to Liev. Do woe'n se em nich mehr hebben. „Ik bün nich eenmal mehr satt wurrn, sörre de dare Kielkropp[2] is ut'e Eierschell krapen", seggt een vun se, un as Mummel Goosei hört, de annern sünd sik eenig mit ehr, seggt he, he kann sik geern afglieden; wenn se *em* nich bruken, he bruukt *se* al gar nich, un darmit huult he af.

Toletzt kümmt he na en Buernhoff up en steenige Flach un fraagt um Deenst. Ja, dar bruken se en Arbeitsmann, un he kriggt de Updrag, he schall Steens sammeln vun'e Acker. Na, Mummel Goosei ja bi un haalt Steens vun'e Acker, un he nimmt so'n groten, 'nem en paar Perdelasten in sitten, un um se nu groot sünd oder lütt, he stickt se all in'e Tasch. Dat duert nich lang', do is he ferdig mit sin Arbeit, un do will he weeten, wat he nu doon schall.

„Du scha'st de Steens ut'e Acker wöhlen", seggt de Buer. „Du kannst doch noch nich ferdig we'n, du hest ja man jüst eerst anfungen."

---

[1] grimmig = hässlich (dän. grim)
[2] Kielkropp = Wechselbalg

114

Man Mummel Goosei maakt sin Taschen leddig un smitt de Steens up en Hupen. Do süht de Buer, he is würklich ferdig mit sin Arbeit, un em dücht bi de dare Keerl mutt he sik vörseh'n, so'n Knoev as de hett. He schall man rinkamen un kriegen wat to eten, seggt he. Dat meent Mummel Goosei uck, un he itt alleen allens up, wat för de Buerslüüd un de Deensten dacht weer, un denn is he noch nich halv satt.

Dat is ja en düchtige Keerl bi de Arbeit, meent de Buer, man he is uck en gefährliche Keerl bi't Eten, dar is ja keen Borm in em. „So'n Arbeitsmann kann ja en stackels Buer vun Huus un Hoff freten, ehrer he dat markt", seggt he.

He hett keen Arbeit mehr för em, seggt he to Mummel, he schall man na de Königshoff gahn.

Mummel Goosei denn ja hen na de König un ward uck foorts in Deenst nahmen; an'e Königshoff gifft dat nugg to eten un to doon. He schall Loopjung we'n un de Deerns helpen un slepen Brennholt un Water un doon anner Pusselkraam.

Do fraagt he, wat he denn toeerst doon schall.

He schall man eerstmal wat Lüttholt hacken, seggen se.

Na, Mummel Goosei denn ja bi un hacken un hau'n, dat de Splittern man so um em rumfleegen. Dat duert nich lang', do hett he allens lütt maakt, wat dar is, Brennholt un Buuholt, Balkens un Breder, un as he darmit ferdig is, kümmt he un fraagt, wonem he denn nu bi schall.

„Du kannst man wieder Holt hacken", seggen se.

„Dar is nix mehr un hacken", seggt Mummel Goosei.

Dat kann ja nich angahn, meent de Holtvaagt, un he ja rut in't Holtschuur. Man dat stimmt, Mummel Goosei hett allens lütthackt, Balkens un Latten, allens is to Brennholt maakt. Dat is ja nu grote Schiet, dücht de Holtvaagt, un do seggt he, Mummel schall nix to eten hebben, ehrer he to Holts we'n is un hett dar jüst so vel Holt dalhaut, as he to Brennholt hackt hett.

Mummel Goosei denn ja hen na de Smä' un lett sik vun'e Smidt en Äx maken vun twintig Liespund[1] Iesen. Denn glitt he sik af to Holts un geiht bi un haut allens dal, Dannen, de to Balkens we'n schoe'n, un Föhren, de to Masten dacht sünd, allens, wat he finnt, un dat nich blots up'e König sin Land man uck up'e Naver sin. De Spitzen un Telgens maakt he nich af, dat blifft allens liggen, as weer dat umweiht. Denn packt he en düchtige Föder up'e Waag un spannt all de Perde vör, man se kamen nich ut'e Stä' mit dat dare Föder. Un as he se bi de Köppe kriggt un will se in'e Gang' helpen, do ritt he se de Köppe af. Do smitt he de Perde rut ut't Geschirr un an'e Grund un treckt dat Föder sülven weg.

As he na de Königshoff kümmt, steiht de König mit sin Holtvaagt vör de Dör un luert up em, wiel dat he so leeg mit dat Holt umgahn is – de Holtvaagt is hen we'n un hett sik dat ankeken. As Mummel Goosei nu mit dat halve Holt antrecken kümmt, ward de König arig füünsch, man uck bang', un do denkt he, he mutt man en bet' vörsichtig umgahn mit em, so'n Knoev, as he hett.

---

[1] Liespund: ca. 7 kg.

„Du kannst ja gewaltig arbeiten", seggt de König, „man wovel ittst du upmal?", seggt he. „Nu hest du ja sachs Hunger."

Ja, seggt Mummel Goosei, wenn he en degte Mahltied Grütt hebben schall, denn gahn dar en twölf Tunnen[1] Mehl to; man wenn he de to Lievs hett, denn kann he dat uck en Tiedlang utholen.

Dat duert ja sin Tied un kaken so'n Grütt, un wieldes schall he en beten Brennholt rinbringen na de Kock. He packt de heele Holthupen up en Waag, man as he dar mit dör de Dör will, geiht he wedder unbannig tokehr. Dat Huus geiht sodennig ut'e Fogen, dat de Wänne all Sprecken kriegen, un dar fehlt nich vel, un he harr de heele Königshoff umsmeten. As dat Eten denn bi lütten klaar is, schicken se em rut, he schall de Lüüd ropen. He röppt, dat dat vun alle Bargen un Slunken t'rüggkümmt; man se kamen em nich gau nugg. Do kriggt he sik mit se vertürnt un haut twölf vun se doot.

Twölf hett he em doothaut, seggt de König, un he fritt för dreemal twölf. „Man för wovel arbeitst du?"

„Dat do ik uck för dreemal twölf", seggt Mummel.

As he eten hett, schall he in'e Schüün un döschen. Do nimmt he de Fastbalk rut un maakt dar en Döschfloegel vun, un as dar dat Dack vun dalfallen will, kriggt he sik en grote Dannenboom sammt Telgens, so as 'n is, un sett de in as Fastbalk, un denn döscht he Koorn un Stroh un Heu, allens dör'nanner. Dat löppt up Schiet ut, denn dat Kaff füükt dar rum un steiht as en Wulk oever de heele Königshoff.

---

[1] Tunn: Hohlmaß, in Flensburg und Schleswig ca. 137 l.

As he meist ferdig is mit döschen, kamen dar Fienden in't Land, un dat schall Krieg geven. Do seggt de König to em, he schall sik wecke Lüüd mitnehmen un schall de Fiend in'e Mööt trecken un se angriepen; he denkt, denn slaan de em sachs doot. Nee, seggt Mummel Goosei, Lüüd schoe'n dar nich bi dootgahn, he will alleen strieden.

„So vel beter", denkt de König, „jo ehrer warr ik em los."

Man en düchtige Küül mutt he hebben.

Do schicken se na de Smidt; de smed't em een vun fiev Liespund. Dar kannst vellicht Noet mit knacken, seggt Mummel Goosei. Denn smed't he een vun tein Liespund; dar kannst vellicht Schoh mit plüchen, seggt Mummel. Ja, grötter kann de Smidt mit sin Lüüd de nich maken. Do geiht Mummel Goosei sülven na de Smä' un maakt sik en Küül vun föftein Schipp-Pund[1], dar moeten hunnert Mann bi un dreih'n de. De, dücht Mummel Goosei, deit dat vellicht to Noot. Denn mutt he en Tornüster mit Proverjant hebben. De maken se vun föftein Ossenfellen un stoppen 'n vull mit wat to eten, un denn treckt he afste' mit de Tornüster up'e Rügg un de Küül up'e Nack.

As he so wied kamen is, dat de Kriegslüüd em wies warrn, schicken se een hen un fragen, um he sik mit se anleggen will.

„Tööv man, bet ik eten heff", seggt Mummel Goosei, smitt sik dal un sett sik to eten achter de grote Proverjanttornüster.

---

[1] Schipp-Pund: Schiffpfund = 20 Liespfund

118

Man töven koenen se nich, se gahn bi un schöten na em all up eenmal, dat dat man so regent un hagelt mit Flintenkugeln.

„De dare Milleber'n[1] reken ik för nix", seggt Mummel Goosei un itt wieder. Keen Blie un keen Iesen schaad't em, un de Proverjanttornüster steiht vör em un hollt de Kugeln af as en heele Wall.

Do gahn se bi un smieten Bomben un schöten mit Kanonen. Wenn se em drapen, grient he man en beten.

„Och, dat deit mi nix", seggt he. Man denn kriggt he en Bomb in't verkehrte Halslock.

„Tpoi!", seggt he un spütt't 'n wedder ut, un denn kümmt dar en Kedenkugel un treckt en Spor in'e Bodderdoos, un en anner een sleit em de Etenbrock mang de Fingern rut.

Do ward he füünsch, steiht up, nimmt sin grote Küül un haut mal up'e Eerde un fraagt, um se em dat Eten vun'e Mund nehmen woe'n mit de Bickber'n, de se ut se's grote Puusterohr'n blasen. He haut noch-mal, dat dat oever Barg un Slunken man so dunnern deit un de Fiend tohööcht hoppt as Kaff. Un do is dat to Enne mit de dare Krieg.

As he na Huus kümmt un mehr Arbeit hebben will, ward de König rein schiet to pass, he harr ja dacht, he weer em nu los. He weet sik keen anner Raat as schicken em na de Höll.

„Du kannst mal na Ool Urian gahn un de Pacht halen", seggt he. Mummel Goosei do ja afste' mit de

---

[1] Milleber = Frucht des Weißdorn (entstellt aus Mehlber)

Tornüster up'e Rügg un de Küül up'e Nack. Dat duert nich lang', do is he dar, man Urian is nich to Huus, he is to Bicht. Blots sin Mudder is to Huus, un se seggt, vun Pacht hett se noch nie nich wat hört, he mutt al en anner Mal wedderkamen.

„Ja, ja, kumm man morrn wedder!", seggt he; dat sünd doch nix as Loegen, meent he. Wo he al mal dar is, blifft he dar uck, un de Pacht will he mithebben, he hett Tied un töven. Man as he sin Proverjant up hett, ward em de Tied lang, un do verlangt he nochmal de Pacht vun de Oolsch un seggt, nu schall se man vördag kamen mit de Piselotten.

Nee, dat will se nich. Dat steiht so fast, seggt se, as de ole Föhrenboom buten vör dat Door na de Höll, un de is so groot, föftein Mann koenen 'n knapp umfaten. Man Mummel kriggt 'n bi de Topp un krellt un dreiht 'n as en Wicheltwieg un fragt, um se nu de Pacht rutrücken will.

Tja, do truut se sik nix anners mehr un söcht so vel Schillings un Dalers tohopen as he meent, he kann in sin Tornüster slepen. Denn maakt he sik up'e Weg na Huus mit de Pacht, un he is man knapp weg, do kümmt Muusche Urian na Huus. As he hört, Mummel hett sik afgleden mit de Tornüster vull Geld, verhaut he eerstmal sin Mudder un jaagt denn achter em ran, dat he em faat kriggt. Un he haalt em uck in, denn he löppt ja mit leddige Hänne un flüggt uck woll mal, un Mummel mutt an'e Grund blieven mit sin sware Tornüster. Man as Urian em up'e Hacken sitt, ward he hoppen un springen so guut, as't geiht, un he hollt de Küül achter sik för un holen em af. Un sodennig hollt Mummel de Stoehl un Ool Urian grabbelt na de Küül, bet se an en deepe Slunk kamen. Dar springt Mummel vun de eene Barg roever up de anner, un Urian kümmt so hitzig achterran, dat he liek gegen de Küül rennt un dalfallt in'e Slunk un brickt en Foot af – dar liggt he denn. –

„Dar hest din Pacht", seggt Mummel Goosei, as he na de Königshoff kümmt, un smitt de König de Geldtornüster hen, dat dat man so ballert.

De König dankt em un lett heel fründlich, un he seggt em gude Lohn un Afscheed to, wenn he dat denn hebben will; man Mummel Goosei will blots mehr to doon hebben.

„Wat schall ik nu doon?", fraagt he.

Ja, as de König en beten oeverleggt hett, seggt he, he schall man na de Bargries gahn up't Slott an'e See, 'nem keeneen sik hentruut, de hett sin Opa sin Swert klaut.

Mummel kriggt sik en Last Proverjant in'e grote Tornüster un maakt sik wedder up'e Padd. He geiht lang' un wied, oever Holt un Bargen un wille Heiden, bet he an en grote Barg kümmt. Dar schall de Ries we'n, de de Opa sin Swert klaut hett.

Man de Ries is nich butenvör, un de Barg is to, un do kann Mummel nich rinkamen.

Do deit he sik tohopen mit wecke Steenbrekers, de husen dar up en Barghoff un sünd bi un breken dar Steens in'e Bargen. So'n Hülp hebben se noch nie nich hatt, he brickt un haut in'e Barg, dat de ut'nanner brickt un grote Steens rutwöltern, so groot as en Huus. Man as he sik to Middag utruhn will un bi de eerste Last Proverjant gahn, do is allens al upeten un nix mehr dar.

„Ik hau ja sülven düchtig rin", seggt Mummel, „man de hier we'n is, is en noch dullere Freter, de hett sogar de Knaken miteten", seggt he.

Sodennig vergeiht de eerste Dag, un de tweete geiht dat nich beter. De drütte Dag geiht he los un schall wedder Steens breken un nimmt de drütte Last Proverjant mit. Man dütmal leggt he sik dar achter un deit, as wenn he slöppt.

Umpal kümmt dar ut'e Barg en Ries rut mit soeven Köppe un geiht bi un eten un slampampen vun sin Proverjant.

„Nu is dar anricht't, nu will ik eten", seggt de Ries.

„Dat woe'n wi eerstmal seh'n!", seggt Mummel un haut to mit sin Küül, dat de anner de Köppe affallen.

Denn geiht he rin in'e Barg, 'nem de Ries rutkamen is, un dar binnen steiht en Hingst un fritt vun en Tunn mit glöhnige Koehlen, un achter 'n steiht en Tunn mit Haver.

„Warum frittst du nich vun'e Havertunn?", fraagt Mummel Goosei.

„Ik kann mi man nich umdreih'n", seggt de Hingst.

„Ik will di noch umdreiht kriegen", seggt Mummel-

„Hau mi leever de Kopp af", seggt de Hingst.

Do deit he dat, un do ward ut de Hingst en staatsche Keerl. He seggt, he is vun'e Ries wegslept un to en Perd maakt wurrn, un he helpt em un söken dat Swert, dat hett de Ries nedden in sin Bett verstaken, un up dat Bett liggt de Ries sin ole Mudder un snorkt.

T'rügg na Huus fahren se to Waters, un as se merrn up't Water sünd, kümmt de Oolsch achter se her. Man se kann se nich faat kriegen, un do geiht se bi un süppt, un se süppt so dull, dat et minner ward un dat Water fallt. Man de See utsupen, dat schafft se denn doch nich – do basst se ut'neen.

As se an Land kamen, schickt Mummel Goosei na de König, he schall sik dat Swert afhalen. De schickt veer Perde – nee, de koenen et nich roegen. He schickt acht, un he schickt twölf, man dat Swert blifft, 'nem dat is, de kriegen dat nich ut'e Stä'. Man Mummel Goosei nimmt dat alleen un driggt dat hen.

De König truut sin Ogen nich, as he Mummel weddersüht, man he deit heel fründlich un versprickt em dat Blaue vun'e Heven. Un as Mummel mehr Arbeit hebben will, seggt he, he schall man na sin verwünschte Slott gahn, 'nem keeneen sik upholen kann, un dar schall he blieven, bet he en Brügg oever't Water buut hett, dat een dar henkamen kann. Wenn he dat klaar kriggt, will he em gude Lohn geven, ja, geern uck sin Dochter, seggt he.

Ja, dat will he woll t'rechtkriegen, meent Mummel Goosei.

Dar is noch nie nich een lebennig vun t'rüggkamen vun dat dare Slott. De dar oeverhaupt henkamen sünd, liggen dar doot un toreten in lüerlütte Finzeln so fien as Grütt, un de König denkt, wenn he em dar man henkriggt, denn so süht he em nie nich wedder.

Man Mummel maakt sik up'e Padd. He nimmt de Proverjanttornüster mit un en passliche verdreihte un verwussene Föhrenstubben, en Äx, en Kiel un wecke Keenholtstöcker, un denn noch de lütte Goosjung vun'e Königshoff.

As he an't Water kümmt, geiht de Stroom vull Ies un is so stark as en Waterfall. Man he sett de Fööt up'e Grund un waad't rin, un do kümmt he toletzt roever.

As he sik upwarmt un wat to eten maakt hett, will he slapen; man dat duert nich lang', do gifft dat so'n Krach un Larm, as schull dat heele Slott vun nedden na baven kehrt warrn. De Dör sleit sparrangelwied up, un he süht nix anners as en gapen Muul vun'e Dörsüll bet rup na de Dörbalk.

„Dar hest du en Smeckhappen", seggt Mummel un smitt de Goosjung in'e Gaap. „Laat mal seh'n, wat du för een büst, kennen wi uns vellicht?"

Dat doon se; denn dat is ool Urian, de is ünnerwegens. Do gahn se bi un spelen Kaarten; Urian will versöken un winnen wat vun de Pacht torügg, de Mummel sin Mudder afnahmen hett, as he de för de König indrieven schull. Man winnen deit blots Mummel ümmerto, denn he hett Krüzen maakt up de beste Kaarten, un as he em allens afwunnen hett, wat he bi sik hett, mutt Urian Mummel wat vun dat Gold un Sülver geven, wat dar in't Slott is.

Man mit de Tied geiht se dat Füer ut, un do koenen se de Kaarten nich mehr ut'nannerkennen.

„Denn moeten wi nu Holt hau'n", seggt Mummel un haut de Äx in'e Föhrenstubben un drifft dar en Kiel rin. Man de dare verdreihte Stubben is taag un will nich foorts spletten, so dull as Mummel sik uck afmarst mit de Äx. „Du scha'st doch so'n dulle Knoev hebben", seggt he to Urian. „Denn spütt nu man mal in'e Hänne, hau din Klauen rin, brek un böög un laat mi seh'n, wonem du to doegen deist!", seggt he.

Dat deit Urian denn uck, he haut mit beide Klauen in'e Spreck un brickt all, wat he kann. Man do sleit Mummel Goosei de Kiel rut, un do sitt Urian in'e Kniep; un denn geiht he mit de umdreihte Äx up sin Puckel tokehr. Muusche Urian bed't un bedelt woll so fein, he schall em doch man loslaten, man up dat Ohr will Mummel nich hör'n, ehrer he toseggt, he will nie nich wedder dar henkamen un keen Undoeg mehr maken. Un denn mutt he em noch toseggen un buun en Brügg oever de Stroom, dat de Lüüd dar to elkeen Jahrstied roever koenen, un de schall ferdig we'n, wenn dat Ies weg is.

„Dat is hart", seggt Urian.

Man dar is anners keen Raat; wenn he los will, denn mutt he dat toseggen. Man he kriggt doch uthannelt, dat he de eerste Seel hebben schall, de oever de dare Brügg kümmt, dat is denn de Brüggtoll.

Ja, de schall he hebben, seggt Mummel. Do kümmt Urian denn frie un suust na Huus. Man Mummel Goosei geiht to Bett un slöppt bet wied in'e neegste Vörmiddag.

As de König kümmt un will nakieken, um he is lütt hackt oder blots toreten, mutt he eerst dör Geld waden, ehrer he an't Bett rankümmt. Dat liggt dar hupen- un säckewies de Wänne hooch, un in't Bett liggt Mummel un snorkt.

„Gott help mi un min Dochter", seggt he, as he markt, Mummel is quicklebennig. Ja, allens is guut un richtig daan, dat kann keeneen afstrieden. Man Hochtied is nich un snacken vun, ehrer de Brügg ferdig is.

Man mal is de Brügg denn fix un ferdig, un Muusche Urian steiht dar up un will de Toll hebben, de he sik uthannelt hett.

Mummel Goosei harr ja geern de König mit hatt un probeern de Brügg, man de hett dar keen Lust to. Do sett he sik sülven to Perd un treckt de degte Melkdeern vun'e Königshoff vör sik up'e Sadelknoop – de süht meist so ut as en degte Föhrenstubben – un denn ritt he roever, dat dat up'e Brügg man so dunnert.

„Wat is mit de Brüggtoll? Wonem hest du de Seel?", bölkt Urian.

„De sitt in düsse Föhrenstubben; wenn du de hebben wullt, musst du in'e Hänne spütten un 'n dar rutkriegen", seggt Mummel Goosei.

„Nee, velen Dank uck – wenn se mi man nich nimmt, ik nehm ehr uck nich", seggt Urian. „Eenmal hest du mi in'e Kniep hatt, dat will ik nich nochmal mitmaken", seggt he un flüggt liek na Huus na sin ole Mudder, un vun do an hebben se dar nix mehr vun em hört un seh'n.

Man Mummel Goosei süht to un kamen wedder na de Königshoff un will de Lohn hebben, de de König em toseggt hett. Un as de König sik tiert un dat nich wahrhebben will, wat he toseggt hett, seggt Mummel, he schall man en düchtige Proverjanttornüster torechtkriegen, denn will he sik sin Lohn al sülvst nehmen. Ja, dat deit de König, un as de t'recht is, geiht Mummel mit de König rut vör de Dör un gifft em en düchtige Pedd, dat he hooch in'e Luft flüggt. De Proverjanttornüster smitt he em achterna, dat he doch nich hungern schall, un wenn he noch nich

wedder dalkamen is, tja, denn so swevt he sachs
vundaag noch mit sin Etenstornüster mang Heven
un Eerde.

Geesche

Dar is mal en Wittmann we'n, de hett en Huushöl-
lersche hatt. Se hett Geesche heeten, un se hett em
geern hebben wullt un hett em ümmerto in'e Ohren
legen, he schall ehr doch heiraden. Man toletzt is de
Mann dar so möö' up as de Katt up'e Semp, he weet
rein nich, wat he upstellen schall för un warrn ehr
los.

Denn, twüschen Heuernte un Koornernte, do is de
Hemp riep, un se schoe'n bi un rieten Hemp ut. Nu
meent Geesche ja ümmer, se is so smuck un so düch-
tig un flink, un do ritt se Hemp ut, bet se dingelig
ward in'e Kopp vun de starke Ruch, un do fallt se um
un blifft liggen to slapen up'e Hempacker. Wieldes se
slöppt, kümmt de Mann mit en Scheer un klippt ehr
de Rock af, un denn smert he ehr in, eerst mit Tallig
un denn mit Sott ut'e Schosteen, dat se leeger ut-
seh'n ward as de Düvel.

As Geesche waak ward un wies ward, wo grimmig[1]
se nu utseh'n deit, do kennt se sik sülven nich.
„Kann dat ik we'n?", seggt Geesche. „Nee, ik kann
dat nich we'n, so grimmig bün ik doch nie nich we'n,
dat mutt de Düvel sülven we'n."

Man nu will se weeten, wodennig dat tohopenhängt,
un do geiht se hen un kloppt an'e Dör bi ehr Buer un
fraagt: „Is Ju's Geesche vundaag to Huus, Buer?"

„Ja, klaar, min Geesche is dar", seggt de Mann, he
will ehr ja los warrn.

„Ja, denn kann ik ja nich sin Geesche we'n", denkt se
un schechelt afste', un he freut sik, he is ehr los.

---

[1] grimmig = hässlich (dän. grim)

As se en Stück gahn is, kümmt se in en grote Holt togang'; dar bemött se twee Spitzboven. „Mit de mutt ik man mitgahn", denkt Geesche, „wo ik de Düvel bün, kunn sik dat ja passen för mi un we'n mit Deeven tohopen." Man dat dücht de Deeven gar nich; as se Geesche wies warrn, neih'n se ut, all wat se koenen, se meenen de Leege sülven is achter se her un will se halen. Man dat helpt se nich vel, denn Geesche hett lange Beens un is flink to Foot, un se hett se inhaalt, ehrer se dat wies warrn.

„Woe'n I los un klau'n, denn will ik man mitgahn un ju helpen", seggt Geesche, „ik weet hier in't Dörp guut Bescheed."

As de Spitzboven dat hör'n, dücht se, dat passt sik guut, un se sünd nich mehr bang'.

Se woe'n hen un klau'n en Schaap, seggen se, man se weeten nich recht, wonem se een faatkriegen koenen.

„Och, dat is licht to", seggt Geesche, „ik heff lang' bi en Buer deent dar achtern an't Holt, do finn ik de Schaapstall uck in Düüstern."

Dat dücht de Spitzboven ja fein, un as se henkamen, schall Geesche in'e Schaapstall ringahn un rutlangen, un se woe'n ehr dat buten afnehmen. Nu steiht de Schaapstall dicht an de Huuswand, 'nem binnen de Buer liggt un slöppt, un darum geiht Geesche ganz liesen un vörsichtig rin in'e Stall. Man as se binnen is, bölkt se rut na de Deeven: „Woe'n I en Buck hebben oder en Sipp? Hier sünd nugg un nehmen vun!"

„Psst, psst! Nimm man een, de fein fett is", seggen de Deeven.

„Ja, man woe'n I en Buck hebben oder en Sipp? En Buck oder en Sipp? Hier sünd nugg un nehmen vun!", bölkt Geesche.

„Psst, so wes doch still!", seggen de Deeven. „Nimm eenfach een, de fein fett is, denn is dat eendoont um dat is en Buck oder en Sipp."

„Ja, man woe'n I en Buck hebben oder en Sipp? En Buck oder en Sipp? Hier sünd nugg un nehmen vun", blifft Geesche bi.

„So hol doch dat Muul un nimm eenfach een, de fein fett is, eendoont, um dat en Buck is oder en Sipp", seggen de Deeven.

Wieldes ward de Buer ja waak vun dat Bölken un kümmt rut in't blote Hemd un will seh'n, wat dar los is. Do neih'n de Spitzboven ja ut, un Geesche achter se ran un rönnt de Buer oever Kopp.

„Tööv doch, Jungs! Tööv doch!", bölkt se.

De Buer hett nix sehn as dat swatte Deert, un do ward he so bang', he truut sik meist nich un stahn wedder up, denn he denkt, de Düvel sülven is in sin Schaapstall we'n. Un do weet he sik blots een Raat, he geiht rin un weckt sin Lüüd, un se setten sik dal un lesen in'e Bibel un beden, denn he hett mal hört, een kann de Düvel mit de Bibel weglesen.

Denn kümmt de neegste Avend. De Deeven woe'n hen un klau'n en fette Goos, un Geesche schall se de Weg wiesen. Do schall Geesche denn ringahn un rutlangen, un de Deeven schoe'n ehr dat afnehmen.

„Woe'n I en Goos hebben oder en Ganner? Hier sünd nugg un nehmen vun!", bölkt Geesche, as se in'e Goosstall is.

„Psst, psst! Nimm eenfach een, de fein swaar is", seggen de Spitzboven.

„Ja, man woe'n I en Goos hebben oder en Ganner? En Goos oder en Ganner? Hier sünd nugg un nehmen vun!", röppt Geesche.

„Psst, psst! Nimm eenfach een, de fein swaar is, denn is dat eendoont um dat is en Goos oder en Ganner, un denn hol din Snuut!", seggen se.

Wieldes Geesche un de Deeven sik dar noch um schimpen, ward een vun de Göös schracheln, un denn schrachelt noch een, un denn schrien se all dör'nanner. De Buer ja rut un seh'n, wat dar los is, un de Spitzboven utneiht, all wat se koenen, un Geesche achterher, un dat so gau, de Buer meent, dat is de Düvel. Denn lange Beens hett se ja, un de Rock is ehr nich in'e Weg.

„Nu tööv doch mal, Jungs!", bölkt Geesche. „I harrn ja ju's Willen kriegen kunnt, um dat nu Goos weer oder Ganner."

Man se hebben keen Tied för un blieven stahn, dücht se, un up'e Hoff, 'nem se we'n sünd, gahn se all tohopen bi un lesen ut'e Bibel un beden, Groot un Lütt, denn se sünd sik heel wiss: De Düvel is dar we'n.

As dat de drütte Dag hen to Avend geiht, sünd se so hungerig, de Deeven un Geesche, se weeten sik rein nich to laten. Do oeverleggen se, se woe'n na dat Rookhuus vun en rieke Buer gahn, de wahnt an'e Kant vun't Holt, un woe'n sik dar wat to eten klau'n. Na ja, hengahn doon se, man de Spitzboven truu'n sik nich, un do schall Geesche ringahn in dat lütte Huus un se wat rutlangen, un se woe'n buten stahn un ehr dat afnehmen.

As Geesche dar nu rinkümmt, is dat dar oever un oever vull mit allens, Fleesch un Speck un Wust un Schink. De Deeven seggen, se schall doch man blots still we'n un blots wat to eten rutsmieten un dar an denken, wodennig dat de anner Avenden gahn hett. Man Geesche fangt wedder an: „Woe'n I Fleesch hebben oder Speck oder Wust oder Schink?", röppt se, dat dat man so schallt. „I koenen kriegen, wat I woe'n, hier is nugg un nehmen vun!"

De Buer vun'e Hoff is ja waak wurrn vun dat dare Bölken un kümmt rut un will seh'n, wat dar los is. Do de Spitzboven ja utneiht so gau, as se koenen. Un denn kümmt Geesche uck rutsprungen, swatt un grimmig, as se is. „Tööv doch, tööv doch, Jungs!", bölkt se. „I koenen kriegen, wat I woe'n, hier is nugg un nehmen vun!" As de Buer dat gresige Beest to Gesicht kriggt, meent he, de Düvel is los, denn he hett dar ja vun hört, wat de anner beide Avenden passeert is. Un do geiht he bi un lesen ut'e Bibel un beden, un dat doon se up all de Hoef in't heele Dörp, denn se weeten, de Düvel kann een dar wegbannen mit.

Sünnavendavend woe'n de Spitzboven denn wedder los un klau'n en fette Buck to Sünndagskost, un dat hebben se uck bitter nödig, denn se hebben nu en ganze Reeg vun Daag hungert. Man Geesche woe'n se nich mithebben, de maakt blots Larm un schaad't se mit ehr grote Snuut, seggen se.

Wieldes Geesche Sünndagmorrn up se luert, kriggt se gresige Smacht. Se hett ja uck ganze dree Daag wieder nix in'e Maag kregen, un do geiht se hen na en Rövenmiet, wöhlt sik dar wecke Röven rut un geiht bi un eten. As de Buer vun'e Hoff, 'nem de Rövenmiet tohör'n deit, hoochkümmt, hett he mitmal so'n Unruh, un em dücht, he mutt man mal hen un kieken na sin Rövenmiet an de dare Sünndagmorrn. Ja, he treckt sik de Büx an un geiht dal na dat Moorlock nedden an de Barg, 'nem he sin Rövenmiet hett. As he dar henkümmt, ward he dar wat Swattes wies, dat is bi un wöhlt un wöhlt in'e Rövenmiet, un do meent he uck foorts, dat is de Düvel. Do süht he to un kamen na Huus so gau, as he kann, un vertellt, de Düvel is bi de Rövenmiet. Up'e Hoff warrn se meist tumpig vör Angst, as se dat hör'n. Man denn meenen se, dat is sachs dat Beste un schicken na de Preester, dat de kümmt un bannt de Düvel.

„Nee", seggt de Oolsch, „dat bringt nix un gahn vundaag na de Preester, dat is ja Sünndagmorrn. He kümmt nu nich, denn to'n eersten is he so fröh noch nich hooch, un wenn doch, denn les't he an sin Predigt."

„Och, ik versprek em en feine Kalverbraa'", meent de Mann, „denn ward he sachs kamen".

He denn ja afste' na de Preesterhoff, man as he dar ankümmt, is de Preester noch nich upstahn. De Deern nödigt de Buer in'e Stuuv rin un geiht rup na de Preester un seggt, de un de Buer sitt nedden un will geern mit em snacken. Ja, as de Preester hört, dat is so'n feine Mann, de dar nedden sitt, do kümmt he gau in'e Büx un geiht foorts dal in Tüffeln un Nachtmütz.

De Buer vertellt em sin Warv, dat de Düvel los is baven in sin Rövenmiet, un wenn de Preester mitkamen will un bannen em, denn will he em en feine Kalverbraa' tokamen laten.

Ja, dar hett de Preester nix gegen, un do röppt he de Jung un seggt, he schall em sin Perd sadeln, wieldes he sik antreckt.

„Nee, nee, Paster, dat geiht nich", seggt de Buer, „de Düvel blifft sachs nich lang', un een kann nich weeten, wonem een em wedder faat kriggt, wenn he mal los is. Du musst foorts mitkamen."

Do geiht de Preester mit, so as he geiht un steiht, in Nachtmütz un Tüffeln. Man as se an dat Moorlock kamen, is dat so week un natt, dar kann de Preester nich roever mit sin Tüffeln. Do nimmt de Buer em up'e Nack un will em roeverdrägen. He sett sin Fööt ganz vörsichtig up en Stubben hier un en Grasbult dar; man as se dar merrn in sünd, ward Geesche se wies un meent, dat sünd de Spitzboven, de kamen mit de Buck.

„Is 'n fett, is 'n fett?", röppt se, dat dat in't Holt man so schallen deit.

„Ik weet den Deuvel um he is fett oder mager", seggt de Buer, as he dat hört. „Man wenn du dat weeten wullt, denn kumm her un kiek sülven na", seggt he, un do ward he so bang', he smitt de Preester merrn rin in't Moorlock un neiht ut. Un wenn de Preester dar nich wedder rutkamen is, denn so liggt he dar noch.

De Grootbuer sin Bruut

Dar is mal en rieke Grootbuer we'n, de hett en grote Herrenhoff hatt, un Sülver in'e Kist un Geld up'e Bank uck noch. Man een Deel hett em fehlt, denn he is en Wittmann we'n. Mal is de Dochter vun'e Naverhoff bi em up Arbeit. Ehr mag de Herr richtig geern lieden, un wo se ja arme Lüüd se's Kind is, denkt he, wenn he blots mal wat vun Heiraden andüden deit, denn mutt se dar doch foorts up anspringen. Do seggt he to ehr, he harr dar an dacht un verheiraden sik wedder.

„Ja, ja, een kümmt faken up de afsünnerlichste Gedanken", seggt de Deern. Se steiht dar un grient un denkt, de dare ole Grimmbass[1] harr sik uck wat anners infallen laten kunnt, wat em beter anstahn harr as heiraden.

„Ja, ik harr dacht, du schu'st min Fruu warrn", seggt de Herr.

„Nee, besten Dank uck! Dar ward nix vun", meent se.

Dat is de Herr nich wennt un hören „Nee", un jo weniger se em hebben will, jo mehr is he dar up ut un kriegen ehr. Un as he bi de Deern nix beschickt kriggt, schickt he na ehr Vadder un seggt to em, wenn he dat klaar kriggt, dat se sin Fruu ward, denn schall he dat Stück Land blangen sin Wisch to eegen hebben.

Ja, he will sin Dochter sachs t'rechtstüern, meent de Vadder. Se is ja man en dumme Gör un weet nich, wat guut is för ehr, seggt he.

---

[1] Grimmbass = hässlicher Mensch.

Man wat he sin Dochter uck vörsnacken mag, in Guden oder in Leegen, dat helpt all nix. Se will de Herr nich hebben, un wenn he bet an'e Ohren in mahlene Gold seet, seggt se.

De Herr luert Dag um Dag, man denn ward he toletzt füünsch un ungedüllig, un do seggt he to de Deern ehr Vadder, wenn he darto stahn will, wat he em toseggt hett, denn schall he man mal seh'n un kamen to Putt, he will nu nich mehr länger luern.

Ja, seggt de Mann, dar weet he blots een Raat: De Herr mutt allens praat kriegen to de Hochtied, un wenn de Preester un de Hochtiedslüüd dar sünd, denn schall he na de Deern schicken, as wenn dar en Arbeit is, 'nem se bi helpen schall. Un wenn se denn kümmt, mutt se foorts un gau verheiraad't warrn, dat se gar nich eerst to Nadenken kümmt.

Dat, dücht de Herr denn, is en gude Plaan, un do lett he bruen un backen un tostellen to Hochtied, dat dat man so'n Aart hett.

As de Lüüd to dat Gastbott dar sünd, röppt de Herr een vun sin Knechten un seggt, he schall gau dallopen na de Naver in Süden un em seggen, he schall em schicken, wat he toseggt hett.

„Man büst du nich foorts wedder hier", seggt he un ballt de Fuust, „denn schall di …!" Mehr kriggt he nich seggt, denn de Jung huult af, as harr he Füer in'e Büx.

„Ik schull gröten vun'e Buer un dar um beden, wat du em toseggt hest", seggt de Knecht to de Mann in Süden. „Man dat mutt batz up'e Stä' we'n, he hett dat vundaag bannig mit de Ungedüür", seggt he.

„Ja, ja, loop man dal na de Wisch un nimm ehr mit, dar löppt se," seggt de Naver.

De Jung ja afste'. As he dal kümmt na de Wisch, geiht de Dochter dar un harkt. „Ik schull halen, wat din Vadder min Buer toseggt hett", seggt de Jung.

„Haha, Anschieten gellt nich!" denkt se. „Na, scha'st du dat?" seggt se. „Dat is denn ja wiss unse lütte brune Toet, wa'? Gah man hen un haal 'n, de steiht antüdert güntsiet de Arftenacker", seggt se.

De Jung springt up'e Rügg vun de lütte Brune un ritt na Huus in vulle Galopp.

„Hest ehr mitkregen?", fraagt de Herr.

„Se steiht nedden an'e Dör", seggt de Jung.

„Denn bring ehr rup in Mudder ehr Kamer", seggt de Herr.

„Mein Zeit, wodennig schall dat denn gahn?", seggt de Jung.

„Do du man, wat ik di segg", seggt de Herr. „Kümmst du nich alleen klaar mit ehr, denn nimm di wecke Lüüd to Hülp", seggt he; he denkt, de Deern tiert sik vellicht.

As de Knecht de Herr sin Gesicht süht, weet he, dat bringt nix un seggen wat gegenan. He denn dal un kriggt all de Deensten mit, de dar sünd. Wecken trecken vörn, un wecken schuven vun achtern, un do kriegen se toletzt de Toet richtig rup in'e Kamer. Dar liggt de Bruutputz paraat.

„Nu heff ik uck dat daan, Buer", seggt de Jung, „man dat weer en böse Stück Arbeit, dat Leegste, wat ik bet nu mitmaakt heff hier up'e Hoff."

„Ja, ja, du scha'st dat uck nich umsunst daan hebben", seggt de Buer. „Schick nu man de Fruunslüüd rup, dat se ehr rutputzen."

„Nee uck doch, och du leeve Tied!", seggt de Jung.

„Snack nich! Se schoe'n ehr upputzen un jo nich Kranz un Kroon vergeten", seggt de Buer

De Jung ja dal in'e Koek.

„Hör mal to, Deerns", seggt he, „nu schoe'n I rup un de lütte Brune as Bruut upputzen; de Buer will sachs sin Gäste wat to lachen geven."

Ja, de Deerns hängen de lütte Brune allens an, wat se hebben, un denn geiht de Jung dal un seggt, nu is se ferdig, un dat mit Kranz un Kroon.

„Na, fein, denn kumm man her mit ehr!", seggt de Buer; „ik will ehr sülven dar an'e Dör in'e Mööt gahn", seggt he.

Dat pultert bannig up'e Trepp, denn de dare Bruut kümmt ja nich in Siedenschoh dalstegen. Man as de Dör upgeiht un de Herr sin Bruut kümmt rin in'e Saal, do blifft dat dar nich frie vun Gnickern un Grienen. Un de Herr, de hett sik sodennig freut to de dare Bruut, ward vertellt, he hett sik nie nich wedder verheiraden wullt.

De Smidt, de se nich in'e Höll rinlaten wullen

As Unse Herrgott un Sankt Petrus mal up'e Eerde wannert sünd, sünd se na en Smidt kamen. De hett Kuntrakt maakt hatt mit de Düvel, dat he em bi soeven Jahr tohören schull, un darför schull he in de dare Tied Meister oever all Meisters in'e Smä'kunst we'n. Darum hett he oever de Dör na de Smä' in grote Bookstaven anschrieven laten: „Hier wahnt de Meister oever all Meisters!"

As Unse Herrgott kümmt un süht dat, geiht he dar rin.

„Wokeen büst du?", fraagt he de Smidt.

„Les, wat oever de Dör steiht", seggt de Smidt. „Man vellicht kannst du ja nich lesen, denn musst du töven, bet dar een kümmt un kann di helpen."

Ehrer Unse Herrgott em antern kann, kümmt dar en Mann an mit en Perd, dat schall de Smidt em be-slaan. „Dörv ik dat nich beslaan?", fraagt Unse Herrgott.

„Du kannst dat ja mal probeern", seggt de Smidt, „so leeg kannst du dat gar nich maken, dat ik dat nich wedder torechtkriegen kunn."

Do geiht Unse Herrgott rut un nimmt dat Perd dat eene Vörderbeen af, leggt dat in't Smä'füer un maakt dat Iesen glöhnig. He maakt de Haken un Grepen scharp un haut de Nagelspitzen um, un denn sett he dat Been heel un gesund wedder an't Perd an. As he dat ferdig hett, nimmt he dat anner Vörderbeen af un maakt dat jüst so. As he dat uck wedder ansett hett, nimmt he de Achterbeens, eerst dat rechte, denn dat linke, leggt se in't Smä'füer, maakt de Iesens glöhnig, maakt Haken un Grepen scharp, sleit de Nagelspitzen um, un sett dat Been denn wedder an't Perd an.

Wieldes steiht de Smidt un kickt em to. „Du büst gar nich mal so'n leege Smidt", seggt he.

„Wenn du dat meenst", seggt Unse Herrgott.

Wat later kümmt de Smidt sin Mudder rut un seggt, he schall rinkamen to Middag. Se is oold un kümmerlich, gresig krummpuckelig un schrumpelig in't Gesicht un kann knapp noch gahn.

„Nu pass mal up, wat du nu to seh'n kriggst", seggt Unse Herrgott. He nimmt de Oolsch, leggt ehr in't Smä'füer un smed't ehr um to en smucke junge Deern.

„As ik al seggt heff", seggt de Smidt, „du büst gar nich mal so'n leege Smidt. „Dar steiht ja oever min Dör: Hier wahnt de Meister oever all Meisters, man liekers segg ik liekut: Een lehrt, so lang' as een levt." Denn geiht he rin in't Huus to Middag.

As he wedder in sin Smä' is, kümmt dar en Mann anrieden, de will sin Perd beslaan hebben.

„Dat is gau daan", seggt de Smidt. „Ik heff jüst nu en nüe Aart lehrt un beslaan; de is guut un bruken, wenn de Daag kort sünd." Un denn geiht he bi un snitt un brickt, bet he all veer Beens vun't Perd af hett. „Ik weet nich, wat dat schall un pusseln darmit een un een", seggt he. De Beens leggt he in't Smä'füer, so as he dat bi Unse Herrgott sehn hett, leggt düchtig Koehlen up un lett de Smä'jungs arig an'e Stang vun'e Blaasballig trecken. Man denn geiht dat, as een sik dat harr denken kunnt: De Beens brennen up, un de Smidt mutt dat Perd betahlen. Dar dücht em ja nu nich vel um. Man do kümmt dar jüst en arme Oolsch lang, un do denkt he: Glückt dat eene nich, denn glückt sachs dat anner. He nimmt de Oolsch un leggt ehr in't Smä'füer, un wat se uck weent un um ehr Leven bedelt, dat helpt allens nix: „Du weetst man nich, wat dat Beste is för di, so oold as du büst", seggt de Smidt. „Nu scha'st du in Null Komma nix wedder en junge Deern warrn, un ik bereken di nich een Schilling för't Smeden." Man dat geiht nich beter mit de stackels Oolsch as mit de Perdebeens.

„Dat hest du nu ja nich guut maakt", seggt Unse Herrgott.

„Och, dat gifft sachs nich vel Lüüd, de wat na ehr fragen", seggt de Smidt. „Man dat is en Schanne weert vun'e Düvel. Sodennig hollt de dat, wat dar oever de Dör steiht."

„Wenn du nu vun mi dree Wünsche kreegst", seggt Unse Herrgott, „wat wu'st du di denn wünschen?"

„Kannst dat ja mal probeern", seggt de Smidt, „denn kriggst dat to weeten."

Do gifft Unse Herrgott em de dree Wünsche.

„Denn wünsch ik to'n eersten dat de, de ik rup schick in'e Berboom, de hier buten an'e Wand vun'e Smä' steiht, dat de dar in sitten blieven mutt, bet ik em sülven segg, he schall dalkamen", seggt de Smidt. „To'n tweeten wünsch ik, dat de, de ik sik dalsetten laat in'e Armstohl in'e Warkstä', dat de dar sitten blieven mutt, bet ik sülven to em segg, he schall wedder upstahn. Un toletzt wünsch ik, dat de, de ik rinkrupen laat in'e Knipp ut Stahlwier[1], de ik in'e Tasch heff, dat de dar in blieven mutt, bet ik sülven em Verlööv gev un krupen wedder rut."

„Du wünschst as en leege Keerl", seggt Sankt Petrus. „To allereerst harrst du di Gott sin Gnaad un Fründschop wünschen schullt."

„So hooch rup heff ik mi nich truut", seggt de Smidt.

Do seggen Unse Herrgott un Sankt Petrus adjüs un gahn wieder.

De Tied, de löppt ja, un as de rechte Tied um is, kümmt de Düvel, so as dat in'e Kuntrakt steiht, un will de Smidt halen.

„Büst du klaar?", fraagt he un stickt de Näs in'e Dör vun'e Smä'.

„Och, ik schull nootwennig eerst noch en Kopp up düsse Nagel hau'n", seggt de Smidt. „Klarr du man so lang' dar up'e Berboom un plöck di en feine Ber un knaueln up. Du hest doch sachs Hunger un Dörst na de lange Weg."

De Düvel bedankt sik för dat Bott un klarrt rup in'e Boom.

„Ja, wenn ik dat recht bedenk", seggt de Smidt, „denn so krieg ik de eerste veer Jahr sachs gar keen Kopp up düsse Nagel haut, dat dare verdreihte Iesen is sowat vun hart! Dalkamen kannst du in de Tied nich, du musst dar so lang' sitten un di utruh'n."

---

[1] Wier = (glatter) Draht

De Düvel ward ganz barmhartig beden un bedeln, dat he doch wedder dalkamen dörv, man dat helpt nich. Toletzt mutt he de Smidt toseggen, he will nich wedderkamen, ehrer de veer Jahr rum sünd, 'nem de Smidt vun snackt hett.

„Ja, denn kannst du wedder dalkamen", seggt de Smidt.

As de Tied nu um is, kümmt de Düvel wedder för un halen de Smidt. „Nu büst du ja woll klaar?" fraagt he. „Nu, ducht mi, kunnst du bi lütten de Kopp up'e Nagel haut hebben."

„Ja, ja, de Kopp heff ik dar up", seggt de Smidt, „man liekers kümmst du en Spier to fröh, ik heff de Spitz noch nich scharp maakt; so'n harte Iesen heff ik noch nie nich smed't. Wieldes ik de Nagelspitz maak, kannst du di ja man dalsetten in min Armstohl, du büst ja sachs möö', kann ik mi denken."

„Velen Dank för de Inladen", seggt de Düvel un sett sik in'e Armstohl. Man knapp is he to Ruh kamen, do seggt de Smidt wedder, wenn he dat recht bedenkt, denn kriggt he de Spitz sachs eerst bi veer Jahr scharp maakt. Eerst ward de Düvel woll so fein beden, dat he ut'e Stohl rutdörv, un denn ward he füünsch un drauht. Man de Smidt seggt, he kann dar nix för, dat liggt an't Iesen, dat is so verdeuvelt hart. Un he muntert de Düvel up un seggt, he sitt ja fein kommodig in'e Armstohl, un bi veer Jahr, akraat up'e Minuut, denn kann he ja uck upstahn. Dar is keen anner Raat: De Düvel mutt em toseggen, he will de Smidt nich halen, ehrer de dare veer Jahr um sünd. Un denn seggt de Smidt: „Ja, denn kannst du wedder upstahn", un de Düvel nix as afste' so gau, as he man kann.

Na veer Jahr kümmt de Düvel wedder för un halen de Smidt.

„Nu büst du ja sachs klaar, wa'?", seggt de Düvel un stickt de Näs in'e Dör vun'e Smä'.

„Fix un ferdig", seggt de Smidt, „nu koenen wi reisen, wannehr du wullt. Man ... du", seggt he, „een Deel heff ik di al lang' mal na fragen wullt: Is dat wahr, wat se vertellen, dat de Düvel sik so lütt maken kann, as he will?"

„Ja, klaar is dat wahr!", seggt de Düvel.

„Och, denn kunnst du mi en Gefallen doon un mal in düsse Stahlwierknipp krupen un nakieken, um de uck is dicht nedden in", seggt de Smidt. „Ik bün so bang', ik kunn min Reisgeld verleern."

„Geern doch", seggt de Düvel, maakt sik lütt un krüppt rin in'e Knipp. Man knapp is he binnen, do maakt de Smidt de Knipp to.

„Jo, de is allerwegens heel un dicht", seggt de Düvel in'e Knipp.

„Ja, dat is ja fein, dat du dat seggst", seggt de Smidt, „man beter is beter, ik will man leever de Leden noch en beten versweißen, blots to Sekerheit", seggt he, un darmit leggt he de Knipp in't Smä'füer un maakt 'n glöhnig.

„O! Au!! Büst du mall? Weetst du denn nich, dat ik hier in'e Knipp sitten do?", röppt de Düvel.

„Ja, dat kann ik nich helpen", seggt de Smidt, „dat gifft so'n ole Sprickwoort: Een mutt dat Iesen smeden, so lang' as dat hitt is", — un denn nimmt he de grote Hamer, leggt de Knipp up'e Ambolt un döscht dar up los, all wat he kann.

„Au, au, au!", bölkt de Düvel in'e Knipp. „Um allens in'e Welt, laat mi blots rut, denn will ik uck nie nich wedderkamen!"

„Och ja, nu gloov ik uck, de Leden sünd guut versweißt", seggt de Smidt, denn kannst du man wedder rutkamen." Darmit maakt he de Knipp up, un de Düvel afste', so gau, he kickt sik nich mal mehr um.

Man wat later fallt de Smidt dat in, he hett sik sachs wat tossig anstellt, as he sik mit de Düvel vertürnt hett. „Denn wenn ik nu nich in Gott sin Riek rinkaam", denkt he, „denn besteiht de Gefahr, dat ik keen Ünnerkamen finn, wo ik mi nu mit em anleggt heff, de dat Seggen oever de Höll hett." He meent denn, dat is sachs dat Beste un versöken dat jo ehrer jo beter un kamen rin in'e Höll oder in't Himmelriek, denn weet he doch, wonem he an is. Un do nimmt he de grote Hamer up'e Nack un maakt sik up'e Weg.

As he nu en gude Stück gahn is, kümmt he an en Krüüzweg, un dar bemött he en Sniedergesell, de tüffelt afste' mit dat Plättiesen in'e Hand.

„Moin", seggt de Smidt, „wonem scha'st du denn up dal?"

„Na't Himmelriek, wenn ik dar denn rinkamen kann", seggt de Snieder, „un du?"

„Och, denn gahn wi sachs nich lang' tosamen", seggt de Smidt. „Ik heff mi dacht, ik wull dat eerstmal in'e Höll versöken, denn ik kenn de Düvel so'n lütte beten vun fröher."

Do seggen se sik adjüs un gahn elk sin Weg. Man de Smidt is en starke, rische Keerl un geiht vel gauer as de Snieder, un do duert dat nich lang', un he steiht vör't Höllendoor. He lett sik mellen vun'e Wach un seggen, dar is een buten, de wull geern mal en Woort mit'e Düvel snacken.

„Gah hen un fraag, wat dat för een is", seggt de Düvel to de Wach, un dat deit he.

„Denn grööt man de Düvel vun mi un segg, dat is de Smidt, de de Knipp harr, denn weet he all Bescheed", seggt de Mann, „un segg, he schall doch so guut we'n un mi foorts rinlaten, denn eerst heff ik noch bet Middag smed't, un denn bün ik de lange Weg hierher marscheert."

As de Düvel de dare Bescheed kriggt, seggt he to de Wach, he schall foorts all de negen Sloet an't Höllendoor tosluten. „Un sett uck noch en Vörhängslott, vör", seggt de Düvel, „denn wenn de hier rinkümmt, maakt he nix as Undoeg in'e heele Höll."

„Na, hier is keen Harbarg un kriegen", seggt de Smidt to sik sülven, as he hört, se schotten dat Door beter to. „Denn mutt ik dat man mal in'e Himmel versöken." Un darmit dreiht he um un geiht torügg, bet he wedder an'e Krüüzweg kümmt. Dar sleit he de Weg in, de de Snieder gahn is.

Nu is he ja füünsch vun wegen de lange Weg, de he hen un t'rügg gahn is för nix un wedder nix, un do schechelt he up los, all wat he kann, un do kümmt he an'e Himmelspoort jüst in de Ogenblick, as Sankt Petrus 'n en lütte Splet upmaakt, so wied, dat de dünne Sniedergesell sik dar dörmarsen kann. De Smidt is noch en söss, soeven Schre' weg vun't Door.

„Denn mutt ik mi man en beten streven", denkt he, kriggt sin Hamer faat un smitt 'n in'e Dörsplet, jüst as de Snieder rinwitscht. Man wenn he nich uck dör de dare Splet rinwitscht is, denn weet ik nich, wonem he afbleven we'n kann.

Peter, Paul un Fiete Aschpuper

Dar is mal en Mann we'n, de hett dree Soehns hatt, Peter, Paul un Fiete Aschpuper. Man anners wat as de dree Soehns hett he uck nich hatt, he is so arm we'n, he hett man knapp en Plünn Tüüg up't Liev hatt. Darum hett he faken to se seggt, se schoe'n rut in'e Welt un seh'n un verdeenen se's Broot. To Huus bi em koenen se ja nix anners as doothungern.

En Enne weg vun sin Kaat liggt de Königshoff, un liek vör de König sin Finstern wasst en Eekboom, de is so groot un breet, dar kann gar keen Licht in'e Königshoff rinfallen. De König hett en Barg Geld utsett för de, de de dare Eek umhau'n kann. Man keeneen kriggt dat klaar; so draa as se een Splitter vun'e Eekenstamm afhau'n, wassen dar twee nüen na. Un denn will de König geern en Soot graavt hebben, de dat heele Jahr Water holen deit. All sin Navern hebben so'n Soot, blots he nich, un dat, dücht em, is en Schann. De so'n Soot graven kann, de dat heele Jahr Water hett, de hett de König Geld un noch anners wat toseggt. Man keeneen kriggt dat klaar, denn de Königshoff liggt up en hoge Barg, un wenn se en paar Toll deep graavt hebben, kamen se an'e harde, naakte Steen. Man de König hett sik dat nu mal in'e Kopp sett, he will dat maakt hebben, un do lett he in alle Kirchen wied un sied bekannt maken: De de grote Eek up'e Königshoff umhau'n kann un kann em en Soot maken, de dat heele Jahr Water föhrt, de schall de König sin Dochter un dat halve Riek hebben.

As du di denken kannst, kamen dar nugg Lüüd un woe'n dat versöken, man wat se uck hacken un hau'n un wat se uck wöhlen un graven, de Eek ward mit elkeen Slag blots ümmer dicker, un de Barg ward dar uck nich weeker vun. Upletzt woe'n de dree Bröder uck afste' un versöken dat, un dat is de Vadder bannig mit, denn wenn se uck nich de Königsdochter un dat halve Riek winnen, denn so kunn dat ja we'n un se kamen bi jichens en gude Herr in Deenst, denkt de Vadder, un mehr will he ja uck gar nich. Un as de Bröder mal andüden, se woe'n na de Königshoff, do seggt de Vadder dar foorts ja to, un do maken Peter, Paul un Fiete Aschpuper sik denn up'e Padd.

As se en Stück gahn sünd, kamen se an en Barg mit Dannen un baven up en dichte Schrupp[1], un do hören se in'e Schrupp ümmerto wat hau'n un hau'n.

„Ik wunner mi, wat dar baven in'e Schrupp woll hau'n deit", seggt Fiete Aschpuper.

„Du büst uck ümmer blots an't Wunnern, Klooknäs", seggen Peter un Paul. „As wenn dat en Wunner weer, dat dar baven in'e Schrupp en Holthauer steiht un haut!"

„Man ik heff doch Lust un kieken mal na, wat dat is", seggt Fiete Aschpuper un geiht.

„Och ja, wenn du noch so'n lütte Gör büst, denn loop man to, dat du wat lehren deist!" ropen sin Bröder em achterna, man dar quält Fiete sik gar nich um. He löppt de Barg rup un dar hen, 'nem he dat hau'n hört, un as he dar ankümmt, süht he, dat is en Äx, de steiht dar un haut up en Föhrenstamm.

---

[1] Schrupp = Kratt, Gebüsch

„Moin", seggt Fiete, „steihst du hier ganz alleen to hau'n?"

„Ja, ik stah hier al en ewig lange Tied un hau un luer up di", seggt de Äx.

„Na, nu bün ik ja dar", seggt Fiete. He nimmt de Äx faat, sleit 'n vun'e Stoel un stoppt beides, Äx un Stoel, in sin Rucksack.

As he wedder dalkümmt na sin Bröder, warrn de lachen un maken Narr na em. „Na, wat hest du denn Feines to seh'n kregen dar baven in'e Schrupp?" fragen se.

„Och, dat weer man en Äx, wat wi hört hebben", seggt Fiete.

As se wedder en Tiedlang gahn sünd, kamen se an en steile Barg. Baven up hören se wat hacken un graven.

„Ik wunner mi, wat dar baven up düsse Barg woll hacken un graven deit", seggt Fiete Aschpuper.

„Du büst uck ümmer blots an't Wunnern, Klooknäs", seggen Peter un Paul wedder. „Hest du noch nie nich Vageln an'e Böme hacken un picken hört?"

„Ja, man ik heff doch Lust un kieken mal na, wat dat is", seggt Fiete Aschpuper, un wat se em uck utlachen un Narr maken na em, he quält sik dar nich um, he löppt afste' na de dare Barg, un as he dar rupkümmt, do süht he, dat is en Spaa, de steiht dar ganz alleen un hackt un graavt.

„Moin!" seggt Fiete Aschpuper. „Steihst du hier ganz alleen un hackst un graavst?"

„Ja, dat do ik", seggt de Spaa. „Ik stah hier nu al en ewig lange Tied un hack un graav un luer up di", seggt 'n.

„Na, nu bün ik ja dar", seggt Fiete wedder. He kriggt de Spaa faat, nimmt 'n vun'e Stoel un stickt 'n in sin Rucksack, un denn man wedder dal na sin Bröder.

„Dat weer sachs wat ganz Feines, wat du dar up'e Barg to seh'n kregen hest, wa'?" seggen Peter un Paul.

„Och, dat weer wieder nix, dat weer man en Spaa, wat wi hört hebben", seggt Fiete.

Denn gahn se wedder en Stück tohopen, bet se an en Bek kamen. Dörst hebben se nu all dree, so lang', as se al ünnerwegens sünd, un do leggen se sik dal an'e Bek un woe'n drinken.

„Ik wunner mi richtig, wonem düt Water woll herkümmt", seggt Fiete Aschpuper.

„Ja, büst du noch nich tumpig, denn wunnerst du di sachs bald tumpig. Wonem de Bek herkümmt? Hest du noch nie nich Water ut en Born in'e Eerde lopen sehn?"

„Doch, doch", seggt Fiete, „man ik heff liekers Lust un kieken mal na, wonem düt herkümmt." He denn afste', hooch lang de Bek, un wat sin Bröder uck na em ropen un oever em lachen, dat helpt allens nix, he geiht sin Gang.

As he arig wied na baven kümmt, ward de Bek ümmer lütter, un as he noch en Stück wieder kümmt, ward he en Wallnoet wies. Ut de ploetert dat Water rut.

„Moin!", seggt Fiete wedder. „Liggst du hier un ploeterst un löppst so ganz alleen?"

„Ja, dat do ik", seggt de Wallnoet. „Ik ligg hier al en ewig lange Tied un ploeter un loop un luer up di."

„Na, nu bün ik ja dar", seggt Fiete. He kriggt sik en Dutt Moss un stoppt dat in't Lock, dat dat Water nich mehr rut kann, un denn deit he de Wallnoet in sin Rucksack un löppt wedder dal na sin Bröder.

„Nu hest du ja sachs sehn, wonem dat Water herkamen deit? Dat süht dar wiss ganz fein ut, nehm ik an?" üzen Peter un Paul.

„Och, dat leep dar man ut en Lock", seggt Fiete, un do warrn de anner beiden wedder lachen un maken Narr na em. Man Fiete quält sik dar nich um. „Liekers harr ik nu mal Lust un kieken mi dat an", seggt he.

As se denn wedder en Stück gahn sünd, kamen se na de Königshoff. Man wo se in't heele Königriek hört hebben, se koenen de Königsdochter un dat halve Riek winnen, wenn se de grote Eek dalhaun koenen un en Soot för de König graven, do sünd dar so vel kamen un hebben se's Glück versöcht, dat de Eek nu dubbelt so dick is as eerst. Denn dar wassen ja twee Splittern na för elkeen, de se ruthau'n, dat kannst ja wiss noch denken. Darum hett de König nu as Straaf utsett, de dat probeern un de Eek nich dalhaut kriegen, de schoe'n utsett warrn up en Eiland un kriegen beide Ohr'n afklippt.

Man de beide Bröder laten sik nich bang' maken, se meenen, se kriegen de Eek sachs dal, un Peter, as de öllste, schall dat toeerst versöken. Man em geiht dat jüst so as all de annern, de up'e Eek haut hebben.

För elkeen Splitter, de he ruthaut, wassen dar twee nüen, un do kriegen de König sin Lüüd em faat, klippen em beide Ohr'n af un setten em up't Eiland. Nu will Paul denn bi, man em geiht dat nich anners. As he twee-, dreemal tohaut hett, koenen se al seh'n, de Eek wasst, un do kriegen de König sin Lüüd em uck faat, setten em up't Eiland un klippen em de Ohr'n noch dichter an'e Kopp af, denn se dücht, he harr ja man Lehr annehmen un dat nalaten kunnt.

Do will Fiete Aschpuper denn bi.

„Wenn du afsluut utseh'n wullt as en schaarne Schaap, koenen wi di de Ohr'n geern foorts afklippen, denn spaarst du di de Mars[1]", seggt de König; he is füünsch up em vun wegen sin Bröder.

„Man ik harr doch Lust un probeern dat eerst", seggt Fiete, un dar mutt he denn ja Verlööv to kriegen.

He kriggt de Äx ut sin Rucksack un sett 'n wedder up'e Stoel. „Hau sülven!", seggt Fiete to de Äx, un do de bi un hau'n, dat de Splittern man so fleegen, un do duert dat nich lang', un de Eek mutt dal. As dat klaar is, kriggt Fiete sin Spaa rut un sett 'n up'e Stoel. „Graav sülven!", seggt Fiete, un de Spaa bi un hacken un graven, dat Eerde un Steens man so sprütten, un do mutt de Soot up, segg ik di. As he 'n so deep un so groot hett, as he 'n hebben will, kriggt Fiete de Wallnoet rut un leggt 'n in'e eene Eck vun'e Soot, un denn nimmt he de Mosspropp dar rut. „Ploeter un loop!", seggt Fiete, un de bi un lopen, dat dat Water för dull ut dat Lock kümmt, un nich lang', do is de Soot vull bet an'e Rand.

---

[1] Mars = Mühe, Anstrengung (dän. mas)

Do hett Fiete denn ja de Eek dalhaut, de de König sin Finstern verdüüstert, un hett en Soot maakt up'e Königshoff, un do kriggt he de Königsdochter un dat halve Riek, so as de König dat seggt hett. Man dat is man guut för Peter un Paul, dat se hebben se's Ohr'n tosett, anners harrn se ümmerto hören musst, wat se all seggen, dat Fiete Aschpuper sik doch nich so tumpig wunnert hett.

De Grimpscheck

Dar sünd mal en paar rieke Lüüd we'n, de hebben twölf Soehns hatt. Man as de jüngste ranwussen is, do will he nich mehr to Huus blieven. He will rut in'e Welt un sin Glück versöken. Sin Öllern seggen, he hett dat doch guut to Huus, un he kann geern bi se blieven. Man he hett keen Ruh in'e Maars, he will un will afste', un do kriggt he denn Verlööv. As he en Tiedlang gahn is, kümmt he na en Königshoff. Dar fraagt he um en Deenst, un de kriggt he uck.

De König sin Dochter is vun en Ries in'e Barg rinhaalt wurrn, un anner Kinner hett de König nich. Darum sünd he un dat heele Land in grote Truer, un de König hett sin Dochter un dat halve Riek de toseggt, de ehr erlösen kann. Man keeneen kann dat, liekers dar nugg Keerls kamen un versöken dat.

As de Jung en Jahr oder so dar we'n is, will he mal wedder na Huus un hör'n, wat sin Öllern maken. Man as he na Huus kümmt, sünd Vadder un Mudder doot, un sin Bröder hebben allens, wat de Olen mal tohört hett, ünner sik updeelt, un för de Jung is nix mehr na.

„Wokeen kunn denn uck weeten, dat et di noch geev, wo du di so lang' in'e Weltgeschicht rumdreven hest?", seggen sin Bröder. „Man eendoont: Baven up'e Heid lopen twölf Toeten, de hebben wi noch nich updeelt, un wenn du de as din Andeel hebben wullt, denn kannst du se nehmen."

Ja, dar is de Jung mit inverstahn. He bedankt sik un maakt sik up'e Weg rup na de Heid, 'nem de twölf Toeten up Gras lopen.

As he dar baven ankümmt un se finnen deit, hett elkeen Toet ehr Tittfahl, un bi de eene Toet geiht en grote Scheckfahl, de is so fein in Fudder, de is richtig blank.

„Du büst ja mal en feine een, min lütte Fahl!", seggt de Jung.

„Ja, man wenn du all de anner Fahlen doothau'n wullt, dat ik een Jahr bi all de Toeten Titt kriegen kann, denn scha'st du mal seh'n, wo groot un staatsch ik denn warr!", seggt de Fahl.

Ja, dat deit de Jung denn, he haut de anner ölven Fahlen doot, un denn geiht he wedder na Huus.

As he denn dat neegste Jahr wedder kümmt un kieken na de Fahl un de Toeten, do is 'n so fett, so fett, dat Fell blinkert man so, un so groot, de Jung kann dar man knapp rupkamen. Un all de Toeten hebben wedder en Tittfahl.

„Ja, dat mutt ik ja seggen, dat hett düchtig wat bröcht un laten di sugen bi all min Toeten", seggt de Jung to de Joehrling, „man nu büst du ja groot nugg, nu musst du mit mi kamen."

„Nee, ik mutt noch en Jahr hier blieven", seggt de Fahl. „Hau de twölf Tittfahlen doot, dat ik uck düt Jahr bi all de Toeten sugen kann. Un denn scha'st du mal seh'n, wo groot un staatsch ik to Sommer wurrn bün."

Ja, dat deit de Jung denn wedder. Un as he dat neegste Jahr up'e Weid kümmt un na sin Fahl un sin Toeten kieken will, do hett elkeen Toet wedder ehr Tittfahl. Man de Scheckfahl is so groot, de Jung kann gar nich ruplangen, as he 'n in'e Nack faten will för un föhlen, wo fett 'n is, un de is so glatt un schier, de blänkert richtig.

„Du weerst letzt Jahr al groot un staatsch, min Fahl, man düt Jahr büst du ja noch staatscher", seggt de Jung. „So'n Perd gifft dat nichmal an'e König sin Hoff. Man nu musst du mit mi kamen."

„Nee", seggt de Scheckfahl wedder, „ik mutt noch en Jahr hier blieven. Hau du nu man wedder de twölf Tittfahlen doot, dat ik uck düt Jahr an de Toeten sugen kann, denn scha'st du mi to Sommer mal seh'n!"

Ja, de Jung deit uck dat: He sleit all de Tittfahlen doot, un denn geiht he wedder na Huus.

Man as he dat neegste Jahr wedderkümmt för un seh'n na de Scheckfahl un de Toeten, is he rein ver-baast. Dat harr he nich dacht, dat en Perd so groot warrn kann. De Scheck mutt sik dalleggen up all veer, dat de Jung dar rupkamen kann. He hett noch suer bi un kamen rup, as 'n liggt, un de is so snicken-fett, dat 'n glinstert un blinkert as en Speegel.

Un dütmal hett de Scheck dar nix gegen un kamen mit. Do sett de Jung sik rup, un as he to Huus bi sin Bröder anrieden kümmt, slaan de de Hänne oever de Kopp tosamen un slaan dat Krüüz, denn so'n Perd hebben se noch nich sehn un uck nich vun hört.

„Wenn I mi nu so'n gude Iesens ünner't Perd kriegen woe'n un so'n gude Sadel un Toomtüüg, as't jichens angahn kann", seggt de Jung, „denn schoe'n I all min twölf Toeten hebben, so as se baven up'e Weid lopen, un se's twölf Tittfahlen up to" – dat Jahr hett elkeen Toet wedder ehr Fahl kregen.

Dat woe'n de Bröder geern, un do kriggt de Jung so'n Iesens ünner sin Perd, dat de Steensplittern dör de Luft fleegen, wenn he oever de Bargen rieden deit. Un so'n Goldsadel un Goldtoom kriggt he, dat dat vun wieden schient un blinkert.

„Nu reisen wi an'e Königshoff!", seggt de Grimpscheck – sodennig heet 'n. „Man seh to un beden de König um gude Stallplatz un gude Fudder för mi."

Ja, dar will de Jung woll an denken.

Do ritt he vun'e Hoff, un bi so'n Perd, as he hett, duert dat ja nich lang' un kamen na de Königshoff.

As he dar ankümmt, steiht de König buten up'e Dörsüll, un he gaapt un gluupt up de, de dar anrieden kümmt. „Nee, nee, nee", seggt he, „so'n Keerl un so'n Perd heff in min ganze Leven noch nich sehn!" Un as de Jung fraagt, um he kann in Deenst kamen an'e Königshoff, do freut de König sik so dull, he kriggt meist dat Danzen dar up'e Süll. Un klaar kann he dar in Deenst kamen.

„Ja, man ik will gude Stallplatz un rejelle Fudder hebben för min Perd", seggt de Jung.

Ja, he schall Wischheu un Haver kriegen, so vel as de Scheck mag. Un all de anner Ridders moeten se's Perde ut'e Stall nehmen, dar schall blots de Grimpscheck stahn, dat 'n uck düchtig Platz hett.

Man dat duert nich lang', do warrn de annern an'e Königshoff afgünstig up'e Jung, un se weeten gar nich, wat se em allens Leeges doon wullen, wenn se sik man truu'n dä'n. Toletzt kamen se dar up un vertellen de König, he hett seggt, wenn he man wull, denn kunn he de Königsdochter erlösen, de vun de

158

Ries rinhaalt is in'e Barg. Foorts lett de König em vör sik kamen un seggt, he weet woll, dat un dat hett de Jung mit angeven, un nu schall he dat uck doon. Kann he dat, denn weet he ja, de König hett sin Dochter un dat halve Riek utlaavt, un dat schall he denn uck würklich un warraftig kriegen. Man kann he dat nich, denn so schall he doot. De Jung stritt dat ja af, dat he sowat seggt hett, man dat helpt em nich, up *dat* Ohr is de König doof, un do blifft em denn nix anners na as seggen, he will dat versöken.

Do geiht he dal in'e Stall un lett trurig de Ohren bummeln. Do fraagt de Grimpscheck, warum he denn so trurig is. De Jung vertellt dat un seggt, he weet gar nich, wodennig he sik darbi anstellen schall. „De König sin Dochter erlösen, dat is doch heel un deel unmoeglich", seggt de Jung.

„Och, dat leet sik sachs maken", seggt de Grimp-scheck, „ik help di. Man wecke gude Iesens musst du mi eerst kriegen. Du musst twintig Pund Iesen un twölf Pund Stahl verlangen för de Iesens, un een Smidt för un smeden un een darto för un beslaan."

Ja, dat deit de Jung, un dat ward em uck nich af-slaan: He kriggt Iesen un Stahl un de Smä'lüüd, un do kriggt de Grimpscheck gehörige Iesens, un denn ritt de Jung vun'e Königshoff, dat dat man so stofft.

Man as he na de Barg kümmt, 'nem de Königsdoch-ter in sitten deit, heet dat eerstmal de Felswand hoochkamen un vun dar rin in'e Barg, denn de Barg steiht liek up un dal as en Stuvenwand un is glatt as en Finsterruut. As de Jung dat eerste Mal hoochrie-den deit, kümmt he woll en Stück na baven, man denn glippt de Scheck mit de Vörderfööt, un do se wedder dal, dat et man so dunnert. Dat tweete Mal kümmt he al wat höger rup, man denn glitt de eene Vörderfoot ut, un dal geiht dat, as wenn du en Eerdrutsch hören deist. Man dat drütte Mal seggt de Scheck: „Nu moeten wi uns bewiesen!", un denn neiht he tohööcht, dat de Steens um se rum himmelhooch sprütten, un do kamen se ganz na baven. De Jung ritt in vulle Galopp rin in'e Barg, böhrt de Königsdochter up'e Sadelknoop, un dat denn wedder rut, ehrer de Ries so wied to sik kümmt, dat he upsteiht – un do is de Königsdochter frie.

As de Jung wedder na de Königshoff kümmt, freut de König sik bannig, dat he sin Dochter wedder hett, dat lett sik ja denken. Man wodennig dat nu is oder uck nich is, de annern an'e Königshoff hebben de König uphisst, dat he liekers dull is up'e Jung.

„Ja, velen Dank uck, dat du min Dochter erlöst hest", seggt he to de Jung, as de mit ehr in't Slott rinkümmt. Un denn will he gahn.

„Se is nu jüst so guut min as din, denn du steihst doch woll to din Woort", seggt de Jung.

„Ja, ja", seggt de König, „hebben scha'st du ehr, wo ik dat nu mal seggt heff. Man eerst musst du darför sorgen, dat hier up'e Königshoff de Sünn schient." Denn dar is en grote, hoge Barg liek vör de Finstern, de steiht dar un smitt Schatten, dat de Sünn dar nich rinschienen kann.

„Dat weer aver nich afmaakt", seggt de Jung. „Man dat helpt ja sachs nix, ik mutt dar wiss bi. Denn de Königsdochter will ik hebben."

He wedder dal na de Scheck un vertellt, wat de König verlangen is, un do meent de Grimpscheck, dar is sachs Raat för. Man eerst mutt he nüe Iesens ünner hebben, un dar moeten twintig Pund Iesen un twölf Pund Stahl to. Un twee Smä'lüüd moeten dar uck to, een för un smeden un een för't Beslaan, un denn woe'n se dar sachs de Sünn to kriegen un schienen in'e Königshoff. As de Jung dat verlangt, kriggt he dat foorts; dat, meent de König, kann he denn doch nich bekannt we'n un slaan em dat af. Un do kriggt de Grimpscheck nüe Iesens, un dat orntlichen. De Jung sett sik up, un denn geiht dat los, un bi elkeen Hopp, de de Grimpscheck maakt, sackt de Barg föftein Elen deep in'e Grund, un sodennig blieven se bi, bet dar nix mehr to seh'n is vun'e Barg.

As de Jung wedder na de Königshoff kümmt, fraagt he de König, um he sin Dochter nu uck noch nich kriggt, denn so wied, as he weet, schient de Sünn ja nu rin in't Slott, seggt he. Man do hebben de annern an'e Königshoff de König al wedder uphisst, un do seggt de, wiss schall de Jung ehr kriegen, wat anners hett he ja nie nich vörhatt, man eerstmal schall he ehr jüst so'n feine Bruutperd rankriegen as sin Brüdigamsperd. De Jung seggt, dar hett de König vörher nie nich vun snackt, un nu, dücht em, hett he doch de Königsdochter verdeent. Man de König blifft darbi, un wenn de Jung dat nich klaar kriggt, denn kost't em dat sin Leven, seggt de König.

De Jung geiht ja wedder dal in'e Stall, un trurig un schiet to pass is he, dat kannst di ja denken. Do vertellt he denn de Grimpscheck, nu hett de König verlangt, he schall de Königsdochter jüst so'n feine Bruutperd ranschaffen, as he sülven en Brüdigamsperd hett, anners geiht em dat an't Leven. „Man dat löppt sachs up Schiet ut, denk ik", seggt he, „en Macker to di gifft dat doch sachs nich up'e heele Welt."

„O doch, dat gifft en Macker to mi", seggt de Grimpscheck. „Man licht ward dat nich un kriegen de. De is in'e Höll. Man wi moeten dat sachs versöken. Nu musst du rupgahn na de König un nüe Iesens för mi verlangen, un dar moeten wedder twintig Pund Iesen un twölf Pund Stahl to un twee Smä'lüüd, een för un smeden un een för't Beslaan. Un seh to, dat de Haken un Grepen richtig scharp maakt warrn. Un twölf Tunnen[1] Roggen un twölf Tunnen Gassen un twölf slacht'te Ossen moeten wi mithebben. Un all twölf Ossenfellen mit twölfhunnert lange Nageln in musst du uck verlangen. Dat moeten wi allens hebben un denn noch en Teertunn mit twölf Tunnen Teer in."

De Jung geiht hen na de König un verlangt allens, wat de Grimpscheck seggt hett, un de König dücht wedder, he kann dat nich bekannt we'n un slaan em dat af, un richtig kriggt he dat denn allens.

Denn sett he sik up'e Grimpscheck un ritt vun'e Hoff, un as he denn wied reden is, wied weg oever Barg un Heid, fraagt de Scheck: „Hörst du wat?"

„Ja, dat suust so gresig in'e Luft; ik gloov, ik warr bang"', seggt de Jung.

„Dat sünd all de Vageln, de in't Holt husen, de kamen anflagen; de schoe'n uns upholen", seggt de Grimpscheck. „Man snied du man Löcker in'e Koornsäcke, denn hebben se dar so vel mit to kriegen, dat se uns vergeten."

Ja, dat deit de Jung, he snitt Löcker in'e Koornsäcke, dat de Roggen un de Gassen na alle Sieden rutlöppt.

---

[1] Tunn = altes Hohlmaß, in Flensburg und Schleswig etwa 137 Liter.

Do kamen all de wille Vageln, de in't Holt husen, un dat so dicht, dat se de Sünn verdüüstern. Man as se dat Koorn to seh'n kriegen, do koenen se sik nich holen, se stöten dal un gahn bi un hacken un picken dat Koorn up, un toletzt kriegen se sik bi de Flicken un hau'n sik. De Jung un de Grimpscheck doon se nix, de hebben se rein vergeten.

Nu ritt de Jung wedder wied un lang', oever Barg un Slunk, oever Wisch un Heid. Denn ward de Grimpscheck wedder luustern, un he fraagt de Jung, um he nu wat hören deit.

„Ja, nu hör ik dat in't Holt so gresig knacken un breken, ik gloov meist, ik warr nu bang'", seggt de Jung.

„Dat sünd all de wille Deerten, de in't Holt husen", seggt de Grimpscheck, „de schoe'n uns upholen. Man smiet du se man de twölf slacht'te Ossen hen, denn hebben se nugg to doon, un denn vergeten se uns."

Ja, de Jung smitt dat Ossenfleesch hen, un do kamen all de ville Deerten in't Holt, Baar un Wulf un Lööw un all Slag'en gresige Deerten. Man as se de Ossen wies warrn, rönnen se all hen un hau'n sik dar um, dat dat Bloot man so lopen deit, un de Jung un de Grimpscheck vergeten se rein.

Denn ritt de Jung wedder wieder, vele, vele Mielen[1], denn mit de Grimpscheck geiht dat ja nich sinnig. Denn ward de Scheck wrinschen.

„Hörst du wat?", fragt he.

„Ja, ik hör ganz liesen so wat as en Fahl nöddern[2], wied, wied weg", seggt de Jung.

---

[1] Miel = Meile = gut 7,5 km, in älterer Zeit sogar gut 8,8 km.
[2] nöddern = leise wiehern (Fohlen)

„Dat is sachs en tämlich utwussene Fahl", seggt de Grimpscheck. „Dat 'n man so liesen to hör'n is, kümmt darvun, dat 'n noch so wied weg is vun uns."

Denn reisen se wedder en gude Stück, en Miel oder so.

Denn wrinscht de Grimpscheck nochmal. „Hörst du nu wat?", fraagt he.

„Ja, nu heff ik dat düütlich wrinschen hört, as en utwussene Perd", seggt de Jung.

„Ja, du kriggst 'n nochmal to hör'n", seggt de Grimpscheck, „un denn scha'st du sachs wies warrn, dat 'n Maat hett."

Se reisen noch en Miel oder so, do wrinscht de Grimpscheck dat drütte Mal; man ehrer he de Jung fragen kann, um he wat hört, do wrinscht dat up'e Heid, dat de Jung denkt, de Bargen woe'n bassen.

„Nu is 'n hier", seggt de Grimpscheck. „Smiet gau de Ossenfellen mit de Nageln in oever mi, un de Teertunn smittst du an'e Grund, un denn klarr rup up de dare grote Boom. Wenn 'n denn kümmt, spiggt 'n Füer ut beide Nüstern, un dat kriggt denn faat up'e Teertunn. Denn pass guut up: stiegen de Flammen tohöcht, denn winn ik, man fallen se, denn verleer ik. Un wenn du sühst, ik winn, denn smittst du 'n de Toom oever – de musst du mi afnehmen – un denn is 'n tamm.

Knapp hett de Jung de Nagelfellen oever de Grimpscheck un de Teertunn an'e Grund smeten un is up'e Boom rupklarrt, do kümmt dar en Perd an, dat sprütt't dat Füer man so ut'e Nüstern, un do steiht foorts de Teertunn in helle Füer. Un denn gahn dat

164

dare Perd un de Grimpscheck bi un hau'n sik, dat de Steens himmelhooch danzen. Se bieten un hau'n mit Vörderfööt un Achterfööt, un mal kickt de Jung na se, mal kickt he na de Teertunn, man toletzt stiegen de Flammen tohööcht. Denn so dull, as dat anner Perd uck bitt un sleit, dat dröppt ümmer blots de Nagelfellen, un do mutt et sik geven. As de Jung dat wies ward, kümmt he gau dal vun'e Boom un leggt et de Toom an, un do is et so tamm, he harr 't mit en Tweernsfaden regeeern kunnt. Dat dare Perd is uck en Scheck un süht de Grimpscheck so liek, de sünd gar nich un holen ut'nanner.

De Jung sett sik up de Scheck, de he fungen hett, un ritt wedder na Huus na de Königshoff, un de Grimpscheck löppt blangenbi. As he dar ankümmt, steiht de König buten up'e Hoffplatz.

„Kannst du mi nu seggen, wat för'n Perd ik fungen heff, un wat för een ik vörher hatt heff?", seggt de Jung. „Kannst du dat nich, denn meen ik, din Dochter hört mi to."

De König geiht hen un kickt sik beide Schecken an vun baven bet nedden, vun vörn bet achtern, man dar is nich een Haar anners bi de eene as bi de anner.

„Nee", seggt de König, „dat kann ik di nich seggen. Un wo du min Dochter so'n feine Bruutperd beschafft hest, scha'st du ehr uck hebben. Man een Deel moeten wi eerst noch rutfinnen: um dat sodennig vörherbestimmt is. Nu schall *se* sik eerst tweemal versteken", seggt he, „un denn scha'st *du* di tweemal versteken. Un kannst du ehr denn de beide Malen finnen, un se finnt di nich an din Schuulplatz, denn is dat vörherbestimmt, un denn scha'st du de Königsdochter hebben."

„Dat weer nu uck nich afmaakt", seggt de Jung, „man wenn dat denn sodennig we'n mutt, denn mutt dat sachs." Un denn schall de Königsdochter sik toeerst versteken.

Se maakt sik to en Ent un swümmt up'e Diek, de dar dicht bi de Königshoff liggt. Man de Jung geiht blots dal ine Stall un fraagt de Grimpscheck, wonem se afbleven is. „Och, du musst blots din Flint nehmen un dalgahn an'e Diek un up de Ent anleggen, de dar swümmen deit", seggt de Grimpscheck, „denn kümmt se sachs vördag."

De Jung snappt sik sin Flint un geiht dal an't Water. „Ik will man mal up de dare Ent ballern", seggt he un leggt an.

„Nee, nee, o Gott, schööt nich! Dat bün ik ja!", seggt de Königsdochter. Do hett he ehr dat eerste Mal funnen.

Dat tweete Mal maakt se sik to en Broot un leggt sik up'e Disch mang veer annern. Un se süht de anner Bröde so liek, de sünd nich un holen ut'nanner. Man de Jung geiht wedder dal in'e Stall na de Grimpscheck un seggt, nu hett de Königsdochter sik verstaken, un he weet gar nich, wonem se afbleven is. „Och, krieg di man en düchtige Brootmess un maak dat scharp un do so, as wenn du dat tweete Broot vun links vun de fiev, de in'e Königshoff up'e Koekendisch liggen, dörsnieden wullt. Denn kümmt se sachs vördag", seggt de Grimpscheck.

Ja, de Jung denn ja rup in'e Koek un geiht bi un maken dat grötste Brootmess scharp, wat he finnen kann. Denn kriggt he dat tweete Broot vun links faat un sett dat Mess an, as wenn he dat dwars dörsnieden will.

„Ik will mi man mal en arige Knuust vun dat dare Broot kriegen", seggt he.

„Nee, o Gott, o Gott, snie' nich! Dat bün ik ja!", seggt de Königsdochter wedder, un do hett he ehr uck dat tweete Mal funnen.

Denn schall he sik versteken, un de Grimpscheck seggt em so guut vör, dat he nich to finnen is. Eerst maakt he sik to en Brems un sett sik in'e Grimpscheck sin linke Näslock. De Königsdochter geiht bi un söcht un snoekert oeverall rum, baven un nedden, un denn will se uck in'e Boos na de Grimpscheck, man de ward um sik bieten un sparken, dat se sik dar nich hen truut, un do kann se em nich finnen.

„Ja, wo ik di nich finnen kann, musst du vun alleen vörkamen", seggt se, un foorts steiht de Jung up'e Stalldel.

Dat tweete Mal seggt de Grimpscheck wedder, wat he sik to maken schall, un do maakt he sik to en Klott Eerde un sett sik twischen Hoof un Hoofiesen an'e Scheck sin linke Vörderfoot. De Königsdochter geiht wedder un söcht un söcht, buten un binnen, un toletzt kümmt se in'e Stall un will in'e Boos na de Grimpscheck. Ja, dütmal lett he ehr an sik rankamen. Un do snoekert se baven un nedden, man ünner de Hoven kann se nich kamen, dar steiht de Grimpscheck to fast up'e Beens för. Un do kann se de Jung uck dütmal nich finnen.

„Ja, denn musst du vun alleen vörkamen, wo ik di nich finnen kann", seggt de Königsdochter, un foorts steiht de Jung blangen ehr up'e Stalldel.

„Ja, nu büst du min", seggt de Jung to de Königsdochter; „nu sühst du ja, dat is vörbestimmt", seggt he to de König.

„Tja, wenn dat vörbestimmt is, denn schall dat dar nu uck bi blieven", seggt de König.

Do ward denn gau tostellt to en düchtige Hochtied, un de Jung sett sik up'e Grimpscheck un de Königs-dochter up de Macker darto. Un du kannst di ja denken, do bruken se nich lang' un kamen to Kirch.

Lüttenkort

Dar sünd mal en paar arme Lüüd we'n, de hebben in en kloeterige Kaat wahnt, 'nem dat nix geven hett as düüstere Armoot, un se hebben nix to bieten un nix to brennen hatt. Man wenn se uck anners meist nix hatt hebben, so hebben se doch Gotts Segen un Sack-vull vun Kinner hatt, un elkeen Jahr is dar een toka-men. Nu is dar mal wedder een ünnerwegens. Dat is de Mann gar nich na de Mütz, he geiht ümmerto un quarkt un schimpt un seggt, bi lütten dücht em, dat is nu nugg mit Gotts Segen. Un as de Tied dar is, dat de Fruu schall to liggen kamen, do geiht he to Holts na Brennholt, he will de nüe Schriehals gar nich seh'n. He kriggt em noch faken nugg to hör'n, wenn he na wat to eten schriet, seggt he.

As de Mann weg is, kriggt de Fruu en feine lütte Jung, un foorts, as de up'e Welt is, kickt he sik um in'e Kaat.

„O, leeve Mudder", seggt he, „giff mi doch wat ole Tüüg vun min Bröder un wat to eten för en paar Daag, denn will ik rut in'e Welt un min Glück versö-ken. Du hest ja liekers al Kinner nugg, as ik seh."

„Och Herrje, min Soehn", seggt de Mudder, „du büst doch noch vel to lütt! Dar ward nix vun."

Man de Bengel blifft bi, he bedelt un pranselt so lang', bet sin Mudder em wecke ole Plünnen kriegen lett un en beten wat to eten in en Bünnel, un denn geiht he frisch un munter rut in'e Welt.

Man knapp is he weg, do kriggt de Fruu noch en Jung. De kickt sik um un seggt: „O, leeve Mudder, giff mi doch wat ole Tüüg vun min Bröder un wat to eten för en paar Daag, denn will ik rut in'e Welt un min Twillingsbroder wedderfinnen; du hest ja liekers al Kinner nugg."

„Och Herrje, du büst doch noch vel to lütt, du Stackel", seggt de Fruu. „Dar ward nix vun."

Man dat helpt nich, de Bengel bedelt un pranselt so lang', bet he wecke ole Plünnen kriggt un en Bünnel mit wat to eten in, un denn schechelt he vull Kraasch rut in'e Welt un will sin Twillingsbroder wedderfinnen.

As nu de Jüngste en Tied gahn is, kriggt he en Stück vörut sin Broder up Sicht. Do röppt he na em un seggt, he schall stahn blieven: „Tööv doch mal", seggt he, „du leggst di ja in't Tüüg, as wenn du dar för betahlt kriggst. Man du harrst doch mal na din jüngste Broder kieken schullt, ehrer du ruttrockst in'e Welt." Do blifft de Öllste stahn un kickt sik um, un as nu de Jüngste nakamen is un hett vertellt, wodennig dat allens tohopenhängt, dat he sin Broder we'n kann, seggt he: „Wi woe'n uns man eerstmal dalsetten un seh'n, wat unse Mudder uns mitgeven hett to eten." Un dat doon se.

As se wedder en Stück gahn sünd, kamen se an en Bek, de löppt dör en gröne Wisch, un do seggt de Jüngste, se schullen man een de anner en Naam geven. „Wi harrn dat ja so hild un kamen afste', dat dar to Huus keen Tied för weer, denn moeten wi dat man hier doon", seggt he.

„Wodennig wullt du denn heeten?", fraagt de Öllste.

„Ik will Lüttenkort heeten", seggt de anner. „Un wat is mit di, wodennig wullt du nöömt warrn?"

„Ik will König Minnring heeten", seggt de Öllste.

Do döpen se een de anner, un denn gahn se wieder. Man as se en Tiedlang gahn sünd, kamen se an en Krüüzweg, un dar warrn se sik eenig, se woe'n man ut'nanner un elk för sik gahn. Man dat duert man korte Tied, do bemöten se sik wedder. Se gahn wedder vuneen un gahn elk sin Weg, man nich lang', do geiht dat wedder jüst so: Se bemöten sik wedder, ehrer se dat recht gewahr warrn, un sodennig geiht dat uck noch en drütte Mal. Do maken se af, se woe'n elk in en anner Richt gahn, de eene na Oosten un de anner na Westen.

„Man kümmst du mal richtig in Noot un Unglück", seggt de Öllste, „denn roop mi man dreemal, denn kaam ik un help di. Man du dörvst mi eerst ropen, wenn du in allergröttste Noot büst!"

„Dat hett dar denn sachs keen Iel mit, dat wi uns weddersehn!" seggt Lüttenkort.

Denn seggen se sik adjüs, un Lüttenkort geiht na Oosten to un König Minnring na Westen.

As Lüttenkort nu en Tied alleen gahn is, bemött he en ganz, ganz ole, krummpuckelige Oolsch, de hett man een Oog. Dat snappt Lüttenkort sik.

„Au, au!", röppt de Oolsch. „Wonem is min Oog af-bleven?"

„Wat giffst du mi, wenn du dat Oog wedderkriggst?", fraagt Lüttenkort.

„Ik gev di en Swert, dat kann winnen oever en heele Kriegsheer, un wenn dat noch so groot is.", seggt de Oolsch.

„Ja, denn man her darmit", seggt Lüttenkort.

De Oolsch gifft em dat Swert un kriggt ehr Oog wedder.

Denn geiht Lüttenkort wieder, un as he en Tiedlang gahn is, bemött he wedder en ganz, ganz ole, krummpuckelige Oolsch, de hett uck man een Oog; dat klaut Lüttenkort, ehrer se dat gewahr ward.

„Au, au, wonem is min Oog afbleven?", röppt de Oolsch.

„Wat giffst du mi, wenn du dat Oog wedderkriggst?", fraagt Lüttenkort.

„Denn gev ik di en Schipp, dat kann up Söötwater un Soltwater, up Bargen un in deepe Slunken seilen", seggt de Oolsch.

„Ja, denn man her darmit", seggt Lüttenkort.

Do gifft de Oolsch em en lüerlütte Schipp, dat is nich grötter, as dat he dat in'e Tasch steken kann. Denn kriggt se ehr Oog wedder, un se gahn elkeen sin Weg.

As he en lange Tied gahn is, bemött he dat drütte Mal en ganz, ganz ole, krummpuckelige Oolsch, de hett uck man een Oog. Dat klaut Lüttenkort wedder, un as de Oolsch bölkt un sik tiert un fraagt, wonem ehr Oog afbleven is, fraagt he: „Wat giffst du mi, wenn du dat Oog wedderkriggst?"

„Ik gev di de Kunst un bruen hunnert Last Molt in een Bruu", seggt de Oolsch.

Ja, för de dare Kunst kriggt de Oolsch ehr Oog wedder, un se gahn elk sin Weg.

Man as Lüttenkort en lütte Stück gahn is, dücht em, he schull man mal dat Schipp utprobeern. Do kriggt he dat ut'e Tasch un sett dar eerst een Foot rin un denn dat anner, un knapp is he dar mit dat eene Been in, do ward dat so groot as en seegahn Schipp. Denn seggt Lüttenkort: „Seil nu up Söötwater un Soltwater, oever Bargen un deepe Slunken un hol nich an, bet du na de König sin Hoff kümmst!" Un foorts neiht dat Schipp afste' so gau as en Vagel in'e Luft, bet dat dicht bi de Königshoff kümmt, dar hollt et an.

Up'e Königshoff hebben se an'e Finstern stahn un hebben Lüttenkort anseilen kamen sehn, un se sünd all verbaast un lopen dal un woe'n seh'n, wokeen dar anseilen kümmt dör de Luft mit en Schipp. Man wieldes se dallopen kamen, is Lüttenkort utstegen ut sin Schipp un hett dat wedder in'e Tasch staken. Denn so draa as he utstiegen deit, ward dat Schipp wedder so lütt as do, as he dat vun'e Oolsch kregen hett. De König fraagt em, wonem he herkamen deit, man dat weet he nich, seggt de Jung. He weet uck nich, wodennig he dar henkamen is. Man he seggt, he wull so gresig geern in Deenst dar an'e Königshoff, un wenn dat nix anners to doon gifft för em, denn kann he ja Holt un Water slepen för de Koeksch, seggt he. Un dar kriggt he denn uck Verlööv to.

As Lüttenkort dar an'e Königshoff kümmt, ward he foorts wies, dat is allens mit Swatt oevertrocken, buten un binnen, Wänne un Dack. Do fraagt he de Koeksch, wat dat to schall. „Ja, dat will ik di seggen", seggt se, „de König sin Dochter is vör lange Tied dree Riesen toseggt wurrn, un neegste Dunnersdagavend will een vun se kamen un ehr halen. Ridder Root hett ja toseggt, he will ehr retten, man um he dar is de rechte Keerl för, dat weet ik nich. Un do kannst du di ja denken, dat hier allens in Sorg un Truer is."

As de Dunnersdagavend kümmt, geiht Ridder Root mit de Prinzessin dal na de Strand – dar schall se sik mit de Ries drapen. Un denn schall he ja dar nedden bi ehr blieven un up ehr passen. Man ik gloov, he hett de Ries keen grote Schaden maakt, denn knapp hett de Prinzessin sik an'e Strandkant sett, do klarrt Ridder Root rup up en hoge Boom, de dar steiht, un verstickt sik so guut, as't geiht, mang de Telgens. De Prinzessin ward blarrn un beden, he schall doch nich vun ehr gahn un ehr alleen laten, man dar quält Ridder Root sik en Schietdreck um: „Beter een verleert dat Leven as twee", seggt he.

Wieldes fraagt Lüttenkort de Koeksch, um he nich dörv en beten dalgahn an'e Strand.

„Och, wat wullt du dar denn?", fraagt de Koeksch. „Dar hest du doch nix verlaren."

„Och ja, laat mi man gahn", seggt Lüttenkort. „Ik will so geern mal dar hen un uck en beten Spaaß hebben mit de anner Jungs."

„Na ja, denn gah man", seggt de Koeksch. „Man seh to un bliven nich länger as bet de Avendgrütt to Füer un de Braa up'e Spitt staken warrn mutt. Un denn bring en düchtige Armvull Holt mit rin na Koek, wenn du wedderkümmst."

Ja, dat will Lüttenkort geern doon, un he löppt dal na de Strand.

Jüst as he dar henkümmt, 'nem de Königsdochter sitten deit, kümmt de Ries dar anseilt, dat dat man so suust un bruust. He is so groot un breet, dat is rein gresig, un fiev Köppe hett he.

„Füer!", bölkt de Ries.

„Sülven Füer", seggt Lüttenkort.

„Kannst du fechten?", röppt de Ries.

„Wenn nich, denn lehr ik dat", seggt Lüttenkort.

Do haut de Ries na em mit en grote, dicke Iesenstang, de he in'e Fuust hett, dat de Eerde fiev Elen tohööcht sprütten deit.

„Pah!", seggt Lüttenkort. „dat is uck jüst wat! Nu pass mal up, wodennig ik hau'n kann!"

Un do kriggt he dat Swert faat, wat he vun de ole, krummpuckelige Oolsch kregen hett, un haut na de Ries, un do susen all sin fiev Köppe dal in'e Sand.

As de Prinzessin wies ward, se is rett't, do weet se sik för Freud gar nich to laten, se ward springen un danzen. „Nu slaap man en beten in min Schoot", seggt se to Lüttenkort, un wieldes he dar liggen deit, treckt se em en gollne Kledaasch an.

Man nu duert dat nich lang', un Ridder Root kümmt vun'e Boom dalkrabbelt, as he süht, dar is keen Gefahr mehr. Un he drauht de Königsdochter, se mutt em toseggen un vertellen, *he* hett ehr rett't, anners will he ehr um'e Eck bringen. Denn snitt he de Ries Lungen un Tungen rut un wickelt dat in sin Snuuvdook, un denn bringt he de Prinzessin t'rügg na de Königshoff. Un hebben se em vörher nich in Ehren holen, denn doon se dat nu. De König weet rein nich, wat he sik em to Ehren infallen laten schall, un ümmer sitt he bi Disch to rechter Hand blangen de König.

Lüttenkort geiht eerstmal an Boord vun de Ries sin Schipp un nimmt en Barg gollne un sülverne Bänner mit, un denn süht he to un kamen wedder an'e Königshoff. As de Koeksch all dat Gold wies ward, verfehrt se sik rein un fraagt: „Mein Zeit, wonem hest du dat denn allens her?" Se is sachs bang', he is dar nich up ehrliche Wies bi kamen. „Och", seggt Lüttenkort, „ik bün en beten to Huus we'n, un dar weer'n düsse Bänner vun en Ammer affullen, un dar heff ik se mitnahmen för di." Ja, as de Koeksch hört, de sünd för ehr, do fraagt se dar nich wieder na. Se bedankt sik bi Lüttenkort, un allens is wedder in'e Reeg.

De neegste Dunnersdagavend geiht dat wedder jüst so. All sünd se in Sorg un Truer; man Ridder Root seggt, hett he de Königsdochter vör een Ries retten kunnt, denn so kann he ehr sachs uck vör noch een retten, un geiht mit ehr na de Strand. Man düsse Ries deit he sachs uck keen grote Schaden. Denn as dat so wied is, dat se mit de Ries reken koenen, seggt he jüst so as dat anner Mal: „Beter een verleert dat Leven as twee", un klabastert wedder rup up'e Boom.

Lüttenkort fraagt uck dütmal um Verlööv un gahn en beten dal an'e Strand.

„Och, wat wullt du dar", seggt de Koeksch.

„Och ja, laat mi doch gahn", seggt Lüttenkort, „ik will so geern mal dal un en beten Spaaß hebben mit de anner Jungs."

Ja, denn schall he Verlööv hebben un gahn. Man eerst mutt he verspreken, dat he wedder dar is, wenn de Braa dreiht warrn mutt, un denn schall he en grote Armvull Brennholt mitbringen.

Knapp is Lüttenkort nedden an'e Strand, do kümmt de Ries anjaagt, dat et man so suust un bruust. He is *mal* so groot as de anner Ries, un tein Köppe hett he.

„Füer!", bölkt de Ries.

„Sülven Füer", seggt Lüttenkort.

„Kannst du fechten?", röppt de Ries.

„Wenn nich, denn lehr ik dat", seggt Lüttenkort.

Do haut de Ries na em mit sin Iesenstang – de is noch grötter as de eerste Ries sin –, dat de Eerde tein Elen tohööcht sprütten deit.

„Pah!", seggt Lüttenkort. „dat is uck jüst wat! Nu pass mal up, wodennig ik hau'n kann!"

Un do kriggt he dat Swert faat un haut na de Ries, un do danzen all sin tein Köppe oever de Sand.

Denn seggt de Königsdochter wedder to em: „Slaap man en beten in min Schoot." Un wieldes Lüttenkort dar liggen deit, treckt se em en sülverne Kledaasch an.

So draa as Ridder Root markt, dar is keen Gefahr mehr, krabbelt he dal vun sin Boom un drauht de Prinzessin so lang', bet se em toseggt, se will seggen, *he* hett ehr rett't. Denn nimmt he de Tungen un Lungen vun'e Ries un deit se in sin Snuuvdook. Denn bringt he de Königsdochter wedder na't Slott. Dar gifft dat natürlich grote Freud, un de König weet gar nich, wat he allens upstellen schall för un wiesen Ridder Root nugg Ehr.

Man Lüttenkort nimmt en Armvull gollne un sülverne Bänner un sowat mit vun de Ries sin Schipp. As he wedder na de Königshoff kümmt, sleit de

177

Koeksch de Hänne oever de Kopp tohopen un wunnert sik wonem he all dat Gold un Sülver her hett. Man Lüttenkort seggt, he is gau to Huus we'n, dat sünd wecke Bänner, de affullen sünd vun en Ammer, un de hett he mitnahmen för de Koeksch, seggt he.

As de drütte Dunnersdagavend kümmt, geiht dat akraat jüst so as de beide eerste Malen. De heele Königshoff is mit Swatt oevertrocken, un all sünd se in Sorg un Truer. Man Ridder Root seggt, em dücht, dar is doch gar nix un we'n bang' vör; hett he de Königsdochter vör twee Riesen rett't, denn kann he ehr sachs uck vör de drütte retten. He geiht denn mit ehr dal an'e Strand. Man as de Tied rankümmt, dat de Ries kamen schall, klarrt he wedder up'e Boom un verstickt sik. De Prinzessin ward blarrn un beden, he schall doch bi ehr blieven, man dat helpt nich. He blifft bi sin Snack: „Beter een verleert dat Leven as twee", seggt he.

Lüttenkort fraagt uck de dare Avend wedder um Verlööv un gahn dal an'e Strand. „Och, wat wullt du dar!" seggt de Koeksch. Man he blifft bi un bedeln, bet he toletzt Verlööv kriggt; man dat mutt he verspreken, dat he wedder in'e Koek is, wenn de Braa dreiht warrn schall.

Knapp is he dalkamen an'e Strand, do kümmt de Ries an, dat et man so suust un bruust. He is vel grötter as een vun de annern, un föftein Köppe hett he.

„Füer!", bölkt de Ries.

„Sülven Füer", seggt Lüttenkort.

„Kannst du fechten?", röppt de Ries.

„Wenn nich, denn lehr ik dat", seggt Lüttenkort.

„Ik will di dat woll lehr'n!", bölkt de Ries un haut na em mit sin Iesenstang, dat de Eerde föftein Elen tohööcht sprütten deit.

„Pah!", seggt Lüttenkort. „dat is uck jüst wat! Nu pass mal up, wodennig ik hau'n kann!"

Un do kriggt he dat Swert faat un haut na de Ries, un do danzen all sin föftein Köppe oever de Sand.

Do is de Prinzessin ja rett't, un se dankt un segent Lüttenkort, dat he ehr wahrt hett. „Nu slaap man en beten in min Schoot", seggt se to Lüttenkort, un wieldes he dar liggen deit, treckt se em en Messingkledaasch an.

„Man wodennig schoe'n wi dat nu bekannt maken, dat du dat büst, de mi rett't hett?", fraagt de Königsdochter.

„Dat will ik di seggen", seggt Lüttenkort. „Wenn Ridder Root di nu na Huus bröcht hett un seggt, he is dat we'n, de di rett't hett, denn weetst du ja, he schall di un dat halve Königriek hebben. Man wenn se di denn an'e Hochtiedsdag fragen, wokeen du as Mundschenk hebben wullt, denn musst du seggen: ,Ik will de lütte Jung hebben, de in'e Koek Holt un Water för de Koeksch slepen deit.' Wenn ik denn inschenken do, speut ik en Drüpp up sin Teller, man nich up din, un denn ward he füünsch un haut mi, un dat passeert dreemal. Man dat drütte Mal musst du seggen: Schanne weert, dat du min Leevste haust! He hett mi rett't, un em will ik hebben!"

Denn löppt Lüttenkort t'rügg na de Königshoff jüst so as de anner Malen. Man eerst geiht he noch up'e

Ries sin Schipp un haalt en ganze Barg Gold un Sülver un anner kostbare Saken, un dar gifft he de Koeksch en ganze Armvull Gold- un Sülverbänner vun.

So draa as Ridder Root wies ward, dar is keen Gefahr mehr, krabbelt he dal vun'e Boom un drauht de Königsdochter, dat se em toseggen mutt, se will seggen, he hett ehr rett't. Denn geiht he mit ehr t'rügg na de Königshoff, un hebben se em vörher nich nugg Ehr andaan, denn doon se dat nu. De König denkt dar blots an, wodennig he de Mann ehren kann, de sin Dochter vör de dree Riesen rett't hett. Dat is ja klaar, dat he ehr un dat halve Riek kriggt, seggt he.

Man an'e Hochtiedsdag seggt de Prinzessin, se will geern de lütte Jung, de in'e Koek Holt un Water för de Koeksch slepen deit, as Mundschenk an'e Bruutdisch hebben. „Och, wat wullt du denn mit de dare schietige Plünnenbengel hier binnen?", seggt Ridder Root. Man de Prinzessin seggt, em will se as Mundschenk hebben un keen anner, un toletzt ward dat denn verlöövt. Un denn löppt dat allens sodennig, as Lüttenkort un de Königsdochter dat afmaakt hebben: He speutet en Drüpp up Ridder Root sin Teller, man keen up ehr, un elkeen Mal ward Ridder Root dull un haut em. Bi de eerste Slag fallt Lüttenkort sin plünnige Tüüg af, wat he in'e Koek anhett, bi de tweete Slag fallt de Messingkledaasch, un bi de drütte de Sülverkledaasch, un do steiht he dar in'e gollne Kledaasch so blank un fein, dat lücht't arig.

Do seggt de Königsdochter: „Schanne weert, dat du min Leevste haust! He hett mi rett't, un em will ik hebben!"

Ridder Root schimpt un swört, he hett ehr rett't; man do seggt de König: „De min Dochter rett't hett, hett ja sachs uck wat un wiesen up." Ja, Ridder Root löppt foorts afste' na sin Snuuvdook mit de Lungen un Tungen in, un Lüttenkort haalt all dat Gold un Sülver, wat he ut de Riesen se's Schep haalt hett. Do leggt denn elk vun se de König sin Kraam vör. „He mutt dat we'n, de de Riesen dootmaakt hett, denn sowat is keen anner Stä' to kriegen." Un do smieten se Ridder Root in'e Slangenkuhl, un Lüttenkort schall de Prinzessin un dat halve Riek hebben.

Mal gahn de König un Lüttenkort spazeern. Do fraagt Lüttenkort de König, um he noch mehr Kinner hatt hett.

„Ja", seggt de König, „ik heff noch en Dochter hatt. Man ehr hett uck en Ries wegslept, denn dar weer nümms dar, de ehr retten kunn. Nu scha'st du min eene Dochter hebben; man kannst du de, de de Ries haalt hett, uck noch retten, denn scha'st du geern ehr un dat anner halve Riek uck noch hebben."

„Denn mutt ik dat ja man versöken", seggt Lüttenkort. „Man ik mutt en ieserne Ked hebben, de fievhunnert Elen lang is, un denn will ik fievhunnert Mann hebben un to eten för se för föftein Wuchen, denn ik fahr wied up See", seggt he.

Ja, dat schall he allens kriegen. Man de König is bang', he hett nich so'n grote Schipp, wat dat allens drägen kann.

„En Schipp heff ik sülven", seggt Lüttenkort un kriggt dat, wat he vun'e ole Oolsch kregen hett, ut'e Tasch.

De König ward ja lachen un meent, dat is man Spijöök. Man Lüttenkort seggt, se schoe'n man bringen, wat he verlangt hett, denn ward de König dat sachs wies.

Do kamen se denn an mit de ganze Kraam, un Lüttenkort seggt, se schoe'n toeerst de Ked in't Schipp leggen. Man dar is nümms, de 'n böhren kann, un vel Lüüd upmal hebben ja keen Platz um dat lüerlütte Schipp. Do nimmt Lüttenkort sülven de Ked an een Enne faat un leggt en paar Leden in't Schipp, un jo mehr he vun'e Ked dar rupleggt, jo grötter ward dat Schipp, un upletzt is dat so groot, dat de Ked, de fievhunnert Mann, de Proverjant un Lüttenkort dar guut Platz in hebben. „Nu seil up Söötwater un Soltwater, oever Barg un deepe Slunken, un hol nich an, ehrer du dar henkümmst, 'nem de König sin Dochter is", seggt Lüttenkort to dat Schipp, un foorts suust dat afste', dat et um se man so piept un huult, oever Land un Water.

As se sodennig wied, wied seilt sünd, blifft dat Schipp upmal merrn up'e See stahn. „So, nu sünd wi dar", seggt Lüttenkort. „Man wodennig wi wedder wegkamen, is en anner Saak."

Denn nimmt he de ieserne Ked un sleit sik dat eene Enne um't Liev. „Nu mutt ik dal up'e Grund", seggt he, „man wenn ik düchtig an'e Ked trecken do un wedder rup will, denn moeten I all trecken as een Mann, anners sünd wi all tohopen verratzt." Un darmit hoppt he in'e See, dat de Bülgen tohööcht sprütten. He sackt dal un sackt dal, un toletzt kümmt he up'e Grund. Do ward he dar en grote Barg wies mit en Dör in, un dar geiht he rin. As he binnen is, sitt dar de anner Königsdochter to neih'n. Man as se

Lüttenkort wies ward, sleit se de Hänne oever de Kopp tohopen. „Och, Gottloff!", röppt se. „Ik heff keen Christenminsch sehn, sörre ik hierher kamen bün."

„Ja, ik kaam för un halen di", seggt Lüttenkort.

„Och dat ward woll nix warrn", seggt de Königsdochter, „dar bruukst du gar nich an denken. Kriggt de Ries di to seh'n, denn maakt he di doot."

„Guut, dat du vun em snacken deist", seggt Lüttenkort, „wonem is he? Dat kunn ja ganz spaßig we'n un seh'n em."

Do vertellt de Königsdochter, de Ries is ünnerwegens un söcht een, de hunnert Last Molt in een Bruu bruen kann. Dar schall Gastbott we'n bi de Ries, un do versleit weniger ja nix.

„Dat kann ik", seggt Lüttenkort.

„Ja, wenn de Ries man nich ümmer so hastig weer, denn kunn ik em dat ja vertellt kriegen", seggt de Königsdochter. „Man he is so dullhaarig, he ritt di foorts in Stücken, wenn he rinkümmt, bün ik bang'. Man ik mutt mi sachs wat infallen laten. Verstek du di man eerstmal hier in'e Afsiet, un denn moeten wi seh'n, wodennig dat geiht."

Ja, dat deit Lüttenkort denn, un knapp is he in'e Afsiet rinkrapen un hett sik verstaken, do kümmt de Ries uck al an.

„Bähh! Hier rüükt dat na dat Bloot vun en Christenminsch", seggt de Ries.

„Ja, dar floog en Vagel oever't Dack mit en Christenbeen in'e Snavel, un de hett 'n fallen laten dal in'e

Schosteen", seggt de Königsdochter. „Ik heff 'n ja gau rutkregen, man dat rüükt dar wiss liekers noch na."

„Ja, dat ward et sachs we'n", seggt de Ries.

Denn fraagt de Königsdochter, um he een funnen hett, de hunnert Last Molt in een Bruu bruen kann.

„Nee, dar is nümms, de dat kann", seggt de Ries.

„Vör en beten is hier een we'n, de hett seggt, he kunn dat", seggt de Königsdochter.

„Du büst doch ümmer so klook", seggt de Ries, „warum hest du em denn gahn laten? Du hest doch wusst, ik söök so een."

„Och, ik heff em ja uck gar nich gahn laten", seggt de Königsdochter, „man du büst ümmer so hastig un hitzig, un do heff ik em in'e Afsiet verstaken. Un wenn du keen funnen hest, denn is he noch hier."

„Denn laat em rinkamen", seggt de Ries.

As Lüttenkort kümmt, fraagt de Ries em, um dat wahr is, dat he hunnert Last Molt in een Bruu bruen kann.

Ja, seggt Lüttenkort, dat stimmt.

„Dat is ja fein, dat ik di faatkregen heff", seggt de Ries. „Denn gah man foorts bi, man weh di, du bruust dat Beer nich stark."

„O, dat schall woll Smack kriegen", seggt Lüttenkort, un geiht bi un bruen. „Man ik bruuk noch wecke Lüüd to för un slepen dat Bruuwater", seggt Lüttenkort; „de ik nu heff, de schaffen ja nix."

Do kriggt he mehr, so vel, dat et man so wimmelt, un do geiht et los mit dat Bruen.

As de Bruu ferdig is, moeten se natürlich all smecken, eerst de Ries sülven un denn de annern. Man Lüttenkort hett de Bruu so stark maakt, dat se doot umfallen as de Fleegen, wenn se darvun drunken hebben. Toletzt is dar keen mehr na as en ole, kroepelige Oolsch, de liggt achter de Aben. „Och, du Stackel", seggt Lüttenkort, „du musst doch uck vun min Bruu probeern!" Un denn geiht he bi un schraapt mit de Kell de Borm vun'e Bruuketel un gifft ehr dat; do is he se all tosamen los.

As he dar nu so steiht un kickt sik um, do ward he en grote Kist wies. De nimmt Lüttenkort un packt 'n vull mit Gold un Sülver. Denn binnt he de Ked um sik, de Königsdochter un de Kist un treckt all, wat he kann. Do trecken de Lüüd up't Schipp se heel na baven.

As Lüttenkort heel un gesund wedder an Boord is, seggt he: „Seil up Söötwater un Soltwater, oever Barg un deepe Slunken, un hol nich an, bet du na de König sin Hoff kümmst." Un foorts suust dat Schipp afste', dat de Schuum man so flüggt. As de Lüüd up'e Königshoff dat Schipp wies warrn, trecken se dat in'e Mööt mit Sang un Musik, man an dullsten freut de König sik, nu hett he uck sin anner Dochter wedder.

Man een is nich guut toweg' – Lüttenkort. Beide Königsdöchter woe'n em hebben, man he will keen anner hebben as de, de he toeerst rett't hett – dat is de jüngste. Darför geiht he faken un oeverleggt, wodennig he dat anstellen schall un kriegen ehr, denn he will de anner ja nich vertürnen. Mal geiht he wedder un oeverleggt düt un dat, do fallt em in, wenn he doch man sin Broder dar harr, König Minnring, de süht em ja so liek, dat keen Minsch se ut'nanner holen kann, denn kunn de ja de anner Königsdochter un dat halve Riek kriegen. Denn sülven, dücht em, hett he nugg an de eene Hälfte. So draa as em dat infullen is, geiht he rut ut't Slott un röppt na König Minnring. Nee, dar kümmt keen. Do röppt he nochmal, un wat luder, man nee, dar kümmt ümmer noch keen. Do röppt Lüttenkort nochmal so dull, as he kann, un do steiht sin Broder vör em.

„Ik heff doch seggt, du schu'st mi blots ropen, wenn du in'e gröttste Noot weerst", seggt he to Lüttenkort, „un hier is ja nich en Mück, de di wat doon kunn."

Un darmit gifft he Lüttenkort een an'e Backelei, dat de kapeuster schütt.

„Schaam di wat, dat du mi haust", seggt Lüttenkort; „eerst heff ik de eene Königsdochter un dat halve Riek wunnen, un denn de anner Königsdochter un dat anner halve Riek, un do heff ik dacht, ik wull di de eene Königsdochter oeverlaten un de Hälfte vun't Königriek darto – dücht di, dat is richtig un gahn denn sodennig tokehr?"

As König Minnring dat hört, seggt he, sin Broder schall em dat man nich oevelnehmen, un foorts sünd se wedder gude Frünnen un eenig.

„Nu weetst du ja", seggt Lüttenkort, „wi sehn un so liek, dat keeneen uns ut'nannerholen kann. Tuusch du nu dat Tüüg mit mi un gah rup na't Slott, denn meenen de Königsdöchter, dat bün ik, de dar kümmt. De di denn toeerst een updrückt, de scha'st du hebben, denn nehm ik de anner." Denn he weet, de öllste Königsdochter hett de meiste Knoev, un do kann he sik denken, wodennig dat aflöppt.

Dar is König Minnring foorts inverstahn mit. He tuuscht dat Tüüg mit sin Broder un geiht rup na't Slott. As he bi de Königsdöchter rinkümmt, meenen se, dat is Lüttenkort, un beide springen se togliek up em to, man de öllste is grötter un hett mehr Knoev, se schuppt ehr Süster bisiet, fallt König Minnring um'e Hals un drückt em een up. Un do kriggt he ehr, un Lüttenkort kriggt de jüngste Königsdochter. Un do gifft dat en duppelte Hochtied, un dat sodennig, dat een dat oever soeven Königrieken hören un marken kann.

De Tobacksjung

Dar is mal en arme Fruu we'n, de is rumtrocken mit ehr Soehn un hett bedelt. To Huus hett se nix to bieten un nix to brennen hatt. Eerst is se de Dörper rund gahn, un denn is se in'e Stadt kamen. As se do en Tiedlang vun Huus to Huus gahn is, kümmt se na de Börgermeister. Dat is en gude Mann un een, de wat gellen deit, een vun de besten in'e Stadt. He is verheiraad't mit de Dochter vun'e riekste Koopmann dar, un mit ehr hett he een lütte Dochter. Mehr Kinner hebben se nich, un do is se ja se's een un allens, un för ehr is se nix to guut. Se fründ't sik uck foorts an mit de dare arme Jung, as he dar mit sin Mudder ankümmt, un as de Börgermeister süht, dat se so gau Frünnen warrn, nimmt he de Jung up, dat se em as Spelkammeraad hett. Ja, se spelen tosamen un stellen tosamen allerhand up, se lehrn tosamen un gahn tosamen to School un sünd ümmer een Putt un een Pann.

Mal steiht de Börgermeisteroolsch an't Finster un kickt de Kinner achterna, as se to School schoe'n. Do ward se wies, dar is vun'e Regen en ganze See up'e Straat; un do driggt de Jung eerst de Korv mit se's Schoolbroot oever de dare See, un denn kümmt he t'rügg un böhrt de lütte Deern roever, un as he ehr dalsett, drückt he ehr een up.

As de Börgermeistersche dat gewahr ward, ward se füünsch: „Schall so'n Pracherbengel unse Dochter küssen, wo wi doch de vörnehmste Lüüd in'e Stadt sünd?" seggt se. De Mann versöcht all, wat he kann, un begööschen ehr, un seggt, een kann ja nich weeten, wat ut so'n Kinner mal ward, un uck nich, wat mal mit de eegne Kinner passeer'n kann. Dat is en nette un orntliche Jung, seggt he, un faken ward dar en grote Boom ut en lütte Pinn. Man nee, dat is allens eens, wat he is un wat he ward. „Wenn Schiet wat ward, weet sik dat gar nich mehr to betähmen", seggt de Börgermeisteroolsch, „un wat mal to en Schilling slaan is, dar ward nie nich en Daler vun, un wenn dat uck glemen deit as Gold." Nu dörv he dar nich mehr blieven, se will em los warrn. Wo dar anners keen Raat is, schickt de Börgermeister em denn weg mit en Koopmann, de is dar ankamen mit sin Schipp, un dar schall he nu Kajüütsjung spel'n. To sin Oolsch seggt he, he hett de Jung verköfft för Toback.

Man ehrer he afreist, nimmt de Börgermeister-dochter ehr Ring, brickt 'n in twee Stücken un gifft em de Hälfte, dat se sik kennen koenen, wenn se sik mal wedder bemöten. – Denn seilt dat Schipp, un de Jung kümmt na en Stadt wied weg in en anner Land. Dar hebben se nülich en Preester kregen, de kann so gewaltig predigen, dat se all to Kirch moeten un em hör'n, un an'e Sünndag moeten de Schipps-lüüd dar uck hen un hör'n de Predigt. De Jung blifft alleen up't Schipp. As he bi is un maken Middag, hört he wat ropen dicht bi, güntsiet dat Water. De Jung nimmt de Boot un sett oever, un do is dat en Oolsch, de steiht dar to prahlen. „Ja, nu heff ik hier al hunnert Jahr stahn un rapen un prahlt un dacht, ik schull oever't Water kamen", seggt de Oolsch; „man keeneen is dat wies wurrn oder hett darna hört, bet du keemst, un du scha'st dar din Lohn för hebben, dat du mi oeversett hest", seggt se. De Jung mutt mit ehr mitkamen na ehr Süster, de wahnt in en Barg dar dicht bi, un dar schall he um dat ole Dischdook beden, wat dar liggt up'e Riech in't

Schapp. Ja, as he dar ankümmt un de dare Hexen-
oolsch kriggt to weeten, he hett ehr Süster oever't
Water hulpen, do schall he man seggen, wat he
hebben will, seggt se.

„Och, ik will wieder nix hebben as dat ole Dischdook,
wat dar liggt up'e Riech in't Schapp", seggt de Jung.
– „Dat hest du nich ut di sülven", seggt de Hexen-
oolsch.

„Nu mutt ik an Boord un Sünndagsmiddag kaken för
de Kirchenlüüd", seggt de Jung. „Dat laat man",
seggt de Oolsch, „dat kaakt sik vun alleen, wieldes
du weg büst", seggt se. „Kumm du man mit mi, denn
kriggst du noch mehr Lohn. Hunnert Jahr heff ik
an't Water stahn un rapen un prahlt, man keeneen
is dat wies wurrn oder hett darna hört, bet du
keemst." Do schall he mitkamen na de tweete Süs-
ter. Dar schall he um dat ole Swert beden, dat kann
he in'e Tasch steken, denn is dat en Mess, un kriggt
he dat rut, denn ward dat en lange Swert. Hollt he
dat mit de swatte Egg[1] na vörn, denn fallt allens
doot um, un hollt he de witte Egg na vörn, denn
ward allens wedder lebennig. Ja, as se dar ankamen
un de dare Hexenoolsch kriggt to weeten, he hett ehr
Süster oever't Water hulpen, do schall he ja Fähr-
lohn hebben; he kann kriegen, wat he will. „Och, ik
will wieder nix hebben as dat ole Swert, wat baven
up't Schapp liggen deit", seggt de Jung. „Dat hest du
nich ut di sülven", seggt de Hexenoolsch.

„Kumm mit mi", seggt de anner. „Hunnert Jahr heff
ik an't Water stahn un rapen un prahlt, man keen-
een is dat wies wurrn oder hett darna hört, bet du

---

[1] Egg = Schneide

190

keemst. Du scha'st noch mehr Lohn hebben. Kumm mit na min drütte Süster." Dar schall he um dat ole Gesangbook beden, un dar is dat sodennig mit, wenn dar een süük is un he singt wat ut't Gesangbook, wat to de Krankheit passt, denn so ward de Kranke wedder risch. Ja, as se henkamen un de drütte Hexenoolsch hört, he hett ehr Süster oever't Water hulpen, schall he dar uck Fährlohn hebben; he kann kriegen, wat he will. „Och, ik will wieder nix hebben as Oma ehr ole Gesangbook", seggt de Jung. „Dat hest du nich ut si sülven", seggt de Hexenoolsch.

As he wedder dalkümmt na't Schipp, sünd de Lüüd noch in'e Kirch. Do probeert he dat Dischdook ut un spreed't blots en lütte Eck, he will eerstmal seh'n, wonem et to döcht, ehrer he dat up'e Disch leggt un bruukt. Ja, dar kümmt feine Eten, un en Masse Eten, un Drinken darto, un dat in en Wuppdi. He smeckt blots mal en lütte beten, un denn gifft he de Hund so vel, as 'n mag.

As de Lüüd ut'e Kirch an Boord kamen, seggt de Schipper: „Wonem hest du blots all dat Fudder för de Hund her? De is ja so dick un rund as en Wust un so fuul as en Soeg." – „Och, ik heff 'n man wecke Knaken geven", seggt de Jung. – „Dat is mal en feine Jung, de uck an'e Hund denkt", seggt de Schipper. Denn spreed't de Jung sin Dischdook ut, un foorts is dat so vull mit Eten un wat to drinken, so guut hebben se noch nie nich levt.

As de Jung wedder alleen is mit de Hund, will he uck dat Swert mal utprobeern. He wiest up'e Hund mit de swatte Egg, do fallt 'n doot up't Deck. Man as he dat umdreiht un mit de witte Egg wiest, ward 'n wedder lebennig un wackelt mit de Steert na sin

Macker. Man dat Book, dat kann he ja nu nich ut-
probeern.

Denn seilen se guut un lang', bet dar en Storm oever
se kümmt, de duert en ganze Reeg vun Daag, un se
liggen un drieven vör de Storm un weeten gar nich
mehr, wonem se sünd. Toletzt flaut dat af, un se
kamen na en Land wied weg, 'nem keeneen vun se al
mal we'n is. Man se dücht, dar mutt grote Truer
we'n, un dat is dar uck, denn de König sin Dochter is
starvenskrank. De König kümmt dal na't Schipp un
fraagt, um dar nich een is, de ehr retten un wedder
gesund maken kann. Nee, dar is nümms an Boord,
de dat kann, seggen de, de dar an Deck sünd. „Sünd
dar denn anners keen Lüüd mehr an Boord?" fraagt
de König. „Doch, so'n lütte Plünnjung", seggen se.
„Denn laat em doch uck mal herkamen", seggt de
König. Ja, meent de Jung, he kriggt ehr sachs wed-
der risch. As de Schipper dat hört, ward he heel wild
un bang', he rönnt rum as so'n Hahn ahn Kopp. He
denkt, de Jung bringt sik dar in wat rin, 'nem he
nich heel wedder rutkümmt, un meent, dat lohnt sik
doch nich un hör'n na so'n Kinnersnack. Man de Kö-
nig seggt, de Verstand wasst ja mit, un ut Kinner
warrn Mannslüüd. Wenn he seggt hett, he kann dat,
denn schall he dat uck bewiesen. Dar sünd al en
Barg Lüüd dar we'n un hebben sik dat versöcht, un
dat is up Schiet utlapen. He nimmt em mit na sin
Dochter, un de Jung singt de passliche Gesang een-
mal. Do kann se de Arm roegen. He singt 'n nochmal,
do kann se sik hoochsetten in't Bett. Un as he 'n dat
drütte Mal sungen hett, is de König sin Dochter risch
un gesund.

De König freut sik sodennig, he will em dat halve
Land un Riek geven un sin Dochter darto. Ja, Land

un Riek, dat kunn ja ganz fein we'n un hebben dar dat Halve vun, dar seggt he velen Dank för, man he is al mit anners een verspraken, seggt he, de König sin Dochter kann he nich nehmen. Do blifft he dar in't Land un kriggt dat halve Riek. Man na en Tied gifft dat Krieg. De Jung mutt mit, un he spaart nich mit de swatte Egg vun sin Swert, dat kannst di ja denken. De Fiend sin Kriegslüüd fallen um as de Fleegen, un de König winnt. Man denn bruukt he de witte Egg, do warrn se all tohopen wedder lebennig un geven sik ünner de König darför, dat se wedder leven dörven. Man wo se nu so vel sünd, ward dat Eten knapp, un de König will se doch geern nugg to eten un to drinken geven. Do mutt de Jung ran mit sin Dischdook, un do mangelt dat an nix, nich Natt un nich Dröög.

He is en Tied bi de König we'n, do ward he lengen na de Börgermeister sin Dochter. He staffeert twee Kriegsschep ut un seilt hen, un as he vör de Stadt kümmt, 'nem de Börgermeister is, schütt he un dunnert, dat de Finsterruten in'e halve Stadt in'e Grütt gahn. Up düsse Schep is dat allens so fein as bi en König, un sülven hett he Gold an elkeen Naht, so staatsch is he. Dat duert nich lang', un de Börgermeister kümmt dal un fraagt, um de frömde grote Herr nich so guut we'n will un kamen un eten bi em. Ja, dat will he; he kümmt rup na de Börgermeister, un dar sitt he blangen de Dochter un de Börgermeistersche. As se dar sitten un snacken un eten un drinken un laten sik dat guut gahn, kriggt he dat t'recht un laten de halve Ring in'e Dochter ehr Glas fallen. Se markt ja foorts, wat dat schall, maakt sik en Warv un gahn rut vun'e Disch un sett 'n tohopen mit de anner Hälfte.

De Mudder markt, dar is wat in'e Gang', un geiht ehr Dochter na, so gau as dat geiht. „Weetst du, wokeen dat dar binnen is, Mudder?" fraagt de Dochter. „Nee", seggt de Börgermeistersche. „Dat is de, de Vadder verköfft hett för Toback", seggt se. Boots beswiemt de Oolsch un fallt lingelang up'e Del. Denn kümmt de Börgermeister achterna, un as he hört, wodennig dat tohopenhängt, geiht em dat nich vel beter. „Dat is doch nix un verjagen sik oever", seggt de Tobacksjung. „Ik bün man blots kamen för un kriegen de lütte Deern, de ik up'e Schoolweg een updrückt heff", seggt he. Un to de Börgermeister-oolsch seggt he: „Du dörvst nie nich arme Lüüd se's Kind ring achten; keeneen weet, wat dar ut warrn kann. Ut Kinner warrn Mannslüüd, un de Verstand wasst mit."

De Jung, de na de Noordwind gahn is för un verlangen dat Mehl wedder

Dar is mal en ole Fruu we'n, de hett een Soehn hatt. Se is al wat stief un stackelig we'n, un do schickt se ehr Soehn mal na se's Vörraatshuus, he schall ehr för de Middag wat Mehl to Grütt halen. Man as he ut dat Vörraatshuus wedder rutkümmt, do kümmt de Noordwind ansuust, kriggt dat Mehl faat un dar denn hooch in'e Luft mit. De Jung geiht wedder rin in't Vörraatshuus för un halen mehr, man as he rutkümmt, kümmt de Noordwind wedder ansuust un nimmt em dat Mehl nochmal weg. Un sodennig geiht dat uck dat drütte Mal. Do ward de Jung füünsch, em dücht, dat hört sik nich för de Noordwind un gahn sodennig tokehr. Un do denkt he, he will hen na em un dat Mehl torüggverlangen.

He denn ja afste'. Man de Weg is lang, un he geiht un geiht. Aver toletzt kümmt he denn hen na de Noordwind.

„Moin", seggt de Jung, „un velen Dank uck noch."

„Moin", seggt de Noordwind, un dat hört sik bannig groff an, „meen ik uck so. Wat wullt du?", fraagt he.

„Och", seggt de Jung, „ik wull di beden, um du so guut we'n wullt un geven mi dat Mehl wedder, wat du mi wegnahmen hest, as ik ut unse Vörraatshuus keem. Wi hebben liekers man wenig, un wenn du sodennig tokehr geihst un nimmst uns uck noch dat beten, wat wi hebben, denn blifft uns nix na as verhungern."

„Ik heff man keen Mehl", seggt de Noordwind. „Man wo du sodennig in'e Kniep büst, scha'st du en Dook hebben, dat gifft di allens, wat du di man wünschen kannst, du musst blots seggen: Dook, spreed di un deck up mit all Slag'en leckere Eten!"

Dar is de Jung tofreden mit. Man de Weg is so wied, he kann de Dag nich mehr na Huus kamen, un do geiht he in en Kroog an'e Straat. As dat dar denn Avendbroot geven schall, leggt he sin Dook up en Disch in'e Eck un seggt: „Dook, spreed di un deck up mit all Slag'en leckere Eten!" Knapp hett he dat seggt, do deit dat Dook dat, un all dücht se, dat is en feine Saak, man an allermeisten de Krögersche. Keen Mars mehr mit Braden un Kaken, mit Disch-dook-Upleggen un Indecken, mit Updrägen un Vör-setten, denkt se. Un as dat to Nacht geiht un se all slapen, do nimmt se dat Dook un leggt dar en anner een för hen, dat süht jüst so ut as dat, wat he vun de Noordwind kregen hett, man dat kann nichmal en Rundstück updischen.

As de Jung waak ward, nimmt he dat Dook un geiht dar afste' mit, un de Dag kümmt he uck na Huus na sin Mudder.

„So", seggt he, „nu bün ik bi de Noordwind we'n. Dat weer en vernünftige Mann, he hett mi düt Dook ge-ven, un wenn ik dar blots to seggen do: Dook, spreed di un deck up mit all Slag'en leckere Eten! denn krieg ik allens, wat ik mi wünsch."

„Na, wenn dat man stimmt", seggt sin Mudder, „ik gloov dat eerst, wenn ik dat seh."

De Jung stellt gau en Disch hen, leggt dar dat Dook up un seggt: „Dook, spreed di un deck up mit all Slag'en leckere Eten!" Man dat Dook deckt nich up, nichmal en dröge Brootknuust.

„Na, denn helpt dat nich, denn mutt ik nochmal na de Noordwind gahn", seggt de Jung un maakt sik up'e Padd. Toletzt kümmt he hen, 'nem de Noordwind wahnt.

„Gu'n Avend", seggt de Jung.

„Gu'n Avend", seggt de Noordwind.

„Ik wull geern en Utgliek hebben för dat Mehl, wat du mi wegnahmen hest", seggt de Jung; „dat Dook, dat du mi geven hest, hett nich vel döcht."

„Tja, Mehl heff ik nich", seggt de Noordwind, „man hier hest du en Buck, de schitt Goldstücken, du musst blots seggen: Buck, schiet Geld!"

Dar hett de Jung nix gegen. Man wo de Weg so wied is un he de Dag nich mehr bet na Huus kamen kann, geiht he wedder rin in de dare Kroog. Ehrer he wat bestellt, probeert he de Buck eerstmal ut, he will ja seh'n, um dat uck wahr is, wat de Noordwind em vertellt hett. Ja, dat hett sin Richtigkeit; man as de Kröger dat wies ward, dücht em, dat is mal en feine Buck, un knapp is de Jung inslapen, do nimmt he en anner een, de keen Goldstücken schitt, un sett 'n darför hen.

De neegste Morrn treckt de Jung afste', un as he to Huus bi sin Mudder ankümmt, seggt he: „De Noordwind is doch liekers en nette Mann. Nu hett he mi en Buck geven, de kann Goldstücken schieten, ik mutt blots seggen: Schiet Geld!"

„Na, wenn dat man stimmt", seggt sin Mudder, „dat is doch man dumme Snack, un ik gloov dat eerst, wenn ik dat seh."

„Leeve Buck, schiet Geld!", seggt de Jung. Man Geld is dat nich, wat de Buck schieten deit.

Do maakt he sik nochmal up'e Weg na de Noordwind un seggt, de Buck hett to nix döcht, un he will en Utgliek hebben för dat Mehl.

„Ja, nu heff ik nix anners un geven di", seggt de Noordwind, „as de ole Knüppel dar in'e Eck. Man dat is so een, wenn du to de seggst: Min Knüppel, hau to! denn haut 'n, bet du seggst: Min Knüppel, stah still!"

De Weg is ja so lang, un do geiht de Jung uck de dare Avend wedder na de Kroog. Man he kann sik ja tohopenriemeln, wodennig dat mit dat Dook un de Buck togahn is, un do leggt he sik foorts up'e Bank un snorkt un deit, as wenn he slöppt. De Kröger kann sik nu ja denken, de dare Knüppel is uck to wat nütt. Un do söcht he een her, de jüst so uutseh'n deit, un will 'n vertuuschen, as he de Jung snorken hört. Man jüst as de Kröger de Stock faatnehmen will, röppt de Jung: „Min Knüppel, hau to!" Un do de Knüppel bi un hau'n un vertimmern de Kröger, dat he oever Dischen un Bänke springt un bölkt un schriet. „Och Gott, och Gott, segg doch, de Knüppel schall upholen, anners haut 'n mi noch doot! Du scha'st uck din Dook un din Buck wedderhebben!" As de Jung dücht, nu hett de Kröger nugg, seggt he: „Min Knüppel, stah still!" Denn nimmt he dat Dook un stickt dat in'e Tasch, nimmt de Knüppel in'e Hand un binnt de Buck en Tau um'e Hoorns, un denn geiht he mit allens na Huus. Kiek, dat weer doch en gude Utgliek för dat Mehl!

De Reismacker

Dar is mal en junge Buer we'n, de hett dröömt, he kriggt en Königsdochter in en Land wied weg, un de is so root un witt as Melk un Bloot un so riek, dat kann nie nich all warrn. As he waak ward, dücht em, se steiht lebennig vör em, un se is so fien un smuck, he denkt, he kann nich mehr leven, wenn he ehr nich kriggt. Do verköfft he all sin Kraam un reist rut in'e Welt för un söken ehr.

He geiht wied un noch wieder as wied, un to Winter-tied kümmt he in en Land, 'nem all de Straten liekut gahn un keen Bagens maken. As he do en Viddel-jahrs Tied ümmer vörföötsch wannert is, kümmt he na en Stadt, un buten de Kirchendör liggt en grote Iesklump, dar is en Liek in, un dar spütt't de heele Kirchengemeen up, wenn se dar an vörbigahn.

Dar wunnert de Jung sik oever, un as de Preester rutkümmt ut'e Kirch, fraagt he em, wat dat denn to bedüden hett.

„Dat is en ganze leege Keerl", seggt de Preester, „he is richt't wurrn för sin leege Toeg un is dar upstellt to Spott un Spee."

„Wat hett he denn daan?", fraagt de Jung.

„In't Leven is he Wientapper we'n", seggt de Prees-ter, „un he hett de Wien mit Water verdünnt."

Dat, dücht de Jung, is ja nich so gefährlich, un wenn he dar al för mit sin Leven betahlt hett, koenen se em doch geern up'e Kirchhoff ünner de Eerde kamen laten, dat he doch na sin Dood Freden finnt.

Nee, seggt de Preester, dat geiht nich, is gar nich an to denken; denn moeten de Lüüd eerstmal bi un breken em ut dat Ies; un denn hört dar Geld to un kopen en Graffstä' vun'e Kirch, de Kuhlengräver mutt betahlt warrn för't Graff, de Kirchenvörstand schall wat hebben för de Klocken, de Köster för't Singen un de Preester för't Insegen.

„Meenst du, dar is een, de dat allens betahlen will för en Sünner, de richt't is?", fraagt he.

Ja, seggt de Jung, wenn he em man ünner de Eerde kriggt, denn so will he woll dat Graffbeer betahlen vun dat beten, wat he hett.

Do breken se de Wientapper rut ut'e Iesklump un leggen em in en christliche Graff, se singen un lüden oever em, un de Preester segent em in, un se drinken Graffbeer mit Lachen un Weenen.

Man as de Jung dat Graffbeer betahlt hett, hett he blots noch en paar Schillings in'e Tasch.

He maakt sik wedder up'e Padd; man he is noch nich wied kamen, do kümmt dar en Mann achter em, de fraagt, um em nich dücht, dat is traag un gahn so alleen.

Nee, dat dücht de Jung nich, denn he hett ümmer wat un denken na oever, seggt he.

Man he kann vellicht liekers en Deener bruken, seggt de Mann.

„Nee", seggt de Jung, „ik bün dat wennt un we'n min eegne Deener. Un wenn ik dat uck wull, dat kann ik mi gar nich leisten, ik heff keen Geld för Kost un Lohn."

„En Deener bruukst du, dat weet ik beter as du", seggt de Mann, „un du bruukst een, 'nem du di in

Leven un Dood up verlaten kannst. Un wullt du mi nich as Deener hebben, denn kann ik ja man din Reismacker we'n. Ik versprek di, dat is to din Vördeel, un dat schall di uck keen Penn kosten; ik will al för mi sülven sorgen, un mit Kost un Tüüg hett dat keen Noot."

Ja, up so'n Aart un Wies will he em denn geern as Reismacker hebben.

Do reisen se denn tosamen wieder, un de Mann geiht tomeist vörut un wiest de Weg.

Se sünd al wied dör de Länner reist, oever Bargen un Heiden, do kamen se an en Dwerbarg. Do kloppt de Reismacker dar an un seggt, se schoe'n upmaken. Do geiht 'n uck richtig up för se, un as se wied in'e Barg rinkamen sünd, kümmt se en Hex in'e Mööt un seggt: „Wes so guut un sett ju dal, I sünd doch sachs möö'."

„Sett du di man sülven dal!", seggt de Reismacker.

Do mutt se sik dalsetten, un as se sik dalsett hett, blifft se dar sitten, denn de Stohl is vun de Aart, de lett keeneen los, de 'n neeg kümmt. Wieldes gahn se in'e Barg rum, un de Reismacker kickt sik um, bet he en Swert wies ward, dat hängt oever de Dör. Dat will he afsluut hebben, un kriggt he dat, seggt he de Hex to, denn will he ehr vun'e Stohl losmaken.

„Nee", schriet se, „allens, blots dat nich! All dat anner kannst du kriegen, man dat nich, dat is min Dreesüsterswert!" – Se sünd dree Süstern we'n, de hett dat mit'nanner hört.

„Ja, denn kannst du dar sitten blieven, bet de Welt vergeiht", seggt de Mann.

Man as se dat hört, seggt se, he kann dat kriegen, wenn he ehr blots losmaken will.

Do nimmt he dat Swert un geiht dar weg mit, man he lett ehr dar liekers sitten.

As se wied gahn sünd oever kahle Bargen un wiede Heiden, do kamen se wedder an en Dwerbarg. Dar kloppt de Reismacker an un seggt, se schoe'n upmaken. Un do geiht dat as dat Mal vörher, de Barg deit sik up för se, un as se wieder rinkamen in'e Barg, kümmt se en Hex in'e Mööt mit en Stohl un seggt, se schoe'n sik man dalsetten; se sünd doch sachs möö', seggt se.

„Sett du di man sülven", seggt de Reismacker, un do geiht ehr dat jüst so as ehr Süster, se kann nich anners, un as se up'e Stohl kümmt, blifft se sitten, 'nem se sitt. Wieldes gahn de Jung un sin Reismacker in'e Barg rum, un he maakt all de Schappen un Schuuven up, bet he finnt, wat he söcht: Dat is en Goldkluun. De will he afsluut hebben, un he seggt dat Wief to, wenn se em de gifft, denn will he ehr losmaken vun'e Stohl. Do seggt se, he kann allens kriegen, wat se hett, man de will se nich loswe'n, denn dat is ehr Dreesüsterkluun. Man as se hört, se schall dar sitten blieven bet an't Jüngste Gericht, wenn he de nich kriggt, do seggt se, denn schall he 'n man nehmen, wenn he ehr man blots losmaken will. De Reismacker nimmt 'n, man he lett ehr liekers dar sitten, 'nem se sitt.

Denn gahn se wedder dagelang oever Heiden un dör Holt, bet se wedder an en Dwerbarg kamen. Dar geiht dat jüst so as bi de beide annern: De Reismacker kloppt an; de Barg geiht up, un binnen in'e Barg kümmt en Hex mit en Stohl un seggt, se schoe'n sik man dalsetten. Man de Reismacker seggt: „Sett du di man sülven", un denn sitt se dar. Se sünd noch nich dör vele Kamern gahn, do warrn se en ole Hoot wies, de hängt up en Haak achter de Dör. De will de Reismacker hebben, man de Oolsch will 'n nich hergeven, denn dat is ehr Dreesüsterhoot, un wenn se de weggifft, denn is dat ehr Unglück. Man as se hört, se schall dar sitten blieven, bet de Welt vergeiht, wenn he de Hoot nich kriggt, do kann he 'n nehmen, wenn se man loskümmt. Un as de Reismacker de Hoot hett, seggt he, se schall man sitten blieven, 'nem se sitten deit, jüst so as ehr Süstern.

Upletzt kamen se an en Water. Dar nimmt de Reismacker de Goldkluun un smitt 'n so dull gegen de Barg güntsiet, dat 'n wedder t'rüggkümmt, un as he 'n en paarmal smeten hett, ward dar en Brügg vun. Dar gahn se up oever dat Water, un as se up'e anner Siet sünd, seggt de Mann to de Jung, he schall de Faden wedder upwickeln, un dat so gau, as he kann. „Wenn wi de nich gau nugg upwickelt kriegen, denn kamen de dree Hexen un rieten uns in Stücken", seggt he. De Jung wickelt so gau, as he man kann, un as dar nich mehr na is as dat letzte beten Faden, kamen de Hexen anstörmt. Se susen dal na't Water, dat dat man so dampt, un griepen na dat Enne; man se kriegen dat nich faat, un do versupen se dar.

As se noch en paar Daag gahn sünd, seggt de Reismacker: „Nu kamen wi bald na dat Slott, 'nem de Königsdochter is, 'nem du vun dröömt hest, un wenn wi dar henkamen, musst du ringahn un de König vertellen, wat du dröömt hest un warum du up Reisen büst." As se denn henkamen, deit he dat uck, un he ward woll so fein upnahmen. He kriggt en Stuuv för sik sülven un een för sin Deener för un wahnen in, un as dat to Etenstied geiht, ward he inladen to Middag an'e König sin Disch.

As he de Königsdochter to seh'n kriggt, kennt he ehr foorts wedder, un do is dat würklich de, vun de he dröömt hett, dat he ehr kriegen schall. He vertellt ehr sin Warv, un do seggt se, se mag em woll lieden un will em geern nehmen, man eerst mutt he noch dree Proven bestahn. As se eten hebben, gifft se em en gollne Scheer un seggt: „De eerste Proov is, du musst düsse Scheer uphegen un mi morrn Middag weddergeven; dat is ja keen sware Proov, denk ik", seggt se un treckt en sure Snuut; „man kannst du dat nich, denn kost't di dat din Leven, sodennig is dat fastleggt, un denn warrst du richt't un up't Rad flecht't, un din Kopp ward up en Stang staken, so as de Friers, de se's Brägenkastens du buten vör de Finstern seh'n kannst." Dar hängen Mannsköppe rund um'e Königshoff, so as dar to Harvst Kreihen sitten up'e Tuunpahlen.

Na, dat is ja keen Kunst, denkt de Jung. Man de Königsdochter is so lustig un unbannig un fichelt sodennig mit em, dat he rein sik sülven un de Scheer vergitt. Un wieldes se dar rumspelen un dalvern, luxt se em de Scheer af, un he markt dar nix vun.

As he to Avend rupkümmt in'e Kamer un vertellt, wo em dat gahn hett, un vun'e Scheer snackt, de se em geven hett to uphegen, seggt de Reismacker: „Du hest de dare Scheer doch woll noch?" Do föhlt he na in sin Taschen, man dar is keen Scheer, un de Jung ward rein leeg topass, as he markt, de is weg.

„Ja, ja, nu beruhig di man, ik will seh'n un kriegen de wedder", seggt de Reismacker un geiht dal in'e Stall. Dar steiht en grote, degte Zegenbuck, de hört de Königsdochter, un de kann fleegen, vel, vel gauer, as 'n up'e Koppel lopen kann. Do nimmt he dat Dreesüsterswert un haut 'n dar twüschen de Hoorns mit un fraagt: „Wannehr ritt de Königsdochter vunnacht na ehr Leevste?" De Buck meckert un seggt, dat dörv he nich seggen, man do kriggt he noch een neiht, un do seggt he, de Königsdochter kümmt Klock ölven. De Reismacker sett de Dreesüsterhoot up, un do is he nich mehr to seh'n, un denn töövt he, bet se kümmt. Se geiht bi un smert de Buck mit en Salv, de hett se mitbröcht in en Buddel, un denn seggt se: „Tohööcht, tohööcht, oever Dackfast un Toorn, oever Land, oever Water, oever Barg, oever Dal, na min Leevste, de vunnacht up mi luert in'e Barg!" Jüst as de Buck afste' neiht, hoppt de Reismacker achtern up, un denn geiht dat dör de Luft as de Wind, un se sünd nich lang' ünnerwegens. Upmal stahn se vör en Dwerbarg. Dar kloppt se an, un denn geiht dat rin mit se in'e Barg na de Hexenmeister, ehr Leevste.

„Nu is dar en nüe Frier kamen, de mi hebben will, min Leevste", seggt de Königsdochter. „He is jung un smuck, man ik will keen anner hebben as di", seggt se un ward ficheln mit de Hexenmeister. „Ik heff em en Proov sett, un hier is de Scheer, de schull he uphegen un verwahren, nu verwahr du de man!", seggt se. Do lachen de beiden so vun Harten, as harrn se de Jung al an Galgen un Rad.

„Ja, de will ik woll uphegen un guut verwahren, un denn will ik slaapen in'e Bruut ehr Arm, wenn de Kreihen hacken in de Jung sin Darm", seggt de Hexenmeister un leggt de Scheer in en ieserne Kist mit dree Sloet an. Man jüst, as he de Scheer in'e Kist glieden lett, nimmt de Reismacker 'n weg. Em kann jo keen vun se seh'n, he hett ja de Dreesüsterhoot up, un denn slütt de Hexenmeister de Kist to för nix, un de Sloeteln verwahrt he in sin holle Kuus, dar sitt Hexenkraft in. Dar ward de Jung sachs Mars hebben un finnen 'n, meent he.

Na Middernacht maakt se sik wedder up'e Weg na Huus. De Reismacker sett sik achter ehr up'e Buck, un dat duert nich lang', do sünd se dar.

To Middag ward de Jung an de König sin Disch beden. Man do hett de Königsdochter sik so groot-snutig un is so stolt un stiev, se kickt knapp mal na de Siet, 'nem de Jung sitt.

As se eten hebben, sett se denn richtig so'n Fierdags-gesicht up un fraagt honnigsööt: „De Scheer, de ik di güstern geven heff, dat du 'n upwahren schu'st, de hest du doch sachs noch?"

„Ja, heff ik, hier is 'n", seggt de Jung, kriggt 'n ut'e Tasch un smitt 'n up'e Disch, dat 'n arig wedder tohööcht hoppt. De Königsdochter harr sik nich duller verfehr'n kunnt, wenn he ehr de Scheer in't Gesicht smeten harr. Man se begrippt sik un deit schietenfründlich un seggt:

„Wo du de Scheer so fein verwahrt hest, kann dat för di ja nich swaar we'n un hegen min Goldkluun up un verwahren de, dat du mi de morrn Middag wedder-giffst. Man hest du 'n denn nich, kost't di dat din Leven, un du warrst richt't, sodennig is dat fast-leggt," seggt se.

Dat is ja wieder nich gefährlich, meent de Jung un nimmt de Goldkluun un stickt 'n in'e Tasch. Man do kümmt se bi un spaßen un ficheln mit em, dat he sik un de Goldkluun vergeten deit. Un wieldes se dar recht rumspelen un dalvern, klaut se em de un lett em gahn.

As he rupkümmt in'e Kamer un vertellt, wat se snackt un daan hebben, fraagt de Reismacker: „Du hest ehr Goldkluun doch woll noch?"

„Ja, klaar", seggt de Jung un langt in'e Tasch, 'nem he de instaken hett. Man nee, he hett keen Goldkluun, un nu verfehrt he sik so dull, he weet rein nich, wat he upstellen schall.

„Ja, ja, nu krieg di man wedder in", seggt de Reismacker, „ik will mal toseh'n un kriegen 'n wedder faat." He nimmt dat Swert un de Hoot un geiht na en Smidt un lett twölf Liespund[1] Iesen an sin Swert an-smeden.

As he in'e Stall kümmt, gifft he de Buck een twüschen de Hoorns, dat de dingeln ward, un denn fraagt he: „Wannehr ritt de Königsdochter vunnacht na ehr Leevste?"

„Klock twölf", meckert de Buck.

De Reismacker sett sik wedder de Dreesüsterhoot up un töövt, bet se anstörmt kümmt mit de Salvenbuddel un smert de Buck in. Denn seggt se as dat eerste Mal: „Tohööcht, tohööcht, oever Dackfast un Toorn, oever Land, oever Water, oever Barg, oever Dal, na min Leevste, de vunnacht up mi luert in'e Barg!" Jüst as de Buck afste' neiht, hoppt de Reismacker achtern up, un denn geiht dat dör de Luft as de Wind, un se sünd nich lang' ünnerwegens. As se vör de Hexenbarg kamen un se dreemal ankloppt hett, geiht dat rin mit se in'e Barg na de Hexenmeister, ehr Leevste.

---

[1] Liespund = ca. 7 kg

„Wodennig hest du de gollne Scheer verwahrt, de ik di güstern geven heff, min Leevste?", seggt de Königsdochter. „De Frier harr 'n un hett 'n mi weddergeven."

Dat versteiht he nich, seggt de Hexenmeister, he hett 'n doch inslaten in en Kist mit dree Sloet vör, un de Sloetel hett he in sin holle Kuus verwahrt. Man as se upsluten un nakieken, hett de Hexenmeister keen Scheer in'e Kist. Denn vertellt de Königsdochter, se hett de Frier nu ehr Goldkluun geven.

„Hier is 'n", seggt se, „ik heff em de wedder afluxt, ahn dat he dat marken dä. Man wat schoe'n wi uns nu mal infallen laten, wo he so'n Künste kann?"

Ja, dat weet de Hexenmeister uck nich recht. Man as se en beten oeverleggt hebben, fallt se in, se woe'n en grote Füer maken un de Goldkluun upbrennen, denn kann he de ja ganz bestimmt nich faat kriegen. Man as se de Kluun in't Füer smieten, steiht de Reismacker darbi un grippt 'n, un keen vun se ward dat wies, denn he hett ja de Dreesüsterhoot up.

As de Königsdochter en Tiedlang bi de Hexenmeister we'n is un dat hen to Morrn geiht, reist se wedder af na Huus. De Reismacker sett sik achtern up'e Buck bi ehr, un in Null Komma nix sünd se dar.

As de Jung hen schall to Middag, gifft de Reismacker em de Kluun. De Königsdochter is noch stolter un kroetiger as dat Mal vörher, un as se eten hebben, knippt se de Lippen tohopen un seggt: „Kann ik nu woll min Goldkluun wedderkriegen, de ik di güstern to Upwahrn geven heff."

„Ja", seggt de Jung, „de scha'st du hebben, hier is 'n", seggt he un haut 'n up'e Disch, dat de Disch hoppen ward un de König vör Schreck tohöcht springt.

De Königsdochter ward so blass as en Liek. Man se begrippt sik gau wedder un seggt, dat hett he ja guut maakt; nu hett se blots noch een lütte Proov för em. „Wenn du nu so nett büst un kannst mi bet morrn Middag dat herkriegen, 'nem ik nu an denken do, denn so kriggst du mi, un ik bün din", seggt se.

De Jung hett dat Geföhl, he is to'n Dood verordeelt. He meent, dat kann doch keeneen weeten, wonem se an denken deit, un dat herkriegen eerst recht nich. Un as he denn rupkümmt na sin Kamer, kann he sik uck knapp wedder inkriegen. De Reismacker seggt blots, he schall man ganz ruhig we'n, he kriggt dar sachs Reegel up'e Kraam, jüst so as de beide anner Malen. Un toletzt kümmt de Jung denn to Ruh un leggt sik to slapen.

Wieldes suust de Reismacker na de Smidt un lett sik veeruntwintig Liespund Iesen and sin Swert ansmeden, un as dat daan is, geiht he na de Stall un neiht de Buck sodennig een twüschen de Hoorns, dat 'n man so an'e Wand küselt.

„Wannehr schall de Königsdochter vunnacht na ehr Leevste?", fraagt he.

„Klock een", meckert de Buck.

Hen to de Tied steiht de Reismacker in'e Stall mit de Dreesüsterhoot up, un as se de Buck insmert hett un hett seggt, wat se seggen mutt, dat se tohööcht schoe'n na ehr Leevste, de up ehr töövt in'e Barg, geiht dat wedder vun'e Hoff dör Wind un Wedder, un de Reismacker sitt achtern up. Man dütmal is he nich sachthannig, he puult de Königsdochter hier mal een bi un neiht ehr dar mal een un haut ehr meist toschannen. As se vör de Barg kamen, kloppt se an'e Dör, dat 'n upgeiht, un do susen se rin in'e Barg na ehr Leevste.

As se dar rinkümmt, jammert se un kann sik gar nich inkriegen un seggt, se hett nich wusst, dat dat Wedder so hart we'n kunn. Man ehr dücht, dar is een mit we'n, de ehr un uck de Buck haut hett, un se is wiss grön un blau an't heele Liev, so leeg hett ehr dat ünnerwegens gahn. Un denn vertellt se, de Frier hett uck de Goldkluun bibröcht. Wodennig dat togeiht, dat versteiht se nich un de Hexenmeister uck nich.

„Man weetst, wat ik mi nu utdacht heff?", fraagt se.

Nee, dat kann de Hexenmeister ja nich weeten.

„Ja", seggt se, „ik heff seggt, he schall mi bet morrn dat herkriegen, 'nem ik jüst an dach'e, un dat weer din Kopp. Meenst du, he kann de bibringen, min Leevste?", fraagt de Königsdochter un eit de Hexenmeister.

„Dat gloov ik nu nich", seggt de Hexenmeister un deit dar en Eed up, un denn lacht he un grunst duller as en Wildswien, un de Hexenmeister un de Königsdochter denken, dat ehrer de Jung an Rad un Galgen kümmt un de Kreih em de Ogen uthackt, as dat he de Hexenmeister sin Kopp bibringen kann.

As dat bi lütten Morrn ward, will se wedder na Huus; man se is bang', seggt se, denn ehr dücht, dar weer een achter ehr, un se truut sik nich un reisen alleen na Huus. De Hexenmeister schall ehr doch man na Huus bringen. Ja, dat will he noch, un he kriggt sin Buck rut – he hett en Macker to de Königsdochter ehr – un smert un salvt 'n uck düchtig twüschen de Hoorns. As de Hexenmeister sik upsett hett, hängt de Reismacker sik achter em, un denn geiht dat afste' dör de Luft na de Königshoff. Man ünnerwegens vertimmert de Reismacker de Hexenmeister un de Buck un gifft se Hau um Hau un Slag um Slag mit sin Swert, un do sacken se ümmer wieder dal, un toletzt sünd se nich wied vun af un fallen in'e See, 'nem se jüst oeverweg fleegen. As de Hexenmeister markt, dat steiht nich to'n besten mit em, bringt he de Königsdochter liek na Huus na de Königshoff un blifft butenvör stahn, dat he seh'n kann, um se uck guut na Huus kümmt. Man jüst as de Königsdochter de Dör tomaakt, haut de Reismacker de Hexenmeister de Kopp af un geiht dar rup in'e Kamer na de Jung mit. „Hier hest du dat, 'nem de Königsdochter an dacht hett", seggt he.

Ja, do is denn ja woll allens in'e Reeg, un as de Jung dalbeden ward to Disch, un se hebben eten, do is de Königsdochter so upkratzt as en Lewark.

„Na, hest du dat, 'nem ik an dacht heff?", fraagt se.

„Ja, wiss heff ik dat", seggt de Jung, he treckt de Kopp ünner sin Jack rut un haut 'n up'e Disch, dat de ganze Kraam oever Kopp geiht. De Königsdochter ward utsehn, as harrn se ehr ut'e Kuhl kleit. Man se kann dat ja nich afstrieden, dat is't, 'nem se an dacht hett, un nu mutt he ehr kriegen, so as se em dat toseggt hett. Do ward dar denn Bruutbeer drunken, un dar is grote Freud in't heele Königriek.

Man de Reismacker nimmt de Jung bisiet un seggt to em, he kann in'e Bruutnacht geern de Ogen tomaken un so doon, as wenn he slöppt, man wenn em sin Leven leev is un he na em hören will, denn dörv he dar keen Slaap rinkamen laten, ehrer he ehr friemaakt hett vun ehr Hexenhuut, de se an sik hett. Un de schall he ehr afpietschen mit en Rood vun negen nüe Barkenbessens un denn afwaschen in dree Foet mit Melk. Eerst schall he ehr schrubben in en Fatt mit vörjoehrige Waai[1], denn afrieven in sure Melk un toletzt afspölen in en Fatt mit söte Melk. De Bessens liggen ünner't Bett, seggt he, un de Melkfoet hett he in'e Eck henstellt, dat is allens torecht. Ja, de Jung seggt em to, he will up em hören un doon, wat he seggt.

As se to Nacht in't Bruutbett liggen, deit de Jung, as wenn he inslöppt. De Königsdochter stütt't sik hooch up'e Ellbagen un kickt, um he slapen deit un kettelt em ünner de Näs. De Jung slöppt geruhig wieder. Do treckt se em an'e Haar un an'e Baart. Man he slöppt as en Boom, meent se. Do kriggt se en grote Slacht-termess ünner ehr Koppkissen rut un will em de Kopp afhau'n. Man de Jung kümmt hooch, haut ehr dat Mess ut'e Hand un kriggt ehr bi de Haar. Denn pietscht he ehr mit de Roden, bet dar nich een Pinn mehr vun na is. As he dar klaar mit is, smitt he ehr in dat Fatt mit Waai, un do kriggt he to seh'n, wat för'n Deert se is; se is swatt as en Kreih an't heele Liev, man as he ehr schrubbt hett in'e Waai un afreven in sure Melk un spöölt in söte Melk, do is de Hexenhuut afgahn vun ehr, un se is so sööt un smuck, so smuck is se noch nie nich we'n.

De neegste Dag seggt de Reismacker, se moeten up'e Reis. Ja, de Jung is reisferdig un de Königsdochter uck, denn de Utstüer is al lang' torecht. Bi Nacht haalt de Reismacker all dat Gold un Sülver un all de kostbare Saken, de vun'e Hexenmeister in'e Barg t'rüggbleven sünd, na de Königshoff, un as se denn

---

[1] Waai = Molke

morrns afreisen woe'n, is dat up'e heele Hoff so vull, dat se dar meist nich mehr dörkamen koenen. De dare Utstüer is mehr weert as de König sin Land un Riek, un se weeten gar nich, wodennig se dat all mitkriegen schoe'n. Man de Reismacker weet dar Raat för. Dar sünd vun'e Hexenmeister noch söss so'n Bücke na, de fleegen koenen. Dar laden se so vel Gold un Sülver up, dat se lopen moeten un nich upstiegen un darmit fleegen koenen, un wat de Bücke nich drägen koenen, mutt an'e Königshoff blieven. Denn reisen se wied un noch wieder, man toletzt sünd de Bücke so fix un ferdig, dat se nich mehr lopen koenen. De Jung un de Königsdochter weeten sik keen Raat, man as de Reismacker süht, se koenen nich wieder, do nimmt he de ganze Kraam up'e Nack, leggt de Bücke baven up un driggt dat denn allens so wied, dat dar nich mehr as en gude halve Miel darhen is, 'nem de Jung to Huus is. Denn seggt de Reismacker: „Nu moeten wi vuneen gahn, ik kann nich mehr bi di blieven." Man de Jung will nich vun em af, he will em up gar keen Fall gahn laten. Na, do blifft he noch en halve Miel, man wieder kann he nich mitgahn, un wat de Jung uck beden un em nödigen deit, he schall doch mit em na Huus kamen un bi em blieven oder tominnst bi sin Vadder mit Willkamensbeer drinken, de Reismacker seggt nee, dat kann he nich.

Do fraagt de Jung, wat he dar för hebben schall, dat he mit we'n is un em hulpen hett.

Wenn dat denn afsluut wat we'n schall, denn schall he em dat dat Halve geven vun allens, wat he in fiev Jahr tohopenbringt, seggt de Reismacker.

Ja, dat schall he kriegen.

As he weg is, lett de Jung all sin Riekdom t'rügg un reist mit leddige Hänne na Huus. Denn drinken se Willkamensbeer, dat dat oever soeven Königrieken to hören un to marken is, un as se dar ferdig sünd mit, hebben se de heele Winter to doon mit de Bücke un de twölf Perde, de sin Vadder hett, bet se all dat Gold un Sülver na Huus krittet hebben. –

Na fiev Jahr kümmt de Reismacker wedder un will sin Andeel hebben. Do hett de Mann al allens in twee lieke Deele deelt.

„Man een Deel hest du nich deelt", seggt de Reismacker.

„Wat denn?", fraagt de Mann; „ik dach'e, ik harr allens updeelt."

„Du hest en Kind kregen", seggt de Reismacker, „dat musst du uck in twee Deele deelen."

Tja, dat stimmt. He nimmt dat Swert; man as he dat hoochböhrt un dat Kind dörklöven will, grippt de Reismacker vun achtern de Swertkling', dat he nich tohau'n kann.

„Na, freust du di, dat du nich tohau'n durvst?", fraagt he.

„Ja, so dull heff ik mi noch nie nich freut", seggt de Mann.

„Ja, so heff ik mi freut, as du mi ut'e Iesklump erlöst hest", seggt he. „Behol man allens, wat du hest, ik bruuk nix, denn ik bün en Spöök", seggt he.

He is de Wientapper, de in'e Iesklump vör de Kirchendör inseten hett, 'nem se all up spütten dä'n. Un he is denn sin Reismacker we'n un hett em hulpen, to Dank, dat he allens geven hett, wat he harr, för un geven em Freden un kriegen em christlich in-kuhlt. Do hett he Verlööv kregen un gahn een Jahr lang mit em, un dat is rum we'n, as se do ut'nan-nergahn sünd. Denn hett he Verlööv kregen un seh'n em nochmal wedder. Man nu moeten se för all Tie-den vuneen gahn, denn nu ward dar för em lüüd't mit de Klocken vun't Himmelriek.

De Wittfruu ehr Soehn

Dar is mal en ganz, ganz arme Wittfruu we'n, de hett man een Soehn hatt. Se hett sik afmarst[1] mit de Bengel, bet he kumfermeert weer; man denn seggt se to em, nu kann se em nich mehr dörchfuddern, nu mutt he ut't Huus un sülven sin Broot verdeenen.

Do stevelt de Bengel denn rut in'e Welt, un as he en Dag oder so gahn hett, bemött he en frömde Mann.

„Wonem scha'st du denn up dal?", fraagt de Mann.

„Ik schall rut in'e Welt un seh'n un kriegen mi en Deenst", seggt de Jung.

„Wullt du bi mi deenen?"

„Och ja, jüst so geern bi di as bi en anner een", seggt de Bengel.

„Ja, du kriggst dat uck guut bi mi", seggt de Mann; „du scha'st blots um mi rum we'n, anners hest du nix to doon."

Do blifft de Bengel bi em, kriggt guut to eten un to drinken un hett wenig oder gar nix to doon; man he kriggt uck nie nich en Minsch to seh'n bi de dare Mann.

Mal seggt de Mann to em: „Ik gah nu för acht Daag up Reisen. De Tied bliffst du hier alleen, man du dörfst in keen vun düsse veer Kamern ringahn. Deist du dat doch, maak ik di doot, wenn ik wedderkaam."

Nee, seggt de Jung, dat will he denn uck nich.

---

[1] sik afmarsen = sich abmühen, anstrengen

Man as de Mann en dree, veer Daag weg is, do kann de Bengel sik nich mehr betähmen un geiht rin in de eene Kamer. He kickt sik um, man dar is nix to seh'n as en Riech oever de Dör, un dar liggt en Honnigpotenpietsch[1] up. „Na, dat is uck just wat un verbeeden mi so streng", denkt de Bengel.

As de acht Daag um sünd, kümmt de Mann wedder na Huus.

„Du büst doch woll nich in een vun de dare Kamern we'n?", fraagt he.

„Nee, wat schull ik woll", seggt de Jung.

„Na, dat warr ik ja glieks wies". seggt de Mann un geiht in de Kamer rin, 'nem de Jung in we'n is. „Doch büst du dar in we'n", seggt he, „un nu scha'st du doot."

Do ward de Bengel blarrn un bedeln as dull, un do kann he sin Leven beholen, man en düchtige Swaartvull kriggt he. Man as dat oeverstahn is, sünd se wedder gude Frünnen.

Wat later geiht de Mann wedder up Reisen; do will he veertein Daag wegblieven, man vörher seggt he noch to de Jung, he schall jo nich sin Foot in een vun de Kamern setten, 'nem he noch nich in we'n is. Dar, 'nem he al we'n is, dar kann he geern ringahn. Ja, do löppt dat wedder just so as dat letzte Mal, blots dat de Jung sik nu acht Daag lang betähmt, ehrer he ringeiht. In de dare Kamer süht he uck nix anners as en Riech oever de Dör mit en Feldsteen un en Waterkruuk dar up. Dat is uck wat un we'n bang' för, denkt de Bengel wedder.

---

[1] Honnigpoten = Hagebutten

As de Mann na Huus kümmt, fraagt he, um he is in een vun de Kamern we'n. Nee, seggt he wedder, dar is he nich we'n.

„Ja, dat warr ik ja foorts wies", seggt de Mann, un as he süht, he is dar doch we'n, do seggt he: „So, nu verschoon ik di nich mehr, nu scha'st du doot."

Man de Jung blarrt un bedelt, un do kümmt he dütmal uck mit en Maarsvull weg, aver dat kriggt he uck so vel, as dar up em ruppasst. Man as he wedder risch is, levt he jüst so guut as vörher, un he un de Mann sünd jüst so gude Frünnen.

Na en Tied schall de Mann wedder up Reisen, un nu will he dree Wuchen wegblieven, un do seggt he to de Jung, wenn he in de drütte Kamer ringeiht, denn is dar nich mehr an to denken, dat he an't Leven blifft. As veertein Daag rum sünd, kann de Jung sik nich mehr betähmen, un he witscht rin. Man do süht he dar gar nix, blots en Luuk in'e Del. As he de hoochböhrt un dalkieken deit, do steiht dar nedden en grote Kopperketel un blubbert un kaakt, man he kann dar keen Füer ünner seh'n. Dat weer doch nett un weeten, um dat hitt is, denkt de Jung un stickt dar de Finger rin. As he 'n wedder ruttreckt, is 'n heel un deel vergold't. De Jung schüert un wascht 'n, man dat Gold geiht nich wedder af. Do binnt he dar en Plünn um, un as de Mann na Huus kümmt un fraagt, wat he denn mit sin Finger hett, seggt de Jung, he hett sik so dull sneden. Man de Mann ritt em de Plünn af, un do süht he ja, wat he mit sin Finger hett. Eerst will he de Jung ja dootmaken, man as de wedder blarrt un bedelt, verhaut he em blots, man dat so dull, he mutt dree Daag to Bett liggen. Denn nimmt he en Buddel vun'e Wand, un wat dar in is, dar smert he em mit in, un do ward de Jung foorts wedder risch.

En Tied later geiht de Mann dat veerte Mal up Reisen, un do schall he eerst bi en Maand wedderkamen. Man do seggt he to de Jung, wenn he in de veerte Kamer ringeiht, denn bruukt he dar nich an denken un kamen dar lebennig vun. Een, twee oder dree Wuchen hollt de Jung sik, man denn kann he sik nich mehr betähmen, he mutt in de dare Kamer rin, un do witscht he dar rin. Do steiht dar en grote, swatte Hingst anbunnen mit en Schiettrogg bi de Kopp un en Krüff mit Heu bi de Steert. De Jung dücht, dat is verkehrt, un tuuscht dat um un sett de Krüff bi de Kopp.

Do seggt de Hingst: „Wo du so nett büst un wullt mi wat to freten kriegen laten, will ik di erlösen. Kümmt de Ries na Huus un kriggt di faat, denn maakt he di doot. Man gah du nu man rup in de Kamer liek hier oever un nimm di en Panzer vun de, de dar hängen. Aver nimm blots keen vun de blanken, man de rustigste, de du finnen kannst, de musst du nehmen. Un Swert un Sadel musst du jüst so utsöken."

Dat deit de Jung, man he mutt sik dar arig mit afslepen.

As he wedderkümmt, seggt de Hingst, nu schall he sik nakelt uttrecken un sik in'e Ketel setten, de in de anner Kamer steiht to kaken, un sik dar düchtig waschen. „Denn warr ik wiss grimmig[1]“, denkt de Jung, man he deit dat liekers. As he sik wuschen hett, is he en smucke un staatsche Keerl wurrn, root

---

[1] grimmig = hässlich (dän. grim)

un witt as Melk un Bloot, un hett vel mehr Knoev as vörher.

„Markst du wat, hett sik wat verännert?", fraagt de Hingst.

„Ja", seggt de Jung.

„Versöök mal, um du mi böhren kannst", seggt de Hingst.

O ja, dat kann he, un dat Swert swunkt he as nix.

„So, nu legg mi de Sadel up", seggt de Hingst, „un treck de Panzer an. Denn nimm de Honnigpotenpietsch un de Steen un de Waterkruuk un de Salvenbuddel, un denn glieden wi uns af."

As de Jung denn up't Perd rupklabastert is, geiht dat afste' so gau, dat he gar nich weet, wodennig he vörankümmt.

He ritt en Tied, denn seggt de Hingst: „Mi dücht, ik hör wat droehnen. Kiek di mal um, kannst du wat seh'n?"

„Dar kamen en ganze Barg Keerls achter uns her, bestimmt en twintig Mann", seggt de Jung.

„Ja, dat is de Ries", seggt de Hingst, „nu kümmt he mit sin Lüüd."

Se rieden noch wat, do sünd de, de achterna kamen, al dicht achter se.

„Nu smiet de Honnigpotenpietsch oever de Schuller achter di", seggt de Hingst, „man smiet 'n guut un wied weg vun mi."

Dat deit de Jung, un do wasst dar en grote, dicke Honnigpotenschrupp[1] achter se.

Denn ritt de Jung wedder en ganze lange Enne, wieldes de Ries na Huus mutt un halen wat för un hau'n sik dör de Schrupp dörch.

Man na en Tied seggt de Hingst wedder: „Kiek mal t'rügg, kannst du nu wat seh'n?"

„Ja, en Barg Keerls", seggt de Jung, „as en grote Kirchengemeen."

„Ja, dat is de Ries; nu hett he noch mehr Lüüd mit. Smiet nu de Feldsteen, man smiet 'n guut un wied weg vun mi!"

Foorts, as de Jung deit, wat de Hingst seggt hett, steiht dar achter em en ganz, ganz gewaltig grote Barg up. Do mutt de Ries wedder na Huus un halen wat, 'nem he sik dör de Barg mit hau'n kann, un in de Tied ritt de Jung en düchtige Stück wieder.

Man denn seggt de Hingst wedder, he schall sik mal umkieken, un do süht he, dat wimmelt as en ganze Kriegsheer, un de sünd so blank, dat blinkert man so. „Ja", seggt de Hingst, „dat is de Ries. Nu hett he all sin Lüüd mit. Kipp nu de Waterkruuk achter di ut, man pass jo up, dat du nix up mi speuten deist!" Dat deit de Jung, man wodennig he sik uck vörseh'n deit, he kümmt doch to un speuten de Hingst een Drüpp up'e Lenn. Do ward dar en ganz, ganz grote Water, un vun de Drüpp, de he verspeutet hett, kümmt dat Perd deep in't Water to stahn. Man dat swümmt doch an Land. As de Riesen an't Water ka-

_____

[1] Schrupp = Kratt, Gestrüpp

men, leggen se sik dal un woe'n dat utsupen, un do slappen se dat in sik, bet se bassen.

„So, nu sünd wi se los", seggt de Hingst.

Denn reisen se en ganz, ganz lange Tied; toletzt kamen se up en gröne Platz in en Holt. „So, nu legg de Panzer un allens af un treck blots din plünnige Tüüg an", seggt de Hingst. „Denn nimm mi de Sadel af un laat mi lopen, un häng dat allens hier in de holle Linn. Denn maakst du di en Prüük vun Witte Moss[1] un geihst rup na de Königshoff, de is hier dicht bi, un dar fraagst du um en Deenst. Wenn du mi bruken deist, kumm man blots hierher un schüddel de Toom, denn kaam ik hen na di."

Na, de Jung deit ja, wat de Hingst seggt hett, un as he de Mossprüük up hett, ward he so elend un bleek un tußelig utsehn, he is rein nich un kennen wedder. He kümmt denn na de Königshoff un fraagt, um he kann ankamen in'e Koek un slepen Water un Holt för de Kock.

Man do fraagt de Koekenbaas: „Warum hest du de dare grimmige Prüük up? Nimm 'n af, vun sowat Ekliges will ik hier binnen nix weeten."

„Dat kann ik nich", seggt de Jung, „ik heff so'n Schinn up'e Kopp."

„Ja, meenst du, denn will ik di hier bi't Eten hebben?", seggt de Kock. „Gah dal na de Stallmeister, du passt an besten to un missen de Stall ut."

Man as de Stallmeister seggt, he schall de Prüük afnehmen, krigt he datsülve to hören. „Gah man na de

---

[1] Witte Moss = Rentierflechte (Cladonia rangiferina)

Gaarner", seggt he, „du passt an besten to un graven um."

Bi de Gaarner dörv he denn blieven. Man keen vun de anner Deensten will mit em tohopen husen; do mutt he alleen ünner de Trepp vun't Lusthuus slapen; dat steiht up Pahlen un hett en hoge Trepp. Dar ünner kriggt he en beten Moss as Bett, un dar liggt he denn so guut, as't geiht.

He is al en ganze Tied an'e Königshoff, do kümmt dat mal een Morrn, jüst as de Sünn upgeiht, dat de Jung sin Mossprüük afnahmen hett un steiht un wascht sik. Un do is he so smuck, dat is rein en Freud un kieken em an.

De Prinzessin ward de smucke Gaarnerjung wies baven vun ehr Finster, un ehr dücht, so'n smucke Keerl hett se noch nie nich sehn. Do fraagt se de Gaarnbaas, warum he buten ünner de Trepp liggt.

„Och", seggt de Gaarner, „keen vun de anner Deensten will mit em tohopen husen."

„Denn laat em vunavend man rupkamen un bi min Kamerdör liggen, denn warrn se sik sachs nich mehr för to guut holen un liggen mit em in een Stuuv", seggt de Prinzessin.

De Gaarner seggt dat to de Jung.

„Meenst, ik schall dat doon?", seggt de Jung. „Naher seggen se, ik heff wat mit de Königsdochter."

„Ja, dar hest du uck jüst Grund un we'n bang' vör", seggt de Gaarner, „so smuck, as du büst!"

„Na ja, wenn du dat seggst, denn mutt ik dat ja man doon", seggt de Jung.

As he to Avend de Trepp rup schall, trampt un stampt he sodennig, dat se to em seggen moeten, he schall sachten gahn, dat de König dat nich hört. He kümmt rin un leggt sik dal un fangt foorts an un snorkt. Do seggt de Prinzessin to ehr Kamerdeern: „Slieker di mal hen un nimm em de dare Prüük af." Un dat deit se, man as se 'n jüst faatnehmen will, hollt he 'n fast mit beide Hänne un seggt, de kriggt se nich. Denn leggt he sik wedder to snorken. De Prinzessin gifft de Kamerdeern nochmal en Wink, un do kriggt se sik de Prüük snappt. Do liggt de Jung dar so fein un root un witt, as de Prinzessin em sehn hett in'e Morrnsünn. Vun do an liggt de Jung elkeen Nacht baven in een Kamer mit de Prinzessin.

Man dat duert nich lang', un de König ward dat wies, dat de Gaarnerjung elkeen Nacht bi de Prinzessin in'e Kamer slöppt, un do ward he so splitterndull, he harr em meist um'e Eck bröcht. Man dat deit he denn doch nich, man he sett em in't Kaschott, un sin Dochter sparrt he in in ehr Kamer, un dar dörv se nie nich rut, nich bi Nacht un nich bi Dag. Wat se uck blarrt un bedelt för sik un de Jung, dat helpt allens nix; de König ward dar blots ümmer füünscher vun.

Wat later gifft dat Krieg in't Land, un de König mutt gegen en anner König trecken, de will em sin Riek wegnehmen. As de Jung dat hört, seggt he to de Uppasser in't Kaschott, he schall doch för em na de König gahn un em be'n, dat he Panzer un Swert kriggt un mit in'e Krieg dörv. De annern warrn all lachen, as de Uppasser ankümmt mit sin Warv, un seggen, de König schall em doch man wat ole Kloeterkraam to antrecken geven, denn koenen se dar doch se's Spaaß an hebben un seh'n so'n Stackel mit in'e Krieg trecken. Dat kriggt he, un darto en ole Krack, de up dree Beens humpelt; dat veerte Been treckt 'n na.

Do trecken se denn de Fiend in'e Mööt; man se sünd noch nich wied wegkamen vun'e Königshoff, do blifft de Jung mit sin ole Schinner steken in en Matschlock. Dar sitt he nu un haut 'n de Hacken in'e Rippen un sleit mit'e Toegel: „Hüh, los mit di! Hüh, los mit di!" seggt he to de Krack. Dar hebben de annern richtig se's Spaaß an un lachen un maken Narr na de Jung, as se vörbirieden. Man knapp sünd se weg, do löppt he hen na de Linn, treckt sik sin Panzer an un schüddelt de Toom. Foorts kümmt de Hingst an un seggt: „Do du din Bestes, denn do ik min!"

As de Jung henkümmt, is de Slacht al in vulle Gang', un de König is böös in'e Kniep. Man dat duert nich lang', do hett de Jung de Fiend wied wegjaagt. De König un sin Lüüd wunnern sik ja bannig, wokeen dat we'n mag, de se to Hülp kamen is. Man keeneen kümmt em so neeg, dat he mit em snacken kann, un as de Slacht to Enne is, do is he weg. As se t'rüggtrecken, sitt de Jung ümmer noch in'e Matschlock un marst sik af mit de dreebeenige Krack. Do warrn se wedder lachen. „Nu kiek ju dat an, dar sitt de dare Schaapskopp ümmer noch", seggen se.

As se de anner Dag wedder lostrecken, sitt de Jung dar noch. Do lachen se wedder un maken Narr na em. Man knapp sünd se vörbi, do löppt he na de Linn, un allens geiht so as de Dag vörher. All wunnern se sik, wat dat för'n frömde Ridder is, de se hulpen hett, man keeneen kümmt em so neeg, dat he em an't Woort kümmt. Un dar kümmt ja keeneen up, dat dat de Jung we'n kunn, versteiht sik.

As se to Avend na Huus trecken un sehn de Jung dar ümmer noch up sin Krack sitten, lachen se em ut, un een schütt en Piel na em un dröppt em in't Been. Do ward he bölken un sik tier'n, dat is gresig un hör'n dat an. Do smitt de König em sin Snuuvdook hen, dat he dat dar umbinnen schall.

As se de drütte Morrn wedder lostrecken, sitt de Jung wedder in't Matschlock fast. „Hüh, los mit di! Hüh, los mit di!", bölkt he na de Krack.

„Nee, nee, he blifft dar noch sitten, bet he doothungert is", seggen de König sin Lüüd, as se vörbirieden, un denn lachen se oever em, dat se meist vun't Perd fallen.

Knapp sünd se weg, do löppt he wedder hen na de Linn un kümmt na de Slacht, jüst as dat up ankümmt. De dare Dag sleit he de anner König doot, un do is de Krieg foorts to Enne.

As de Slacht vörbi is, ward de König sin Snuuvdook wies, dat hett de frömde Ridder um't Been, un dar kann he em licht an kennen. Do nehmen se em mang sik mit na de Königshoff. De Prinzessin süht em baven vun't Finster, un se freut sik, dat gloovst du gar nich: „Dar kümmt min Leevste uck!", seggt se. Denn kümmt de Salvenbuddel in't Spill; eerst smert he sik sülven dat Been in, un denn all de, de verwunnt sünd, un do warrn se all foorts wedder beter.

Do kriggt he denn de Königsdochter to Fruu. Man as he dalkümmt in'e Stall na de Hingst, do steiht de dar so trurig un lett de Ohren hängen un will nich freten. As de junge König – denn do is he König wurrn un hett dat halve Riek kregen – as he mit 'n snackt un fraagt, wat em fehlt, do seggt de Hingst: „Nu musst du dat Swert nehmen un mi de Kopp afhau'n!"

„Nee, dat do ik ganz bestimmt nich", seggt de nüe König, „man du scha'st allens hebben, wat du wullt, un ümmer in en feine Stall stahn."

„Tja, wenn du nich deist, wat ik segg, denn bring ik di um'e Eck", seggt de Hingst.

Do mutt de König dat ja doon; man as he dat Swert tohööcht böhrt un tohau'n will, is he dar so leeg topass bi, he mutt de Kopp wegdreihn, dat he dat nich süht. Man knapp hett he de Kopp afhaut, do steiht dar, 'nem de Hingst stahn hett, de smuckste Prinz.

„Wonem in alle Welt kümmst du denn her?", fraagt de König.

„De Hingst, dat weer ik", seggt de Prinz. „Ik weer mal König in dat Land, 'nem du güstern de König vun in'e Slacht doothaut hest. He weer dat, de mi verhext un an de Ries verköfft hett. Nu he doot is, krieg ik min Riek wedder, un du un ik warrn Naverkönigs. Man wi woe'n nie nich Krieg gegen enanner föhren."

Un dat hebben se uck nich daan. Se sünd Frünnen we'n, so lang' as se levt hebben, un de eene hett faken de anner besöcht.

Meistermäten

Dar is mal en König we'n, de hett en paar Soehns hatt – ik weet gar nich mal, wovel dat weer'n –, man de jüngste vun se hett to Huus keen Ruh in'e Maars hatt, he hett för Kroepels Gewalt rut wullt in'e Welt un sik bewiesen, un toletzt hett de König em dar denn Verlööv to geven musst.

As he wecke Daag reist is, kümmt he na en Ries sin Hoff, un do geiht he bi de dare Ries in Deenst. An'e Morrn schall de Ries afste' un wahren sin Zegen, un as he vun'e Hoff geiht, seggt he to de Königssoehn, he schall de Stall utmissen. „Wenn du dat daan hest, bruukst du vundaag nix mehr doon; denn du scha'st man weeten, du büst na en gude Buer kamen", seggt he. „Man wat di updragen is, dat musst du uck ornt-lich doon. Un denn dörvst du up gar keen Fall in een vun de Stuven gahn bet up de Stuuv, 'nem du vun-nacht we'n büst. Deist du dat doch, denn bring ik di um'e Eck."

„Dat is ja würklich en nette Buer", seggt de Königs-soehn to sik sülven. He geiht de Stuvendel up un dal un fleutet un singt, denn em dücht, dat hett noch Tied mit dat Stall-Utmissen. „Man dat kunn ja doch ganz intressant we'n un kieken mal in sin anner Stuven rin. Denn he mutt ja för jichens wat bang' we'n, dat ik dar nich rin dörv", denkt he, un do geiht he rin in de eerste Stuuv. Dar hängt en Ketel an'e Wand un kaakt, man de Königssoehn kann dar keen Füer ünner seh'n. „Wat dar woll in is?" denkt he un düppt dar en Haarlock rin. Do warrn de Haar so, as weern se all vun Kopper. „Dat is ja mal en drullige Supp! Wenn een de probeern dä, kreeg een ja en prachtvulle Snuut", seggt de Jung un geiht in de

Stuuv blangenan. Dar hängt uck en Ketel an'e Wand un blubbert un kaakt, man Füer is dar uck nich ünner. „De mutt ik uck mal probeern", seggt de Königssoehn un düppt dar en Haarlock rin; do warrn de Haar as Sülver. „So'n düre Supp hebben se nichmal an min Vadder sin Hoff", seggt de Königssoehn, „man dat fraagt sik, wodennig de smecken deit." Un darmit geiht he in de drütte Stuuv. Dar hängt uck en Ketel an'e Wand un kaakt, un de Königssoehn hett Lust un probeern dar uck mal. Do düppt he en Haarlock dar rin, un do ward de so blank vergold't, dat dat arig glinstern deit. „Düvel uck!" seggt de Königssoehn, „man wenn he hier al Gold kaakt, wat mag he denn woll dar binnen kaken?" Dat will he seh'n, un he geiht dör de Dör in'e veerte Stuuv rin. Dar is keen Ketel to seh'n, man up'e Bank sitt een, dat is sachs en Königsdochter, man wat för'n Keerl sin Dochter se uck we'n mag, sowat hett de Königssoehn all sin Levdag noch nich seh'n, so smuck, as se is.

„O, in Gotts Naam, wat wullt du denn hier?", fraagt de Deern up'e Bank.

„Ik bün hier güstern in Deenst kamen", seggt de Königssoehn.

„Och, du leeve Gott, dar hest du di aver uck en Stä' utsöcht un deenen!", seggt se.

„Och, mi dücht, ik heff en gude Buer kregen", seggt de Königssoehn, „he hett mi vundaag keen sware Arbeit updragen. Wenn ik de Stall utmisst heff, heff ik Fieravend."

„Ja, un wodennig wullt du dat anstellen?", fraagt se. „Wenn du sodennig utmissen deist, as anner Lüüd dat doon, denn kamen dar tein Forken vull wedder rin för elkeen Fork vull, de du rutsmieten deist. Man ik will di dat bibringen, wodennig du dat maken musst: Du musst de Fork umdreih'n un mit de Stoel utmissen, denn flüggt dat allens vun alleen rut."

Ja, dat will he woll in Acht nehmen, meent de Königssoehn. Un denn blifft he de ganze Dag dar binnen sitten, denn dat duert nich lang', do warrn se sik eenig, se woe'n een de anner hebben, he un de Königsdochter – un do is sin eerste Dag in de Ries sin Deenst em sachs nich lang wurrn, denk ik.

Man as dat hen to Avend geiht, do seggt se, nu schall he man seh'n un kriegen de Stall utmisst, ehrer de Ries na Huus kümmt. As he dal kümmt in'e Stall, will he dat denn mal utprobeern, um dat stimmt, wat se seggt hett, un do geiht he bi un missen ut sodennig, as he dat bi de Knechten bi sin Vadder sehn hett. Man dar mutt he bald mit upholen, denn as he en Ogenblick utmisst hett, is dar meist keen Platz mehr för em un stahn. Do deit he, wat de Königsdochter em lehrt hett, he dreiht de Fork um un misst mit de Stoel, un do duert dat man en Ogenblick, do is de Stall rein, as wenn 'n utschüert is. As he darmit t'recht is, geiht he wedder in de Stuuv, 'nem de Ries em Verlööv geven hett un we'n in, un dar geiht he denn de Del up un dal un fleutet un singt.

Denn kümmt de Ries mit de Zegen.

„Hest du de Stall utmisst?", fraagt de Ries.

„Ja, nu is 'n rein un orntlich, Buer", seggt de Königssoehn.

„Dat will ik seh'n", seggt de Ries un geiht rut in'e Stall; man do is dat richtig sodennig, as de Königs-

soehn dat seggt hett. „Du hest woll mit min Meister-
mäten snackt, wa'? Dat hest du di doch nich ut din
eegne Fingern sagen", seggt de Ries.

„Meistermäten? Wat is dat denn, Buer?", seggt de
Königssoehn un stellt sik so dumm as en Oss. „De
harr ik doch mal Lust un seh'n."

„O, ehr kriggst du noch fröh nugg to seh'n", seggt de
Ries.

De neegste Morrn mutt de Ries wedder afste' mit sin
Zegen. Do seggt he to de Königssoehn, de Dag schall
he sin Perd na Huus halen, dat löppt baven in'e
Wischen, un wenn he dat daan hett, kann he sik för
de Rest vun'e Dag utruhn. „Denn du büst na en gude
Buer kamen, musst du weeten", seggt de Ries wed-
der. „Man geihst du rin in een vun de Stuven, 'nem
ik güstern vun snackt heff, denn dreih ik di dat
Gnick um", seggt he noch, un denn maakt he sik up'e
Socken mit sin Zegenflock.

„Ja, ja, du büst di so'n gude Buer", seggt de Königs-
soehn, „man ik will liekers rin un mit Meistermäten
snacken; vellicht ward se bald jüst so guut min as
din", un do geiht he rin na ehr.

Do fraagt se em, wat he de Dag to doon hett.

„Och, dat is nix Gefährliches, denk ik", seggt de Kö-
nigssoehn. „ik schall blots rup in'e Wischen un sin
Perd halen."

„Ja, wodennig wullt du dat denn anstellen?", fraagt
Meistermäten.

„Och, dat is ja sachs keen grote Kunst un rieden en
Perd na Huus", seggt de Königssoehn. „Ik heff al
männig en kralle Perd reden."

„Na, dat is sachs doch nich so licht to un rieden de dare Hingst na Huus", seggt Meistermäten. „Man ik will di seggen, wodennig du dat anstellen musst. Wenn du 'n ankamen sühst, snüfft 'n Füer un Flammen ut'e Nüstern, as weer dat en Pickfackel. Denn pass guut up un nimm dat Bitt, wat dar achter de Dör hängt, un smiet 'n dat liek in't Muul, denn ward 'n so tamm, dat du 'n mit en Tweernsfaden stüern kannst."

Ja, dar will he woll an denken, un denn sitt he wedder de heele Dag dar binnen bi Meistermäten, un se snacken un kloenen vun düt un dat, de beiden, man an allermeisten geiht dar dar um, wo fein un mooj se dat hebben woe'n, wenn se sik man eerst kriegen un wegkamen koenen vun de Ries. Un de Königssoehn vergitt rein de Wischen un dat Perd, man Meistermäten helpt em denken, as dat to Avend geiht, un seggt, he schall nu man gahn un de Hingst halen, ehrer de Ries kümmt.

Dat deit he denn uck, he nimmt dat Bitt, wat dar in'e Eck hängen deit, un geiht rup na de Wischen, un do duert dat denn uck nich lang', un de Hingst kümmt em in'e Mööt, un dat Füer un rode Flammen slaan 'n ut'e Nüstern. Man de Jung süht sin Snitt, as 'n up em to kümmt mit apen Muul, un smitt 'n dat Bitt liek dar rin, un do steiht de Hingst so gedüllig as en Lamm, un dar is wieder nix bi un kriegen 'n na Huus in'e Stall. Denn geiht he wedder in'e Stuuv un fleutet un singt.

Denn kümmt to Avend de Ries na Huus mit sin Zegen. „Hest du de Hingst vun'e Wisch haalt?", fraagt de Ries.

„Ja, Buer, heff ik. Dat weer fein un rieden up so'n Perd, man ik bün liekers liek na Huus reden un heff 'n in'e Stall stellt", seggt de Königssoehn.

„Dat will ik seh'n!", seggt de Ries. He ja rut in'e Stall, man do steiht de Hingst dar, as de Königssoehn dat seggt hett. „Du hest woll mal mit min Meistermäten snackt, denn dat hest du di doch nich ut din eegne Fingern sagen", seggt de Ries wedder.

„De Buer hett güstern al vun dat dare Meistermäten snackt, un vundaag kümmt wedder desülve Snack. Na, de Buer will mi dat Ding ja sachs nich wiesen, man dat wull ik doch bannig geern mal seh'n", seggt de Königssoehn un stellt sik wedder so dumm un doesig.

„Och, de kriggst du noch fröh nugg to seh'n", seggt de Ries.

De Morrn vun'e drütte Dag will de Ries wedder to Holts mit sin Zegen. „Vundaag scha'st du na de Höll un de Brandschatt halen", seggt he to de Köigssoehn. „Wenn du dar klaar mit büst, hest du de Rest vun'e Dag frie, denn du büst na en gude Buer kamen, musst du weeten", un denn glitt he sik af.

„Ja, so'n gude Buer du uck we'n magst, dat is doch en eklige Arbeit de du mi anschünnen deist", seggt de Königssoehn, „man ik mutt sachs seh'n, um ik din Meistermäten finnen kann. Du seggst ja, se is din, man vellicht vertellt se mi ja doch, wodennig ik dat anstellen mutt." Un denn geiht he hen na ehr.

As Meistermäten nu fraagt, wat de Ries em updragen hett, vertellt he ehr, he schall na de Höll un de Brandschatt halen.

„Wodennig wullt du dat anstellen?", fraagt Meister-
mäten.

„Ja, dat musst du mi woll seggen", seggt de Königs-
soehn, „denn in'e Höll bün ik noch nie nich we'n. Un
wenn ik uck de Weg weeten dä, denn weet ik ja
ümmer noch nich, wovel ik verlangen schall."

„Och ja, dat will ik di woll seggen. Du musst na de
Barg hier achter de Wischen gahn un musst de Küül
nehmen, de dar liggt, un gegen de Siet vun'e Barg
dunsen", seggt Meistermäten. „Denn kümmt dar een
rut, de sprütt Funken. Em musst du din Updrag
seggen, un fraagt he di, wovel du hebben scha'st,
denn seggst du: So vel, as ik drägen kann."

Ja, dar will he woll an denken, seggt he un sitt denn
de heele Dag binnen bi Meistermäten bet laat up'e
Nameddag, un he seet dar sachs noch, harr Meister-
mäten em dar nich an denken hulpen, dat he na de
Höll mutt wegen de Brandschatt, ehrer de Ries
kümmt.

Denn mutt he ja afste', un do deit he akraat dat, wat
Meistermäten seggt hett. He geiht na de Siet vun'e
Barg un kriggt sik de Küül her un dunst dar gegen.
Do kümmt dar een rut, de fleegen de Funken ut
Ogen un Näs. „Wat wullt du?", fraagt he.

„Ik schull hierher för de Ries un halen de Brand-
schatt", seggt de Königssoehn.

„Wovel schall't denn we'n?", fraagt de anner wedder.

„Ik verlang nie nich mehr, as ik uck dregen kann",
seggt de Königssoehn.

„Din Glück, dat du nich en Perdelast verlangt hest",
seggt de, de ut'e Barg rutkamen is. „Denn kumm nu
man mit rin."

Dat deit de Königssoehn, un dar kriggt he di mal Gold un Sülver to seh'n, kann ik di seggen! Dat liggt dar binnen in'e Barg rum as de Steenhupens vör en Steilküst, un denn kriggt he en Last so groot, as he drägen kann, un dar geiht he afste' mit.

As de Ries to Avend na Huus kümmt mit sin Zegen, geiht de Königssoehn binnen in'e Stuuv un fleutet un singt as de beide anner Daag.

„Büst du in'e Höll we'n um de Brandschatt?", fraagt de Ries.

„Ja, bün ik, Buer", seggt de Königssoehn.

„Wonem hest du 'n denn?", fraagt de Ries wedder.

„De Goldsack steiht dar up'e Bank", seggt de Königssoehn.

„Dat will ik seh'n!", seggt de Ries un geiht hen na de Bank. Man dar steiht de Sack, un dat so vull, dat Gold un Sülver kümmt dar foorts rutrisseln, so draa as de Ries dat Sacksband losmaakt. „Du hest woll mit min Meistermäten snackt", seggt de Ries. „Wenn du dat hest, dreih ik di vundaag dat Gnick af."

„Meistermäten?", seggt de Königssoehn. „Güstern hett de Buer al vun dat dare Meistermäten snackt, un vundaag snackt he dar al wedder vun, un ehrgüstern weer dat desülve Snack. Dat Dings wull ik doch to un to geern mal seh'n", seggt he.

„Ja, ja, luer man af bet morrn, denn gah ik sülven mit di hen na ehr", seggt de Ries.

„O, velen Dank uck, Buer; man dat is ja wiss doch man Spaaß", seggt de Königssoehn.

De neegste Dag nimmt de Ries em mit rin na Meistermäten.

„So, nu scha'st du em slachten un kaken in'e grote Ketel, du weetst al, wat ik meen. Wenn du denn ferdig saden hest, segg mi man Bescheed", seggt de Ries. Denn leggt he sik up'e Bank to slapen, un nich lang', do snorkt he, dat de Barg bevert.

Do nimmt Meistermäten en Mess un snitt de Jung in'e lütte Finger un drüppelt dree Blootdrüppen up'e Schemel. Denn nimmt se all de ole Plünnen un Schohsalen un all de Schiet, de se faatkriegen kann un deit dat in'e Ketel. Un denn maakt se en ganze Kist vull mit mahlene Gold, un en Soltsteen und en Waterbuddel, de hängt dar bi de Dör, un en gollne Appel un twee gollne Höhner nimmt se uck noch mit, un dar glieden se un de Königssoehn sik af mit so gau, as se koenen. Un as se en Enne weg sünd, kamen se an'e See; un do seilen se denn – man wonem se upmal en Schipp herkregen hebben, dat weet ik uck nich.

As de Ries en Tied slapen hett, ward he sik mal recken dar up sin Bank. „Is dat bald gaar?", fraagt he.

„Even to kaken kamen", seggt de eerste Blootdrüpp up'e Schemel.

Ja, do leggt de Ries sik wedder to slapen, un he slöppt en lange, lange Tied. Denn dreiht he sik wedder en beten.

„Is dat nu bald gaar?", seggt he, man he kickt nich hooch – dat hett he dat eerste Mal uck nich daan –, denn he is noch halv in Slaap.

„Halv gaar!", seggt de tweete Blootdrüpp, un do meent de Ries wedder, dat is Meistermäten. He dreiht sik mal um up sin Bank un slöppt wedder in.

As he nu wedder en paar Stunnen slapen hett, ward he sik roegen un recken. „Is dat denn noch nich gaar?", fraagt he.

„Jo, is gaar!", seggt de drütte Blootdrüpp.

Do kümmt de Ries in'e Beens un ward sik de Ogen rieven, man de dar snackt hett, kann he nich seh'n. Do söcht he na Meistermäten un röppt ehr. Man nee, dar is keen, de antern deit. „Och ja, se is wiss mal en beten na buten witscht", denkt de Ries. He kriggt sik en Sleef her un will an'e Ketel un probeern. Do is dar nix in as Schohsahlen un Plünnen un all so'n Kraam, un dat is allens verkaakt, dat he nich weet, um dat is Grütt oder Supp. As he dat süht, kann he sik denken, wodennig dat togahn is, un do ward he so splitterndull, he weet rein nich, up wat för'n Been he stahn schall. Un do he ja achter de Königssoehn un Meistermäten ran, dat et man so suust. Man nich lang', do steiht he an't Water, dar kann he nich roeverkamen. „Ja, ja, dar weet ik al Raat för, ik mutt blots min Seesuger ropen", seggt de Ries, un dat deit he. Do kümmt sin Seesuger un leggt sik dal un drinkt en twee, dree Sluck, un do ward dat Water so vel minner in'e See, dat de Ries Meistermäten un de Königssoehn buten up't Schipp wies ward.

„Nu musst du de Soltsteen rutsmieten", seggt Meistermäten, un dat deit de Königssoehn. Do ward de to en Barg so groot un hooch, dwars oever de See, dat de Ries dar nich roeverkamen un de Seesuger uck nix mehr sugen kann.

„Ja, ja, dar weet ik al Raat för", seggt de Ries. He lett sin Bargknauler kamen un en Lock in'e Barg bohren, dat de Seesuger wedder sugen kann. Man as dar Lock up kümmt un de Seesuger wedder bigeiht un supen, seggt Meistermäten, de Königssoehn schall en, twee Drüppen ut de Buddel utgöten, un do ward de See wedder vull. Un ehrer de Seesuger noch en Sluck nehmen kann, sünd se an Land, un do sünd se rett't.

Do schoe'n se na Huus na de Königssoehn sin Vadder. Man de Königssoehn will dat nich hebben, dat Meistermäten to Foot lopen schall, em dücht, dat hört sik nich för ehr un uck nich för em. „Tööv hier man en beten, wieldes ik na Huus gah un de soeven Perde ut min Vadder sin Stall haal", seggt he. „Dat is keen lange Enne, un dat duert nich lang'. Man ik will nich, dat min Leevste to Foot an'e Hoff kümmt."

„Och nee, do dat nich! Wenn du na Huus kümmst an'e Königshoff, denn vergittst du mi blots, dat weet ik nu al", seggt Meistermäten.

„Wo schull ik di woll vergeten, wo wi so vel Leeges mit'nanner dörmaakt hebben un wo wi uns so leev hebben", seggt de Königssoehn. He will afsluut na Huus un de Kutsch halen mit de soeven Perde vör, un se schall wieldes dar an'e Strand töven.

Ja, toletzt mutt Meistermäten denn nageven, wo he dat nich anners hebben will. „Man wenn du dar ankümmst, dörvst du di dar nichmal mit upholen un begröten een, gah liek na de Stall, krieg de Perde un spann se an un fahr afste' so gau, as't geiht. Se kamen ja all um di rum, man du musst doon, as wenn du se gar nich sühst. Un eten oder drinken dörvst du al gar nix; deist du dat doch, denn ward dat to en Mallöör för di un för mi", seggt se, un dat seggt he ehr uck to.

Man as he na Huus kümmt na de Königshoff, do schall jüst een vun sin Bröder Hochtied fiern, un de

Bruut un all ehr Fründschopp sünd al dar. Un do stellen se sik all um em rum un fragen na düt un dat un woe'n em mit rinhebben. Man he deit, as wenn he se gar nich süht, he geiht liek na de Stall, kriggt de Perde rut un geiht bi un spannen an. As se em nu afsluut nich mit rin kriegen koenen, kamen se rut mit allerhand to eten un to drinken un all dat Beste, wat se för de Hochtied maakt hebben. Man de Königssoehn will nix nehmen, he süht blots to un kriegen anspannt. Man toletzt rullt de Bruut ehr Süster em oever de Hoff en Appel to. „Wenn du al nix anners probeern wullt, denn kannst du doch tominnst hier rinbieten, denn na de lange Weg musst du doch Hunger un Dörst hebben", seggt se, un do deit he dat, he kriggt de Appel up un bitt dar rin. Man knapp hett he de Smack in'e Mund, do hett he Meistermäten al vergeten un uck, dat he ehr afhalen schall. „Ik bün ja woll tumpig; wat will ik denn mit Perd un Waag?", seggt he, un do bringt he de Perde wedder na de Stall un blifft bi se an'e Königshoff. Un denn kümmt dat sodennig, dat he de Bruut ehr Süster hebben schall, ehr, de em de Appel henrullt hett.

Meistermäten sitt wieldes an'e Seekant un luert soeven lang un soeven breet, man keen Königssoehn kümmt. Do geiht se dar weg, un as se en Stück gahn is, kümmt se an en lütte Kaat, de liggt ganz alleen in en lütte Holt nich wied af vun'e Königshoff. Dar geiht se rin un fraagt, um se dar nich blieven dörv. De dare Kaat hört en ole Wief, un dat is en böse un leege Hex. Eerst will se dar ja nix vun weeten, dat Meistermäten dar blifft, man toletzt kriggt se doch Verlööv för gude Wöör un Geld. Man eklig un schietig is dat dar binnen as in en Swienstall. Do seggt Meistermäten, se will dat man en beten smuck maken, dat dar binnen uck so utsüht as bi anner Lüüd. Dat passt de Oolsch uck nich, se blarrt un is füünsch, man dar quält Meistermäten sik nich um. Se kriggt sik de Goldkist her un smitt en halve Handvull oder so in't Füer, dat dat Gold dör de heele Kaat sprütten deit, un do is 'n heel un deel vergold't, vun binnen un vun buten. Man as dat Gold anfangt un sprütten, do ward de Oolsch so bang', dat se utneiht, as weer de Swatte sülven achter ehr. Man se denkt dar nich an un duken sik in'e Dör, un do rönnt se sik de Brägen in an'e Dörrahmen.

De neegste Morrn kümmt de Buervaagt[1] dar lang. He is rein verbaast oever de Goldkaat, de dar in't Holt blinkert un glinstert, dat lett sik ja denken. Un noch duller verbaast is he, as he dar rinkümmt un de smucke Deern wies ward, de dar sitten deit. De mag he so geern lieden, dat he foorts um ehr anholen deit un ehr nett un fründlich fraagt, um se nich will sin Madamm warrn.

„Ja, hest du denn uck düchtig Geld?", fraagt Meistermäten.

Och ja, en beten wat hett he, meent de Buervaagt. Man dat mutt he eerst halen, un to Avend bringt he en ganze Halvtunnssack[2] mit, de stellt he in'e Eck.

Ja, wenn he so düchtig Geld hett, denn will Meistermäten em uck woll hebben. Man knapp hebben se sik dalleggt, do mutt Meistermäten wedder hooch: „Ik heff vergeten un raken dat Füer", seggt se.

---

[1] Buervaagt = Gemeindevorsteher
[2] Tunn = altes Hohlmaß, in Flensburg und Schleswig ca. 137 l.

„Mein Zeit, scha'st du darför nu wedder upstahn",
seggt de Buervaagt, „dat will ik woll doon." Un he
springt up un mit een Satz hen na de Heerd.

„Ja, segg Bescheed, wenn du de Füerhaak faat hest",
seggt Meistermäten.

„Nu heff ik de Füerhaak in'e Hand", seggt de
Buervaagt.

„Denn hol du de Füerhaak un de Füerhaak di, un
streu Füer un Asch oever di, bet dat schummern
ward!", seggt Meistermäten.

Un do blifft de Buervaagt de heele Nacht dar stahn
un streut Füer un Asch oever sik, un wat he uck
blarrt un bedelt, dar ward de Füerasch nich köller
vun. Man as dat schummern ward un he kann de
Füerhaak vun sik smieten, do blifft he dar nich mehr
lang', dat kannst di woll denken. He neiht af, as
wenn de Schandarm oder de Düvel em up'e Hacken
seet, un all, de em bemöten, kieken un glupen se na
de Buervaagt, denn he jaagt afste' as unklook, un he
harr nich leeger utseh'n kunnt, wenn se em dat Fell
oever de Ohrn trocken harrn. Un all wunnern se sik,
wonem he doch we'n is, man he seggt nix na vun
wegen de Schann.

De neegste Dag kümmt de Sandmann[1] dar lang,
'nem Meistermäten wahnt. He süht, dat glinstert un
lücht't in'e Kaat dar in't Holt, un do mutt he dar ja
uck rin un kieken, wokeen dar wahnen deit. Un as
he de smucke Deern to seh'n kriggt, is he noch duller
verleevt in ehr as de Buervaagt, un he denn foorts

---

[1] Sandmann: Beisitzer im Hardesthing (von dän. sand = wahr).
Die Harde war eine Verwaltungseinheit im Schleswigschen.

um ehr anholen. Ja, Meistermäten antert em jüst so as de Buervaagt, wenn he düchtig Geld hett, denn … Geld, meent de Sandmann, hett he gar nich so wenig, un dat will he uck foorts vun to Huus halen. Un to Avend kümmt he denn mit en düchtig grote Sack – ik meen, dat is en Tunnssack we'n – un stellt 'n up'e Bank bi Meistermäten. Do schall he ehr denn kriegen, un do gahn se to Bett. Man do hett Meistermäten de dare Avend vergeten un schotten de Windfangdör to, se mutt nochmal hooch un de dichtschotten, seggt se.

„Mein Zeit, scha'st du dat uck noch!", seggt de Sandmann. „Nee, bliev du man liggen, dat will ik woll doon." Un he mit en Wuppdi rut ut't Bett un rut in'e Windfang.

„Segg Bescheed, wenn du de Dörklink faat hest", seggt Meistermäten.

„Nu heff ik de Dör faat", röppt de Sandmann buten in'e Windfang.

„Denn hol du de Dör un de Dör di, un suus vun Wand to Wand, bet dat schummern ward!", seggt Meistermäten.

Un do, kann ik di seggen, mutt de Sandmann de heele Nacht danzen. So'n Schre' un so'n Sprüng hett he noch nie nich maakt, un he hett naher uck nich vel Lust hatt un maken dat nochmal. Mal is *he* vörn, mal de Dör, un dat geiht vun'e eene Eck vun'e Windfang na de anner, dat de Sandmann sik meist toschannen sleit. Eerst ward he schimpen, denn blarrn un bedeln, man de Dör quält sik um nix, de blifft bi, bet dat schummern ward. As de Dör loslett, neiht de Sandmann afste', as wenn he dar för betahlt kriggt, he vergitt de Geldsack un de heele Friegeratschoon un freut sik man, dat de Katendör nich achter em herdanzen kümmt. All, de em bemöten, kieken un glupen na de Sandmann, denn he jaagt afste' as unklook, un he harr nich leeger utseh'n kunnt, wenn he sik de heele Nacht harr mit de Schaapbücke stött.

De drütte Dag kümmt de Hardesvaagt[1] dar lang. Do ward he ja uck de gollne Kaat in't Holt wies. Ja, un do mutt he dar ja rin un seh'n, wokeen dar wahnen deit. Un as he Meistermäten to seh'n kriggt, vergaapt he sik foorts sodennig in ehr, dat he foorts um ehr frien ward, man knapp, dat he „Moin" seggt kriggt. Meistermäten antert em so as de beide annern, wenn he düchtig Geld hett, denn so will se em woll nehmen. Un dar hett he nich so knapp vun, seggt de Hardesvaagt. He will man foorts na Huus un dat halen, un dat deit he. Un as he to Avend wedderkümmt, hett he en noch gröttere Geldsack mit as de Sandmann – de hollt sachs en annerthalv Tunnen –, un de stellt he up'e Bank. Ja, denn schall dat uck wat warrn, dat he Meistermäten kriggt.

Man knapp hebben se sik dalleggt, do seggt Meistermäten, se hett vergeten un halen dat Kalv rin. Se mutt nochmal rut un bringen dat in'e Stall.

Nee, verdorig, dat schall se doch nu nich, dat will de Hardesvaagt doon, seggt he. Un he, so dick un fett, as he is, rut ut't Bett un na buten so fix as en Jungkeerl.

„Ja, segg Bescheed, wenn du dat Kalv bi de Steert hest", seggt Meistermäten, un dat deit he uck.

---

[1] Hardesvaagt: Vorsitzender des Hardesthings, der Gerichtsversammlung der Harde.

„Nu heff ik de Steert faat", röppt de Hardesvaagt.

„Denn hol du de Kalversteert un de Kalversteert di, un suus allerwegens rum bet dat schummern ward", seggt Meistermäten.

Un do mutt de Hardesvaagt vellicht mal sin Beens roegen! Dat geiht oever Stock un Steen, oever Barg un deepe Slunken, un jo mehr de Hardesvaagt schimpt un bölkt, jo duller geiht dat Kalv tokehr. As dat denn schummern ward, is he meist heel un deel toschannen, un he freut sik sodennig un kamen frie, dat he de Geldsack un allens vegeten deit. He geiht ja nu wat langsamer, as de Buervaagt un de Sand-mann dat daan hebben, man jo langsamer he geiht, jo mehr Tied hebben de Lüüd un gapen un glupen em an, un de dare Tied nehmen se sik uck, lett sik denken, so fix un ferdig un plünnig, as he utsehn deit na de dare Danz mit dat Kalv.

De neegste Dag schall denn Hochtied we'n an'e Kö-nigshoff, un do schall de öllste Broder to Kirch mit sin Bruut, un de, de bi de Ries we'n is, mit ehr Süs-ter. Man as se sik in'e Waag sett hebben un vun'e Hoff fahr'n woe'n, brickt de eene Hammelstock[1]. Do maken se en nüe een un noch een un noch een, man all breken se twei, eendoont, wat se för'n Holt neh-men för de Hammelstöcker. Dat duert un duert, un se koenen nich vun'e Hoff kamen, un se kamen all tosamen in'e Brass. Man do seggt de Buervaagt – denn he is nu uck inladen to de Hochtied an'e Kö-nigshoff – de seggt, dar in dat Holt wahnt en Deern, „wenn I de ehr Füerhaak lehnt kriegen, 'nem se ehr Füer mit raakt, denn weet ik för wiss, de hollt", seggt

---

[1] Hammelstock = Querholz am hinteren Deichselende des Wagens zum Befestigen der Zugstränge.

he. Ja, do schicken se een na't Holt un laten höflich fragen, um se nich de Füerhaak lehnen koenen, 'nem de Buervaagt vun snackt hett. Ja, dar is nix in'e Weg, un do hebben se en Hammelstock, de geiht nich twei.

Man as se denn fahren woe'n, brickt de Borm vun de Waag dör. Se ja bi un leggen en gude nüe un starke Borm, man wodennig se 'n uck tohopennageln un wat se uck för'n Holt nehmen, dat helpt allens nix. Knapp hebben se en Borm in'e Waag un schoe'n afste', geiht de al wedder in Stücken, un do sünd se noch leeger darvör as mit de Hammelstock. Man do seggt de Sandmann – denn wenn de Buervaagt mit is to de Hochtied, is he dar doch uck bi: „Hier in't Holt wahnt en Deern, wenn I man de eene halve Dör vun ehr Windfang lehnen koenen, denn weet ik för wiss, de hollt." Ja, do schicken se nochmal een na't Holt un laten höflich fragen, um se de vergold'te Windfangdör lehnen koenen, 'nem de Sandmann vun snackt hett, un de kriegen se uck foorts.

Denn schoe'n se wedder afste', man do koenen de Perde de Waag nich trecken. Söss Perde hebben se al vörspannt, denn spannen se acht vör, denn tein, denn twölf, man wovel se uck vörspannen un wo dull de Kutschers uck de Swep bruken, dat helpt allens nix, de Waag roegt sik nich vun'e Stä'. Dat is bi lütten al recht laat up'e Dag, un to Kirch moeten se, un darum laten se all rein de Ohren hängen, de dar an'e Königshoff sünd. Man do seggt de Hardesvaagt nu wedder, in de dare gollne Kaat in't Holt wahnt en Deern; wenn se man ehr Kalv lehnen kunnen, denn so ... „De treckt de Waag, dat weet ik wiss, un wenn 'n so swaar weer as en Barg!", seggt de Hardesvaagt.

Dar dücht se nu ja gar nix um un fahren to Kirch mit en Kalv, man dar is keen anner Raat, se moeten wedder een henschicken un beden um un kriegen dat Kalv lehnt, 'nem de Hardesvaagt vun snackt hett. Un dat kriegen se, uck dütmal seggt Meistermäten nich nee.

As se dat denn vörspannt kriegen, do ward de Waag sik roegen: Dat geiht ruck-zuck, oever Stock un Steen, dat se knapp Luft halen koenen, un mal sünd se an'e Grund un mal in'e Luft. Un as se na de Kirch kamen, ward dat rundum lopen as en Haspel, un se kamen man mit knappe Noot rut ut'e Waag un rin in'e Kirch. Un t'rügg geiht dat noch gauer, dat se meist nich mehr weeten, wonem se sünd, as se na de Königshoff kamen.

As se sik to Disch sett hebben, seggt de Königssoehn – de, de up'e Ries sin Hoff deent hett –, de seggt, em dücht, se schullen de Deern nedden in't Holt darto inladen, de se de Füerhaak un de Windfangdör un dat Kalv lehnt hett. „Denn wenn wi de dare dree Dinger nich hatt harrn, denn weern wi doch noch nich vun'e Hoff", seggt he. Ja, dat dücht de König uck, dat hört sik so. Un do schickt he fiev vun sin beste Lüüd dal na de vergold'te Kaat. Se seggen, se schoe'n gröten vun'e König un beden, um se nich will so guut we'n un kamen up na de Königshoff un eten Middag.

„Denn grööt man de König un segg, wenn he to fein is un kamen na mi, denn bün ik uck to fein un gahn na em", seggt Meistermäten.

Do mutt de König denn sülven afste', un do kümmt Meistermäten uck foorts mit. Un de König dücht, se is sachs en beten mehr, as se na utseh'n deit, un so sett he ehr up'e Ehrenplatz baven blangen de jüngste Brüdigam.

As se en beten bi Disch seten hebben, kriggt Meister-mäten de Hahn un de Hehn un de Goldappel rut, de se vun'e Riesenhoff mitnahmen hett, un sett se vör sik up'e Disch. Knapp hett se dat daan, do gahn de Hahn un de Hehn bi un hau'n sik um'e Goldappel.

„Nu kiek mal, wo de sik um'e Goldappel slaan!" seggt de Königssoehn.

„Ja, sodennig hebben wi uns uck slaan musst för un kamen rut, do, as wi in'e Barg weern", seggt Meister-mäten.

Do ward de Königssoehn ehr wedderkennen, un du kannst mi gloven, he freut sik bannig. Dat Hexen-wief, dat em de Appel henrullt hett, lett he twüschen veeruntwintig Perde in Stücken rieten, dat dar keen Finzel vun nablifft, un denn gahn se eerst richtig bi un fiern Hochtied. Un so flünkenlahm se uck sünd, se holen doch dör, de Buervaagt, de Sandmann un de Hardesvaagt uck.

Fidi mit de Fiedel

Dar is mal en Lüttbuer we'n, de hett een Soehn hatt, un de dare Jung is wat stackelig we'n un nie nich recht up'e Damm, un darum hett he nich up Arbeit gahn kunnt. Friech hett he heeten un is uck man wat lütt bleven, un do hebben se Fidi to em seggt.

To Huus is dar man wenig to bieten un to breken we'n, un do is sin Vadder to Dörps gahn un hett em vermeeden wullt as Harder oder as Loopjung. Man keeneen will de Jung nehmen, bet he na de Buervaagt[1] kümmt. De will em nehmen, denn he hett annerletzt sin Loopjung wegjaagt, un keeneen will hen na em, denn he gellt as Lüüdschinner. Na, dat is ümmer noch beter as gar nix, denkt de Lüttbuer, he kriggt tominnst sin Broot, denn bi de Buervaagt mutt he för de Kost deenen, un Lohn un Tüüg ward gar nich vun snackt. Man as de Jung dar dree Jahr we'n is, will he weg, un do gifft de Buervaagt em sin heele Lohn up eenmal. He schall een Schilling dat Jahr hebben un nich minner, seggt de Buervaagt, un sodennig kriggt he denn in Ganzen dree Schillings.

Fidi dücht ja, dat is en Barg Geld, denn so vel hett he noch nie nich hatt. Man he fraagt, um he nich wat mehr hebben schall.

„Du hest al mehr kregen, as di tosteiht", seggt de Buervaagt.

„Schall ik denn nix för Tüüg hebben?", seggt Fidi. „Wat ik harr, as ik herkeem, is upsleten, un ik heff nix wedder kregen." Un nu is he so plünnig, dat de Plünnen em man so um't Liev sladdern, seggt he.

---

[1] Buervaagt = Gemeindevorsteher

„Du hest kregen, wat afmaakt weer, un noch dree Schillings bavento, un nu bün ik ferdig mit di", seggt de Buervaagt. Man he dörv doch noch rutgahn in'e Koek un sik en beten wat to eten in sin Rucksack doon, un denn geiht he na Stadt to un will sik Tüüg kopen. He is munter un fein toweg', denn he hett noch nie nich en Schilling hatt, un he kickt ümmer mal wedder na, um he se uck noch all dree hett.

As he al wied gahn is un noch wieder, kümmt he in en drange Slunk mit hoge Bargen an alle Kanten, un em ducht, dat geiht dar nich wieder. Do ward he spickeleern, wat dar woll güntsiet de dare Bargen we'n mag un wodennig he dar oever kamen kann.

Man he mutt dar ja hooch, un do maakt he sik up'e Padd. He schafft man wenig un mutt sik ümmer wedder verpuusten, un denn tellt he na, wo vel Geld he hett. As he ganz baven ankümmt, is dar nix as Heid un Moor. Do sett he sik dal un will mal nakie-ken, um he noch hett sin Schillings up'e Dutt, un ehrer he sik dat verseh'n deit, kümmt dar en Bedel-mann ran na em. De is so groot un lang, dat de Jung luud bölken ward, as he richtig gewahr ward, wo groot un lang he is.

„Wes man nich bang'", seggt de Bedelmann, „ik do di nix, ik be' blots um en Schilling in Gotts Naam!"

„Mein Zeit", seggt de Jung, „ik heff ja sülven man dree Schillings, un dar schall ik to Stadt mit un kopen mi Tüüg", seggt he.

„Denn hest du dat beter as ik", seggt de Bedelmann. „Ik heff keen Schilling, un ik loop noch plünniger to as du."

„Na ja, denn scha'st du 'n hebben", seggt de Jung.

As he en Tiedlang gahn is, ward he möö' un sett sik wedder dal, dat he sik verpuusten will. As he tohööcht kickt, is dar wedder en Bedelmann bi em, man de is noch grötter un grimmiger[1] as de eerste, un as de Jung richtig gewahr ward, wo grimmig un lang he is, ward he bölken.

„Wes man nich bang' vör mi, ik do di nix, ik be' blots um en Schilling in Gotts Naam", seggt de Bedelmann.

„Och du leeve Gott", seggt de Jung, „ik heff ja sülven man twee Schillings, un dar schall ik to Stadt mit un kopen Tüüg. Weer ik di vörher bemött, ja denn –."

„Denn hest du dat beter as ik", seggt de Bedelmann, „ik heff keen Schilling un en gröttere Liev un weniger Tüüg."

„Na ja, denn scha'st du 'n hebben", seggt de Jung.

Denn geiht he wedder en ganze Tied, bet he möö' ward, un do sett he sik dal un verpuust't sik, un as he sik dalsett hett, kümmt dar wedder en Bedelmann hen na em. Man de is so groot un grimmig un lang, de Jung kickt tohööcht un tohööcht, bet he liek in'e Heven kickt, un as he richtig gewahr ward, wo groot un plünnig de anner is, ward he bölken.

„Wes man nich bang' vör mi, min Jung", seggt de Mann, „ik do di nix. Ik bün man en Bedelmann, de in Gotts Naam um en Schilling beden deit."

„Och Herrje", seggt Fidi, „ik heff ja blots noch een Schilling na, un dar schall ik to Stadt mit un kopen Tüüg. Weer ik di vörher bemött, ja denn –."

---

[1] grimmig = hässlich (dän. grim)

„Ja, *ik* heff keen Schilling, un en gröttere Liev un noch weniger Tüüg, darför geiht mi dat vel ringer as di", seggt de Bedelmann.

Na, denn schall he de Schilling man hebben, seggt Fidi, dat helpt ja nich. Denn hett elkeen sin, un he hett nix.

„Ja, wo du so'n gude Hart hest un hest allens weggeven, wat du harrst", seggt de Bedelmann, „do will ik di een Wunsch togestahn för elkeen Schilling." (Dat is desülve Bedelmann, de se all dree kregen hett; he hett sik blots anners utseh'n maakt, dat de Jung em nich wedderkennen kunn.)

„Ik heff ümmer so geern de Fiedel spelen hört un sehn, dat de Lüüd so lustig un froh weern, dat se danzt hebben", seggt de Jung, „darum – wenn ik mi wünschen kann, wat ik will, denn wünsch ik mi en Fiedel, een, 'nem allens, wat lebennig is, na danzen mutt", seggt he.

De schall he hebben, man dat is en bannig ringe Wunsch, seggt de Bedelmann. „För de anner Schillings musst du di wat Beteres wünschen."

„Ik heff ümmer so'n Lust hatt un jagen un schöten", seggt Fidi. „Wenn ik mi denn wünschen kann, wat ik will, denn wünsch ik mi en Flint, 'nem ik allens mit drapen do, 'nem ik up anlegg, eendoont, wo wied dat weg is."

De schall he hebben, man dat is en bannig ringe Wunsch, seggt de Bedelmann. „För de letzte Schilling musst du di wat Beteres wünschen."

„Ik heff ümmer geern mit Lüüd umgahn mucht, de nett un guuthartig weern", seggt Fidi. „Wenn dat denn na mi geiht, will ik dat geern sodennig hebben, dat nümms mi dat eerste afslaan kann, 'nem ik um beden do."

„De dare Wunsch is nich ganz so ring", seggt de Bedelmann, un denn glitt he sik af mang de Bargen un is weg, un de Jung leggt sik dal to slapen, un de neegste Dag kümmt he dal vun'e Barg mit sin Fiedel un sin Flint.

Eerst geiht he na de Koopmann un fraagt um wat Tüüg, un up en Buernhoff fraagt he um en Perd, un up en anner een fraagt he um en Waag, un een Stä' fraagt he um en Pelz, un all koenen se em dat nich afslaan. Un wenn se noch so kniepig sünd, se moeten em geven, 'nem he um beden deit. Toletzt fahrt he dör de Dörper as en staatsche Herr un hett Perd un Waag.

As he en Stück fahrt is, bemött he de Buervaagt, 'nem he bi deent hett.

„Moin, Buer!", seggt Fidi mit de Fiedel; he hollt an un grötet.

„Moin", seggt de Buervaagt; „bün ik mal din Buer we'n?", fraagt he.

„Ja, kannst di dar nich mehr up besinnen, dat ik dree Jahr bi di deent heff för dree Schillings?", seggt Fidi.

„Mann in'e Tünn, denn büst du di aver mal gau kamen", seggt de Buervaagt. „Wodennig geiht dat denn to, dat du so'n grote Herr wurrn büst?"

„Och, dat hett sik so ergeven", seggt de Lütte.

„Büst du so kandidel, dat du uck up'e Fiedel spelst?", seggt de Buervaagt.

„Ja, ik heff al ümmer Lust hatt un kriegen de Lüüd to'n Danzen", seggt de Jung. „Man dat Beste, wat ik heff, is düsse Flint hier", seggt he, „vör de fallt allens, 'nem ik darmit up wiesen do, un wenn dat noch so wied weg is. Sühst du de Heister, de dar achtern up'e Dann sitt?" seggt Fidi. „Wat woe'n wi wetten, dat ik de vun hier afknipsen do?", seggt he.

Dar wull de Buervaagt, wenn't we'n schull, geern Perd un Hoff un hunnert Daler up wetten, dat he dat nich schafft. Man he will tominnst all dat Geld setten, wat he bi sik hett, un he will 'n halen, wenn 'n würklich fallen schull. Denn he gloovt nie un nümmer, dat jichens en Flint so wied recken kann. Man foorts, as dat knallt, fallt de Heister dal in en grote Honnigpotenschrupp[1], un de Buervaagt denn hen un rin in'e Schrupp för un halen 'n un sammelt 'n up un langt 'n de Jung hen. Do geiht de Jung bi un strieken de Fiedel, un do de Buervaagt bi un danzen, dat de Doorns man ümmer so an em rieten. Un de Jung spelt, un de Buervaagt blarrt un bedelt för sik, bet de Plünnen vun em affallen un he meist nich en Faden mehr an't Liev hett.

„So, nu, denk ik, büst du jüst so plünnig as ik domals, as ik ut din Deenst gahn bün", seggt de Jung, „nu kannst du di afglieden." Man eerst mutt de Buervaagt em noch geven, wat he dar up wett't hett, dat he de Heister nich dröppt.

As de Jung to Stadt kümmt, geiht he na en Kroog. He spelt up sin Fiedel, un de dar henkamen, de danzen, un he levt lustig un in Freuden. Sorgen gifft dat för em nich, denn nümms kann nee seggen to dat eerste, 'nem he um beden deit.

---

[1] Honnigpotenschrupp = Hagebuttengestrüpp

Man as se merrn in't beste Spill sünd, kamen de Schandarmen un schoe'n de Jung na de Raatsstuuv halen. De Buervaagt hett em verklaagt un seggt, he hett em oeverfullen un utplünnert un harr em meist um'e Eck bröcht, un nu schall he uphängt warrn, dar gifft dat nix. Man Fidi hett ja Raat för allens – sin Fiedel. He geiht bi un spelt, un de Schandarmen moeten danzen, bet se dar liggen un blots noch jappen. Do schicken se Suldaten un Wachlüüd afste'. Man de geiht dat keen Spier beter as de Schandarmen; as Fidi sin Fiedel herkriggt, moeten se danzen, so lang' as he Lust hett un laten 'n klingen; man se sünd al lang' vörher fix un ferdig.

Toletzt luern se em af un kriegen em faat bi Nacht, as he slöppt, un as se em faat hebben, ward he verordeelt un warrn foorts uphängt, un dat geiht stracks hen na de Galgen. Do kamen dar en Barg Lüüd tohopen un woe'n sik dat dare Spektakel ankieken, un de Buervaagt is uck dar un freut sik, he schall sin Recht kriegen för dat Geld un sin Fell un em bummeln seh'n.

Man dat geiht nich so gau, denn Fidi is man wat stackelig to Beens, un he deit noch stackeliger. De Fiedel un de Flint hett he uck mit, de kriggt em keeneen afnahmen. Un as he na de Galgen kümmt un schall de Lerring[1] hoochklarrn, hollt he up elkeen Trem an. Up de böverste sett he sik dal un fraagt, um se em een Wunsch afslaan koenen, um he nich kann Verlööv kriegen för een Saak: He harr so'n Lust un spelen noch eenmal en Stück up'e Fiedel, ehrer se em uphängen. – Nee, dat weer ja woll en Sünn un Schann un slaan em dat af, seggen se; 'nem

---

[1] Lerring = Leiter

254

he um beden deit, dat koenen se em ja nich afslaan. Man de Buervaagt seggt, se schoe'n em um Gotts Willen nich Verlööv geven un fiedeln uck man blots up een Streng, anners sünd se all tohopen verratzt. Un wenn de Bengel doch Verlööv kriggt un spelen, denn so schoe'n se em, de Buervaagt, an de dare Barkenboom binnen, de dar steiht. Fidi geiht foorts bi un kriegen sin Fiedel to klingen, un all, de dar sünd, kriggt he to danzen, um se nu up twee Beens lopen oder up veer, Propst un Preester, Sandmann un Hardesvaagt, Buervaagt un Schinner un Köter un Swien. Se danzen un lachen un schrien all dör'nanner. Wecken danzen, bet se darliggen as doot; wecken danzen, bet se beswiemen. Verkehrt lopen deit dat för se all, man an leegsten geiht dat de Buervaagt, denn de steiht ja fasttüdert an'e Barkenboom un schüert sik dar ganze Stücken vun sin Rügg an af. Keeneen denkt dar an un doon Fidi wat, un he kann gahn mit sin Flint un sin Fiedel, as he lustig is. Un he hett all sin Daag glücklich un tofreden levt, denn dar hett ja keeneen „nee" seggen kunnt to dat eerste, 'nem he um beden hett.

Märkens up Platt
bei BoD – Books on Demand

Bisher erschienen:

De Deern in'e Appel, ISBN 978-3-8391-4806-8, 129 S., € 6,80

De Jung, de vör dat Meerwief utneiht is, ISBN 978-3-7412-9093-0, 132 S., € 6,80

De Hexenmeister sin Dochter, ISBN 978-3-7448-0288-8, 139 S. € 6,80

Dat Slott up gollne Pielers, ISBN 978-3-7460-6552-6, 140 S., € 6,80

Glückskind, ISBN 978-3-7460-9442-7, 179 S. € 7,40

Dree Zitronen, ISBN 978-3-7460-7466-5, 162 S., € 7,40

De Gröne Ridder, ISBN 978-3-7528-1411-8, 262 S., € 9,99

De Hoppetuutsenkönig, ISBN 978-3-7528-3495-6, 146 S., € 6,99

De Goosdeern, ISBN 978-3-7528-8031-1, 133 S., € 6,80

De Graaf sin Dochter, ISBN 978-3-7528-2191-8, 141 S., € 6,80

Dat Füertüüg, ISBN 978-3-7528-6730-5, 218 S., € 8,00

De gollne Klingelklangel, ISBN 978-3-7528-7302-3, 110 S., € 6,00

De Blomenkönigin ehr Dochter, ISBN 978-3-7481-0827-6, 148 S., € 7,00

De Königsdochter mit de twölf Bröder, ISBN 978-3-7481-5076-3, 180 S., € 7,40

Jumfer Lene vun Süderwatt, ISBN 978-3-7481-0186-4, 136 S., € 6,80

Piet Möller un de fleegen Jumfern, ISBN 978-3-7481-401-3, 147 S., € 7,00

De smuckste Deern vun'e Welt, ISBN 978-3-7481-9050-9, 192 S., € 8,00

Goldboom un Sülverboom, ISBN 978-3-7494-0965-5, 233 S., € 9,50